Michael Gärtner

Die Basilika

Vier Erzählungen

Bibliographische Information der Deutschen
Nationalbibliothek:
Die Deutsche Nationalbibliothek verzeichnet diese Publikation
in der Deutschen Nationalbibliographie; detaillierte
bibliographische Daten sind im Internet über
http//dnb.dnb.de abrufbar.

© 2020 Gärtner, Michael
Herstellung und Verlag: BoD – Books on Demand, Norderstedt
ISBN: 9 783752 6480 89

Inhalt

Die Basilika   1

Die Tote auf dem Filmfestival   189

Amandia   243

Winterdorf   257

Die Basilika

1

Ein Anruf vom Büro des Oberbürgermeisters. Noch ein paar Tagen zuvor hätte er nicht damit gerechnet und es wäre ihm egal gewesen. Jetzt war es ihm auch egal, nur hatte er damit gerechnet. Womit er jedoch zu diesem Zeitpunkt der Ereignisse nicht rechnete, war die rasante Entwicklung der nächsten Tage und Wochen, die ihn für manche zu einem Helden, für andere zu einem unumgänglichen Faktor im politischen Kräftespiel und schließlich zum Salvator Ecclesiae, zum Retter der Kirche, machte. Außerdem ahnte er nicht, wie sehr er sich zwischen zwei Frauen hin- und hergerissen fühlen würde, ohne zu bemerken, dass seine Entscheidung im Grunde schon gefallen war.

Nach dem Telefonat lehnte er sich in seinem Schreibtischstuhl zurück. Jetzt fiel es ihm noch schwerer, sich zu konzentrieren, außerdem war die Kaffeetasse leer, aber er war der festen Absicht, keine weitere zu trinken, denn Kaffee war letztlich ungesund. Es machte einfach keinen Sinn, so hatte er sich schon oft gesagt, sich jeden Tag mit mehreren Tassen Kaffee volllaufen zu lassen, und dann an drei Tagen in der Woche zu versuchen, den Körper mit morgendlichem Joggen wieder fit zu bekommen.

Bis zu dem am Telefon vereinbarten Gespräch im Rathaus dauerte es noch zwei Stunden, so legte er den Besuch, den er eigentlich erst am Nachmittag machen wollte, auf den Vormittag. Es war sowieso besser, vormittags zum Geburtstag zu gratulieren, dann, wenn die Gäste außerhalb der Familie erwartet wurden. Man hatte ihm schon durch einen ganzen Blumenstrauß hindurch mitzuteilen versucht, dass man seine Besuche eigentlich am Vormittag erwartete, und zwar zwischen elf und zwölf, pünktlich und möglichst bei allen gleichzeitig. Egal ob er nun ein, zwei oder drei an einem Tag zu absolvieren hatte. Es wäre völlig unangebracht, wie er es gerne machte, erst am Nachmittag zu kommen, machte man ihm klar. Manchmal erschienen ihm die Erwartungen seiner Gemeindeglieder absurd. Es war nicht seine erste Stelle, aber er hatte sich immer noch nicht an all die Ansprüche gewöhnt, die an manchen Tagen auf ihn herab prasselten.

Den Weg zum Rathaus ging er zu Fuß. Hätte er sich umziehen sollen? Nein, entschied er, wer für den Geburtstag einer achtzig Jahre alten Frau angemessen gekleidet war, war das auch für ein Gespräch mit dem ersten Bürger der Stadt. Außerdem, was heißt das, erster Bürger der Stadt? Genau genommen war das eine verlogene Formulierung, von der allenfalls das „erste" stimmte, aber nicht der Bürger. Das suggerierte eine Gleichheit, die es nicht gab. Dieser Bürger hatte in der kleinen Großstadt mehr Macht als jeder andere – abgesehen vielleicht vom Vorstand der großen Chemiefabrik. Dieser „erste" Bürger kannte vermutlich nicht die aktuellen Preise für H-Milch oder Spaghetti. Er kannte wahrscheinlich auch nicht die Benzinpreise, denn sein Wagen wurde von seinem Fahrer gepflegt und gewartet. Bürger war er in dem Sinne, dass er wahlberechtigt und wählbar war, Steuern zahlen musste. Ansonsten erlebte er das Leben nur aus zweiter oder dritter Hand, kannte nicht die Enge und den Gestank einer Straßenbahn, das Anstehen beim Bürgerservice oder das Warten beim Arzt und hatte vermutlich schon lange nicht mehr schwere Einkaufstüten ins Parkhaus geschleppt.

Bis zum Rathaus waren es vielleicht zwei Kilometer. Er hätte die Straßenbahn nehmen können, dann hätte er jedoch umsteigen müssen. Mit dem Auto hätte die Parkplatzsuche länger gedauert als der Fußmarsch. Außerdem, wer zu Fuß ging, sah sowieso viel mehr, und man roch auch etwas. Das Erste, was er roch, als er sein Haus in der Südstadt verlassen und die Tür hinter sich zugemacht hatte, war der Duft des Fliederstrauchs vor seinem Haus. Von diesem Geruch konnte er nie genug bekommen, und so sog er ihn tief ein und versuchte ihn in der Nase und allen angrenzenden Höhlen des Kopfes zu speichern. Bilder aus seiner Jugend schossen ihm bei diesem Geruch in den Sinn – der Fliederstrauch im Garten seiner Großeltern, die sie am Sonntag besuchten, die Schokoladentorte im Frühjahr, der Erdbeerkuchen im Sommer, die Schwester an seiner Hand, Sonne in allen Winkeln seines Kopfes. Ganz andere Gerüche begleiteten ihn auf seinem weiteren Weg zum Rathaus, vor allem der Geruch der Autoabgase, der stickige Geruch der Benzinmotoren – so hatte sein erstes Auto gerochen –, die aromatischen Kohlenwasserstoffe der alten Dieselfahrzeuge, der stumpfe Geruch des Abriebs der Bremsen, die dumpfen Ausdünstungen der Elektromotoren der Straßenbahnen und dann dieser eigentümliche Geruch der großen, alles bestimmenden Chemiefabrik im Norden, der sich an manchen Tagen wie ein Vlies über die Stadt legte, besonders dann, wenn die Hitze im Rheintal brütete und keine Bewegung in die Luft kam.

Unter diese Gerüche der Motoren und Bremsen mischte sich alle paar Meter ein anderer. Hier ein Hauch von den letzten Lindenblüten der Straßenbäume – das Aufbäumen der Natur gegen die Zivilisation –, da der feuchte Bierdunst aus der Kneipe – die Reste eines

Abends in der verführerischen Euphorie des Alkohols –, ein paar Meter weiter der Gestank des schlecht platzierten Mülleimers – ein überquellendes Symbol des Wohlstandes –, in den sich dann nach und nach der wunderbare Duft der Kaffeerösterei mischte – der wohlriechende Beleg für die Ausbeutung der Südhalbkugel durch die alte und die neue Welt –, abgelöst von den vielfältigen Aromen des türkischen Obst- und Gemüsegeschäftes – das die kulturübergreifenden Bedürfnisse wachrief – , und dem tief ins Unterbewusstsein eingeprägten Duft aus der Bäckerei. Den Weg in die City ging er immer zu Fuß, und vielleicht hätte er es einmal mit geschlossenen Augen und nur seiner Nase nach versuchen sollen.

Er fühlte sich glücklich, wenn er durch diese Straßen ging und die gewohnten Gerüche einander abwechselten. Er hatte sich diese Stadt ausgesucht, auch wenn das manchen Kollegen auf dem Land unverständlich erschien. Die Südstadt war einer der schönsten Stadtteile, noch viel alte Bausubstanz, ein bisschen Jugendstil, ein bisschen Neoklassik. Hier bauten einst die ihre Häuser, die vom Aufblühen der Chemieindustrie profitierten. Von denen hatten inzwischen die meisten die Stadt verlassen und waren in die Weindörfer an den Rändern der Rheinebene gezogen. Aber auch das Alte und manchmal etwas Verfallene hatte seine Reize. Vor allem aber liebte er an dieser Stadt ihre Vielfalt, die Vielfalt der Menschen mit der Vielfalt ihres Aussehen und der Vielfalt ihrer Lebensstile. Er konnte wütend werden, wenn man ihnen das Recht absprach, in diesem Land und in dieser Stadt zu sein.

Auf dem Weg zum Rathaus machte er einen kleinen Umweg, um noch einmal an der Stelle vorbeizugehen, an der er heute Morgen beim Joggen stehen geblieben war. Es war alles in Ordnung dort. Sein eiliger Anruf im Rathaus hatte gute Dienste getan. Nun würde man weitersehen müssen.

4

Er wusste nicht, was er von dem bevorstehenden Gespräch zu erwarten hatte. Der Oberbürgermeister persönlich, eigentlich war das nicht sein täglicher Umgang. Er gehörte nicht zu denen, die eingeladen wurden, wenn etwas los war in der Stadt, eine Einweihung, irgendein besonderes Ereignis oder der Neujahrsempfang zum Beispiel. Er gehörte nicht zu den sieben- oder achthundert Menschen, die jedes Jahr in der zweiten Januarwoche in die gute Stube der Stadt geladen wurden, um miteinander und mit dem Oberbürgermeister auf ein gutes und erfolgreiches neues Jahr anzustoßen – ein Anlass, bei dem man sich umsah, um gesehen zu werden, einander anlächelte und höfliche Worte wechselte, den unangenehmen Gestalten auszuweichen versuchte und, falls sich die Begegnung nicht vermeiden ließ, sie dann um so freundlicher anlächelte, im Stehen ein Glas Sekt oder Bier oder deren auch mehrere zu sich nahm, denn es kostete ja fünf Euro Eintritt, und die wollten verzehrt ein. Für den Oberbürgermeister war es eine gute Gelegenheit, Freunde und Feinde an sich zu binden, mit einer Einladung außer der Reihe zudem verdienten Bürgern eine besondere Ehre zu erweisen und das politische Programm für das folgende Jahr seiner ausgewählten Hörerschaft nahe zu bringen. Der Rest würde es über die Zeitungen erfahren – falls es ihn interessierte. Für die Besucher war es eine Gelegenheit, dem Oberbürgermeister die Hand zu schütteln und dem einen oder anderen Beigeordneten oder Stadtrat ein lang gehegtes Anliegen zum wiederholten Male nahezubringen. Dann nahm man wieder ein Bad in der Menge, falls dies zu dem gehörte, was man im Leben suchte. Wobei sich diese Menge in zwei Gruppen teilte, nämlich diejenigen, die in der Rede des Oberbürgermeisters namentlich und mit ihrer Funktion begrüßt wurden, und diejenigen, die unter „ferner liefen" rangierten. Dabei war es jedes Jahr ein schönes Spiel zu analysieren, wer in welcher

Reihenfolge begrüßt wurde, wen er gar wegließ bei dieser Ehrenbezeugung, um dann Vermutungen anzustellen, welche Gründe ihn, den Oberbürgermeister, wohl dazu bewogen haben könnten, seine Auswahl so und nicht anders getroffen zu haben, und nachher festzustellen, dass die Polizei, das Handwerk, die Schulen oder was auch immer in seiner Rede zu kurz gekommen waren. Dieser Abend hinterließ bei seinen Besuchern alljährlich das wohlige Gefühl, zu jenem halben Prozent der Bürgerschaft zu gehören, das durch diesen Empfang aus der Masse herausgehoben wurde.

Er war noch nie dabei gewesen, und auch sonst hatte man ihn bei den offiziellen Anlässen nicht gesehen. Er sah seinen Platz bei den restlichen 99,5 Prozent der Einwohner, bei denen, die regiert und verwaltet wurden, die alle paar Jahre wählen durften, um sich damit in die Hände jenes halben Prozents zu begeben, das die Fäden in der kleinen Großstadt zog oder den Fädenziehern half. Aber heute hatte er innerhalb einer guten Stunde einen persönlichen Termin beim Oberbürgermeister bekommen, einen Termin, auf den er keinen Wert legte, den er aber wahrnehmen musste, dazu verpflichteten ihn sein Beruf und die Tatsache, dass er ein Bürger dieser Stadt war, wenn auch erst seit ein paar Jahren.

Dabei hatte dieser Tag begonnen wie viele Tage, wie ungefähr jeder zweite Tag in seinem Leben. Gleich nach dem Aufstehen, noch vor dem Frühstück, machte er sich zum Joggen bereit, zog den Trainingsanzug an und die Turnschuhe, verschloss die Haustür und lief zunächst in leichtem Trab, dann aber das Tempo steigernd an den Rhein, erst um den Park herum und danach nach Süden auf die große Brücke zu. Er brauchte das einfach, sonst wurde er nach wenigen Tagen ungenießbar. Das viele Sitzen, das geduldige Zuhören, die beschwichtigende Diplomatie, die zu seinem Arbeitsalltag gehörten, kosteten viel

Kraft und hatten wenig mit dem Jäger und Sammler zu tun, dem seine genetische Ausstattung entsprach. Wenn ein Mann mit Mitte dreißig seinen Körper vernachlässigte, dann merkte er es spätestens mit Mitte vierzig, und dazu hatte er keine Lust – abgesehen davon, dass Laufen für ihn so etwas wie eine körperliche und mentale Runderneuerung bedeutete, die nur noch mit den Stunden der Meditation zu vergleichen war, die er an den Tagen morgens pflegte, an denen er nicht lief.

Jeden Morgen ging es an die Rheinpromenade, und er genoss den Geruch des Flusses, der lange nicht mehr so stank wie in seiner Jugend. Nein, er empfand diesen Geruch als angenehm und in seinem Gehirn war er unlösbar verbunden mit dem tuckernden Geräusch der Schiffsdiesel und den gelegentlichen Schreien der Möwen. Der Fluss war nie derselbe, auch die Schiffe und die Möwen nicht, aber sonst wiederholte sich vieles. Fast jeden Morgen dieselben Spaziergänger, die meisten mit ihren Hunden, die gleichen Busse, die die Schüler zu ihrem Tagespensum transportierten, dieselben Fahrradfahrer und Jogger und dieselbe Joggerin, auf die er schon wartete, die denselben Zweitagesrhythmus beim Laufen hatte wie er, auf deren Rhythmus er sich nach einigen Fehlversuchen eingestellt hatte, ihm meist in der Nähe der Hafeneinfahrt begegnete, die er schon von Weitem erkannte, an ihrer Art zu laufen, ihrer Gestalt, ihren Haaren, ihren Gesichtszügen, der Nase, die ein wenig schief zu stehen schien und dieses Gesicht einzigartig machte, an den schmalen Augen, deren Farbe er noch nicht hatte erkennen können, den hohen Wangenknochen und diesem Lächeln, das er ihr manchmal abringen konnte, das von einem unvergleichlichen Charme war und ihn wie ein unverhoffter und doch langersehnter Sonnenstrahl aus einer Wolkendecke traf.

Heute Morgen hatte ihn dieser Strahl nicht getroffen, denn er brach seinen morgendlichen Rundlauf früher ab. Er lief an den Rhein und bekam den letzten Hauch der Morgendämmerung mit, bevor sie sich in den Tag hinein auflöste. Die Häuser auf der anderen Rheinseite warfen lange Schatten auf die Uferwiesen, der Verkehr auf der Brücke hatte noch nicht seinen Höhepunkt erreicht, ein Zug fuhr darüber, eine Straßenbahn gesellte sich dazu. Fast konnte man dieses Spiel von Hunderten von Rädern und Motoren schön finden, wenn man nicht selber in einer dieser Metallkisten sitzen musste, die die Menschen zur Arbeit auf die andere Seite des Flusses brachten, man sich nicht durch die Gänge der Züge oder die Schlangen auf den Fahrspuren schlängeln musste, dicht an dicht mit anderen Menschen oder Fahrzeugen, die Meisten voller Restmüdigkeit und mit mieser Laune, manche gehetzt und aggressiv, die Einen gewaschen, zu viele nicht, die Kleider den Kneipengeruch des Vorabends ausdünstend und die Münder den Geruch von Kaffee oder Knoblauch. Wenn man das Spiel der Lichter und Farben auf der Brücke zugleich mit dem frischen Geruch des Morgens wahrnahm, dann konnte man das schön finden, und er fand es schön. Diese Zeit am Morgen gehört ihm, es gab keine Anrufe und er traf keine Menschen, mit denen er Worte wechseln musste, die er lieber für sich behalten hätte.

Wenn man den Rhein hinunter auf die Brücke zulief, so befand sich dort früher eine große Industriebrache. Zwar war die Stadt erst annähernd einhundertfünfundsiebzig Jahre alt, aber sie hatte schon viele Veränderungen hinter sich. Sie hatte ihre Existenz der chemischen Industrie zu verdanken, die auf der anderen Seite des Rheines keinen Platz mehr fand und deshalb hierher auswich. Mit den Arbeitsplätzen kamen die Menschen, aus Arbeitersiedlungen wurde eine Stadt. Aber nicht jede Fabrik lebte so lange wie eine Stadt. Diese hier oberhalb der

Brücke hatte das Schicksal vieler gehabt. Zwischen den Weltkriegen und im Krieg war sie gewachsen und hatte geblüht, bis in den Siebzigern der Stahl gegen die Chemie zu verlieren begann und die große Konzentration im Stahlgewerbe anfing. Dann wurde sie von einem ausländischen Konzern aufgekauft und zerstückelt. Einzelne Bereiche wurden wieder verkauft, die unwirtschaftlichen wurden stillgelegt, als die staatlichen Förderungen nichts Positives mehr zum Konzernergebnis beizutragen hatten. Da nutzten Demonstrationen und Solidaritätsbekundungen der Bundestagsabgeordneten nichts, vielleicht hörte man in der fernen Konzernzentrale auch nichts, und wenn, dann tat es nicht weh, denn auf der nächsten Hauptversammlung hatte man schöne lange schwarze Zahlen vorweisen können. Die Shareholder waren weit weg und hatten feste Pläne mit ihrer Dividende oder mit dem Erlös aus dem gestiegenen Aktienkurs. Irgendwann war es dann aus mit dieser Fabrik und mit den Arbeitsplätzen, und weil die Gebäude sowieso inzwischen mitten in der Stadt lagen, wo die Industrie nichts zu suchen hatte, da kaufte die Verwaltung das Gelände auf, um es von den Kontaminierungen zu befreien und weiterzuverkaufen. Wohnungen entstanden und Fahrbahnen. Man hatte lange miteinander gestritten, wie die Straße, die hier durchgehen, zur großen Chemiefabrik im Norden der Stadt führen und die Arbeitnehmerlogistik erleichtern würde, verlaufen sollte: geradeaus oder um die Kurve, unter der Erde oder darüber. Die Entscheidung darüber sah Oberbürgermeister kommen und gehen, Koalitionen im Stadtrat brachen darüber auseinander, neue wurden geschlossen, und schließlich entschied man sich für eine ebenerdige, denn die war am günstigsten.

Danach gab es ein neues Großprojekt, das die Verantwortlichen in Stadt und Land in Atem hielt und die Bürgerschaft spaltete – man brauchte eine weitere Brücke.

Die beiden alten waren marode und würden nicht mehr lange dem täglichen Ansturm der großen und kleinen Autos standhalten. Die Auseinandersetzungen darüber waren heftiger gewesen als alle Diskussionen um den Neubau an der Stelle eines abgerissenen runden Kaufhauses oder die Gestaltung eines zentralen Platzes zuvor. Seit Jahren war immer wieder die Forderung nach einer dritten Rheinbrücke erhoben worden, denn der Verkehr auf den beiden anderen führte jeden Morgen und Abend zu langen Staus. Als man daran ging, die Zufahrt zu der einen zu erneuern, wurde die andere marode, und schiere Verzweiflung brach aus. Wie sollte man die vielen Autos über den Rhein bekommen? Man sprach von einer Fähre, verhandelte mit der Bundeswehr über den Bau einer Pontonbrücke wie dereinst kurz nach dem Krieg, oder schlug vor, den alten Bahnhof zu einer Verladestation für Autoreisezüge umzubauen und einen Pendelverkehr einzurichten, wie er sich schon für die Insel Sylt bewährt hatte. Alles erwies sich als wenig zielführend und so hatte man eine weitere Brücke ins Auge gefasst. Sie sollte am Stadtpark die kleine Großstadt verlassen, um im Naherholungsgebiet der großen Großstadt auf der anderen Rheinseite anzukommen.

Dass dieses Projekt allen ökologischen Bedenken zuwiderlief, war jedem auf Anhieb klar. Das Image der kleinen Großstadt würde leiden, noch weiter leiden. Leiden würde aber außerdem nicht nur die Natur, sondern auch das zweitgrößte Filmfestival Deutschlands, das alljährlich in eben diesem Stadtpark abgehalten wurde. Das war für manche noch schlimmer als jeder Eingriff in die Natur. Man war verzweifelt und ging mit dieser Verzweiflung nach ausführlichen Diskussionen mit Fachleuten, im Stadtrat, in den Medien, an den Stammtischen, zu Hause und am Arbeitsplatz in die Sommerpause.

Es erwies sich als ein großes Glück – einige nannten es auch Fügung –, dass der Oberbürgermeister in diesem Jahr seinen Urlaub mal nicht an der Nordsee, sondern in der Schweiz verbrachte. Beeindruckt von der Tunnelbaukunst des kleinen Alpenvölkchens ließ er am ersten Arbeitstag nach dem Urlaub verbreiten, man wolle eine Tunnellösung prüfen.

Mit den Bauarbeiten war vor zwei Monaten begonnen worden. Täglich gruben sich die schweren Geräte eines großen internationalen Baukonzerns tiefer in die Erde. Man baute eine große Schlucht in den Schutt und den Kies, in die die Tunnelbohrmaschine hineingefahren werden sollte. Die Bauarbeiten hatten an jenem Tag noch nicht begonnen, seiner Neugierde folgend lief er den Umweg zur Baustelle und warf einen Blick in die Tunnelschlucht.

Man hatte an dieser Stelle nur Sand vermutet, Sand, den der Rhein irgendwann in seiner langen Geschichte, vielleicht zu einer Zeit, als die Evolution noch nicht an Menschen dachte und sich noch mit Dinosauriern abgab, hier angeschwemmt hatte, Sand, der aus dem Gestein der Alpen gewaschen und über Hunderte Kilometer hierher transportiert worden war. Die Stadt war eine Stadt ohne Geschichte, ohne nennenswerte Geschichte jedenfalls, zumindest im Vergleich zu den Nachbarstädten um sie herum, eine Stadt, die entstanden war, weil eine Fabrik einen Bauplatz und Menschen Arbeit suchten. Aus den kleinen Anfängen einer Chemiefabrik war eine der größten Industrieanlagen Europas geworden, Arbeitsplätze für fast vierzigtausend Menschen allein in diesem Werk, dann die Zulieferer, die Handwerker und die Dienstleister, die sich nach und nach angesiedelt hatten, die Kneipen und Kirchen, die Sportplätze und Schwimmbäder, die Tennisplätze und Kleingartenanlagen, die auf den Äckern an den Rheinauen entstanden waren. Aus dem Nichts war eine Stadt geworden und das in nicht viel mehr als fünfzig Jahren.

Aber was er da beim morgendlichen Joggen in der Tunnelschlucht entdeckte, war nicht dieses Nichts. Es waren Steine. An sich auch nichts Ungewöhnliches, wenn es nicht behauene Steine gewesen wären, Sandsteine, die zudem in einem ganz bestimmen Muster auf der Erde lagen. Er kannte dieses Muster, und wenn er es nicht im Laufe seiner Allgemeinbildung kennengelernt hätte, dann spätestens in den Jahren seines Studiums. Es war – und er brauchte gar nicht genauer hinschauen oder nachzudenken, um das festzustellen – es war der Grundriss einer Kirche, einer romanischen Kirche genauer gesagt, der Grundriss einer dreischiffigen Basilika.

Die Bauarbeiter rüsteten sich gerade für den Tag, vertauschten in den Umkleidecontainern ihre Jeans und Poloshirts mit der Arbeitskleidung, erzählten sich die Erlebnisse des Vorabends oder die neuste Zote vom Stammtisch. Er stieg in die Baugrube hinab und schaute sich die Sache genauer an. An einer Stelle waren die Steine am Vorabend aus der Form gerissen worden, wohl kurz bevor die Arbeiten wegen der einbrechenden Dunkelheit eingestellt wurden. Aber es war ganz sicher das Grundgemäuer einer Kirche. Neben einem der Steine lag, ein wenig versteckt im Sand, ein Ring, und den steckte er ein.

Man hätte mit vielem rechnen können an dieser Stelle im Sand am Ufer des Flusses, mit Mammutknochen aus der Steinzeit, vielleicht auch mit den Überresten eines gestrandeten römischen Schiffes, mit den vergrabenen Resten der Industrieproduktion zu Beginn des Jahrhunderts, vielleicht auch mit dem bisher unentdeckten Opfer eines Mordes – aber mit einer Kirche, einer antiken Basilika zudem, konnte man nicht rechnen. Denn der Ort, an dem heute diese kleine Großstadt stand, war auf keiner der alten Karten verzeichnet, war zweihundert Jahre zuvor nie genannt worden. Es gab keine bekannten Siedlungen hier an dieser Stelle und erst recht keine römischen, in keinem der überlieferten Texte war je etwas erwähnt worden. Speyer, Köln und Mainz, das waren Städte, die man bis in die Antike zurückverfolgen konnte, auch viele andere kleinere Orte, aber nicht diese Stadt. Hier hatten noch nie Menschen gewohnt, so viel man wusste – so viel man bis zu diesem Tag gewusst hatte.

Eine Basilika bedeutete nicht nur eine Kirche auf freiem Feld, eine Basilika bedeutete eine Stadt, eine kleine vielleicht, aber eine Stadt, und sie bedeutete den Sitz eines Bischofs. Vielleicht war es der Blick des Ortsfremden, dem die Ungeschichtlichkeit dieser Stadt noch nicht in Fleisch und Blut übergegangen und selbstverständliche Erwartung geworden war, dessen es bedurfte, um in diesen Steinen etwas anderes zu sehen, als ein Haufen Geröll.

„Ich freue mich, dass Sie so schnell kommen konnten, Herr Pfarrer Seyfert. Sie haben sicher einen prall gefüllten Terminkalender." Der Oberbürgermeister kam mit eiligen Schritten auf ihn zu, nachdem die Damen im Vorzimmer ihn hatten warten lassen. Wollte er ihm schmeicheln? Eine etwas plumpe Art der Captatio Benevolentiae? Der Oberbürgermeister war ein kleiner untersetzter Mann, sodass Seyfert leicht über ihn hinwegsehen konnte, vermutlich eine der wesentlichen Antriebsquellen seines persönlichen Ehrgeizes und Grund für seinen politischen Erfolg. Dieser spontane Blick über den OB hinweg war vielleicht nicht sehr höflich, aber die Aussicht, die sich ihm hier im obersten Stockwerk des Rathauses bot, war schlichtweg überwältigend. Nach drei Seiten hin war das Büro von einer hohen Fensterfront umgeben, die Scheiben reichten vom Boden bis an die Decke, sodass man fast das Gefühl haben konnte zu schweben, über der

Stadt zu schweben. Von hier aus hatte der Oberbürgermeister wirklich einen fantastischen Überblick über seinen Zuständigkeitsbereich, den Rhein und die Häuserschluchten, aus denen hier ein höheres Gebäude, dort ein Kirchturm herausragte, in der Ferne die Hügelketten an den Rändern des Rheingrabens und alles dominierend die riesigen Werksanlagen der Fabrik, die jeden Tag hunderte Tonnen von chemischen Produkten ausstieß, auf Züge verlud, die wie Würmer nach allen Seiten aus der Stadt herauskrochen, auf Schiffe und auf Lastkraftwagen. Industrieanlagen konnten auch schön sein, es war nur eine Frage der Perspektive.

Beim Betreten des Rathauses hatte er die Stadt und ihre Gerüche hinter sich gelassen. In diese Räume drangen die vielfältigen Aromen der Großstadt nicht hinein. Hier hörte man nicht die lautstarke Disputation der italienischen Familie, das von ruhigen Gesten begleitete Gespräch der vollbärtigen Anatolier, das Schimpfen der gestressten Mutter und die aggressiven Sprüche der Halbstarken. Hier roch es nach Papier und Klimaanlage, dämpften der Teppichboden und die missbilligenden Blicke der Mitarbeiterinnen jedes zu laute Wort, herrschte die distanzierte Sachlichkeit der Verwaltungsvorschriften. Die Wände des langen Ganges zum Vorzimmer des Oberbürgermeisters waren geschmückt mit Fotografien der herausragenden Bauprojekte seiner Amtszeit und den Porträts seiner Vorgänger.

Seyfert streckte mit einem „Guten Tag" dem Oberbürgermeister seine Hand entgegen.

„Nehmen Sie doch Platz", lud er ihn ein. „Möchten Sie einen Kaffee?"

Der Eröffnungs-Smalltalk nahm seinen Verlauf. Er lehnte den Kaffee dankend ab, nahm Platz und schaute noch einmal auf das Panorama jenseits der Fensterscheiben.

14

„Vielen Dank, dass Sie gleich angerufen haben", begann Oberbürgermeister Wagner das Gespräch. „Das ist ja eine überraschende Nachricht. Zunächst konnte ich es nicht glauben, aber als man mir sagte, Sie hätten angerufen, da habe ich mir gedacht: Der Mann muss es ja wissen. Wie lange sind Sie denn nun schon dort an der Lukaskirche?"

„Fünf Jahre, und es gefällt mir wirklich gut." Franz Seyfert schaute sein Gegenüber offen aber ausdruckslos an.

„Ihren Vorgänger habe ich gut gekannt. War der nicht zwanzig Jahre auf der Stelle? Damals haben wir in Ihrer Gemeinde gewohnt. Er hat unsere Kinder konfirmiert." Der Oberbürgermeister strich sich die quergestreifte Krawatte über seinem Bauch glatt und fuhr sich mit der linken Hand durch die Haare. „Die Gemeinde wird immer kleiner, stimmt das? Haben Sie so viele Kirchenaustritte, oder wie kommt das?"

Franz Seyfert war es gewöhnt auf seinen Vorgänger angesprochen zu werden, der gute Arbeit geleistet hatte, aber in diesem Fall war es für ihn ein Zeichen, dass der Oberbürgermeister, was die Kirche betraf, in der Vergangenheit lebte, Sein Hinweis auf die Kirchenaustritte war entweder ein gekonnter Tritt ins Fettnäpfchen oder aber der erste Versuch, sein Gegenüber einzuschüchtern. Also, entweder saß da ein Tollpatsch auf dem Sessel des OB oder ein zielstrebiger Taktiker, der von Anfang an auf Überlegenheit aus war.

„Nun, unser Mitgliederschwund ist bedauerlich, hält sich aber zum Beispiel im Vergleich zu dem der Parteien und Gewerkschaften noch in Grenzen." Seyfert lächelte sein harmloses Lächeln. „Wir haben immer noch mehr Mitglieder als Ihre Partei Wählerinnen und Wähler." Er hatte nicht vor, sich auf so plumpe Weise die Butter vom Brot nehmen zu lassen.

Das Stadtoberhaupt wechselte das Thema und kam zur Sache. Während er seinen Gesprächspartner durch schmale Augen musterte, sagte er: „Wir haben die Bauarbeiten an diesem Teil des Tunnels gleich einstellen lassen. Uns liegt die Geschichte unserer Stadt am Herzen. Ihnen sicher auch!" Der OB bemühte sich um einen sorgenvoll leidenden Tonfall. „Ich hoffe nur, die Presse bekommt keinen Wind davon. Das möchte ich zunächst vermeiden. Diese Steine stürzen uns nämlich in Probleme."

Seyfert sah zwar keine Probleme, aber er nickte. Ein Mann von der Erfahrung des Oberbürgermeisters musste recht haben, wenn er so etwas sagte, und falls er nicht recht haben sollte, würde es sicher schwer sein, ihn vom Gegenteil zu überzeugen. Denn ein Oberbürgermeister musste zunächst einmal immer recht haben, sonst begann seine Autorität zu bröckeln.

„Ich habe auch schon mit Ihrer Dekanin gesprochen", fuhr der OB fort, räkelte sich in seinem Sessel und richtete sich auf. „Sie ist ganz meiner Meinung. Eine kluge Frau haben Sie da in Ihrer Kirche."

Vielleicht hat er auch schon beim Kirchenpräsidenten angerufen, dachte Seyfert. Warum fährt er diese Bataillone auf? Warum diese Rückversicherung in der Kirchenhierarchie?

„Wir waren uns einig, dass Sie ein verständiger Mann sind, auf den man rechnen kann."

Seyfert war sich sicher, dass er heute Morgen lediglich die Grundmauer einer alten Kirche gesehen hatte, aber weder eine Giftgasbombe aus dem letzten Weltkrieg, noch ein Massengrab, noch Fässer mit Chemikalien oder was auch immer. Offenbar hatte die Nachricht über die Entdeckung dieser Steine mehr Aufruhr ins Rathaus gebracht, als es die Nachricht von einem Gewinneinbruch in der Fabrik oder ein Flugzeugabsturz auf eine Schule getan hätte. Nun wollte er ein bisschen mehr hören als diese enigmatischen Äußerungen und sublimen Einschüchterungsversuche.

„Ja, leider kann ich den Fund historisch nicht so richtig einordnen", setzte er an und fuhr fort: „Aber bei der *Rheinpfalz* gibt es einen Redakteur, der in Kunstgeschichte sehr beschlagen ist. Vielleicht sollte man dort einmal anrufen."

Wenn er sich hätte winden können, dann hätte sich der Oberbürgermeister nun gewunden, aber angesichts seiner kugelförmigen Figur kam nur ein sanftes Kreisen des Kopfes oberhalb des Maßanzugs heraus.

„Ich denke, das sollten wir unsere eigenen Leute machen lassen. Ich könnte es auch einmal mit einem Anruf beim Landesamt für Denkmalpflege versuchen. Da ist das in besseren Händen als bei der Presse." Der OB neigte sich ein wenig vor und fuhr in vertraulichem Ton fort. „Überhaupt, Herr Seyfert, ich halte es für angebracht, dass wir über diese Angelegenheit zunächst einmal Stillschweigen bewahren. Sie können sich doch vorstellen, welche Konsequenzen ein solcher Fund an dieser Stelle hat."

Natürlich konnte er sich das vorstellen, wobei er zunächst einmal daran dachte, dass es eine erfreuliche Entdeckung war, denn dieser Fund bedeutete, dass die Stadt nicht nur hundertfünfundsiebzig, sondern weit über tausend Jahre alt war. Er bedeutete, dass man die Geschichtsbücher um eine kleine Nuance ändern musste.

„Es bedeutet, das wir die Geschichte unserer Stadt neu schreiben können. Sie wird fortan eine alte Stadt sein, das wird ihr guttun." Seyfert beobachtete die Reaktion seines Gesprächspartners genau. „Vielleicht werden wir statt eines umstrittenen Tunnels dort am Rhein bald eine wieder aufgebaute alte Basilika haben."

Der Oberbürgermeister zuckte, aber nur ein wenig.

Seyfert fuhr in nachdenklichem Ton fort: „Aber wir brauchen auch die Rheindurchquerung."

„Ich möchte gerne, dass wir so verbleiben, dass diese Angelegenheit zunächst einmal nicht an die Öffentlichkeit gebracht wird." Der OB hatte einen Schluck Kaffee aus seiner Tasse getrunken und sich zurückgelehnt. Aus seiner Stimme war jede werbende Wärme verschwunden und einer Kälte gewichen, der es an Eindeutigkeit nicht fehlte. Vielleicht war es dieser Ton, der ihm den Ruf eingebracht hatte, hart zu sein, und der ihm bei seinen Mitarbeitern so viel Antipathie eingetragen hatte. „Ich habe diese Abmachung wie gesagt auch mit Ihrer Dekanin getroffen und ihr zugesagt, dass ich sie auf dem Laufenden halten werde. Ich denke, so können wir miteinander verbleiben."

Auf Drohungen mit der Kirchenhierarchie reagierte Seyfert in der für seinen Berufsstand typischen Weise, nämlich allergisch. Die reformatorische Erkenntnis von der Gottunmittelbarkeit jedes Menschen pflegte man in der protestantischen Pfarrerschaft auch auf das Dienstverhältnis anzuwenden. Wenn der Job eines Pfarrers oder einer Pfarrerin nicht nur ein Beruf, sondern eine Berufung war, dann war allein schon durch diese Doppelung eine konsequente innerkirchliche Hierarchie ausgeschlossen. Getreu dem biblischen Motto, man könne nicht zwei Herren dienen, zog man sich im Konfliktfall auf die Behauptung zurück, der himmlische Herr stelle andere Anforderungen als der weltliche Dienstherr, selbst wenn dies theologisch nur schwer zu begründen war.

Oberbürgermeister Wagner stand auf. Eine kurze Lektion kommunaler Machtausübung, die erste für Franz Seyfert, und es sollte nicht seine letzte sein. Hatte Wagner auf ihn zunächst noch so sympathisch gewirkt wie auf den Wahlplakaten, mit denen er im Jahr zuvor die Wahl gewonnen hatte, so war ihm nun deutlich geworden, dass

ein kleiner dicker Mann keineswegs gemütlich sein musste, und dass der, der nun neben ihm stand, es wahrscheinlich auch nach einigen Gläsern Wein nicht werden würde.

2

Während Seyfert noch auf dem Weg zum Büro des Oberbürgermeisters war und im Aufzug des Rathauses der Anzeige der Leuchtdiode bis in den obersten Stock folgte, hatte er keine Ahnung davon, welche Kreise seine schlichte Beobachtung vom frühen Morgen bereits gezogen hatte.

Bei Balduin Sonntag hatte just in dem Moment, in dem Seyfert den Aufzug betrat, das Telefon geklingelt. Der Ortsvorsteher der Südstadt war an diesem Morgen so früh aufgestanden, wie es sich für einen Rentner geziemte, und das war spät. Der Wecker hatte nicht geklingelt, denn er war nicht eingestellt worden. Die Frau war schon beim Bäcker, als er den rechten Fuß auf den Boden neben seinem Bett stellte, worauf er jeden Tag peinlich genau achtete. Deshalb stand er nie auf, bevor er wirklich richtig wach war, um nicht aus Versehen doch mit dem linken Fuß den Boden zuerst zu berühren, was vermutlich üble Folgen für den Rest des Tages gehabt hätte.

Der Abend vorher hatte den für einen Lokalpolitiker alten Schlages, wie Balduin Sonntag es war, typischen Verlauf genommen. Er war bei einem der Vereine des Stadtteils zu Gast – wobei dies auch eine Ortsbeiratssitzung, eine Ausschusssitzung der Stadtratsfraktion, ein Treffen der Katholischen Arbeitnehmerschaft, der Kolpingfamilie oder was auch immer hätte sein können. Solche Sitzungen erforderten ein gutes Sitzfleisch und eine geduldige Ehefrau, die sich zu beschäftigen wusste. Das wusste Frau Sonntag, die fast fünfzig Jahre mit diesem Mann verheiratet war und außerhalb der Urlaubszeit nur wenige Abende mit ihm allein verbrachte.

Früher hatte sie bei einigen Veranstaltungen mitgemacht, in der Frauenunion zum Beispiel, aber dann widmete sie sich mehr den Kindern und später den Enkeln und begleitete ihren Mann nur noch gelegentlich zu seinen abendlichen oder wochenendlichen Ausflügen in Politik, Vereine und Kirche.

Solche Abende endeten in der Regel bei einem Glas Wein, dem eine Reihe anderer folgten – in der Vereinsgaststätte, im Kolpinghaus oder im Sitzungsraum des Ortsbeirates. Gemeinsames Trinken fördert die Kommunikation, gemeinsames Saufen führte zu so etwas wie einer Blutsbrüderschaft. Es schweißte zusammen, wenn man gemeinsam über die Stränge schlug, es erleichterte die politischen Niederlagen, verstärkte die Euphorie der Siege, auch wenn die im Rausch gefassten Beschlüsse im Licht des nächsten Tages nicht immer Bestand hatten. Aber wie schön war es, über die Sozis zu schimpfen, wenn alle um einen herum derselben Meinung waren, während ein paar Straßen weiter bei den Roten die Vorfreude über den irgendwann sicher zu erwartenden Untergang der Schwarzen heraufbeschworen wurde.

Die Leber von Balduin Sonntag schien sich an diese Lebensweise gewöhnt zu haben, sie war nur leicht vergrößert, aber in seinem Bauch sei noch genug Platz, sagte er immer, und außerdem wüsste auch er nicht, wie lange er noch zu leben hatte. So sah er keinen Grund, etwas zu ändern, denn der Herrgott hatte den Menschen den Wein geschenkt, warum sollte er dann schlecht sein.

An diesem Morgen hatte er die beiden Zeitungen seiner Heimatstadt gelesen, sich darüber geärgert, dass der Bericht von der letzten Ortsbeiratssitzung immer noch nicht erschienen war, und sich über den Kommentar gefreut, in dem die gestrige Rede des Fraktionsvorsitzenden der SPD als kurzsichtig und rechthaberisch bezeichnet wurde. Er brachte seinen Wagen in die Werkstatt und sah die eingegangene Post durch. Er freute sich schon auf das Mittagessen, als bei ihm das Telefon klingelte, während Franz Seyfert im Aufzug des Rathauses bei der Fahrt hinauf in den obersten Stock stand.

„Ich muss in einer halben Stunde beim OB sein!", rief er in hektischem Ton seiner Frau durch die Wohnzimmertür zu. „Die große Runde ist einberufen worden."

Frau Sonntag nahm diesen Notruf mit Gelassenheit zur Kenntnis. Die Männer regten sich gerne auf, wahrscheinlich weil sie sich dann wichtig fühlen konnten. Das war eines der innigsten Bedürfnisse der schwächeren Hälfte der Menschheit – alles groß und alt gewordene kleine Jungen, für die die Kommunalpolitik ein Räuber- und Gendarmspiel zu sein schien, bei dem Verlieren und Gewinnen genauso dazu gehörte wie Verstecken, Überlisten und gelegentlich auch Belügen. Bei dem unterm Strich aber nur die wirklich zu den Gewinnern zählten, die die gut bezahlten Posten im Rathaus oder im Landtag bekamen. Den Rest versuchte man mit kleinen Vergütungen und Ehrungen bei Laune zu halten, und wenn es gar nicht anders ging, dann mussten sie als Bauernopfer dienen.

Ihr Mann gehörte zu denen, die immer wieder für die anderen die schmutzige Wäsche gewaschen und verbale Angriffe gegen den politischen Gegner gefahren hatten. Er verhalf dem Kandidaten seiner Partei zum Landtagsmandat, und dafür dufte er sich dessen Unterstützung gewiss sein, wenn es im Stadtteil mal größere Probleme gab. Nach seiner Verrentung, nach vierzig Jahren in der Fabrik machten sie ihn zum Ortsvorsteher. Jetzt hatte er einen Titel und durfte sich noch mehr Abende auf irgendwelchen Sitzungen um die Ohren schlagen. Frau Sonntag sagte nichts dazu, nein, sie sagte ihm sogar, dass sie sich für ihn freue, als er ganz glücklich vom Treffen des Kreisverbandes zurückkam, auf der man ihn zum Kandidaten für die Ortsvorsteherwahl in der Südstadt gemacht hatte, eine Wahl, die er mit großer Wahrscheinlichkeit gewinnen würde bei der traditionellen CDU-Mehrheit in diesem Stadtteil, und die er auch mit deutlichem Vorsprung gewann.

Das war vor zwei Jahren gewesen. Seitdem war er für die Menschen hier im Südosten der Stadt ein wichtiger Ansprechpartner, von dem man erwartete, dass er sich um ihre Anliegen und die Probleme des Ortsteils kümmerte, dass er Politik gestaltete, obwohl die eigentlich im Rathaus gemacht wurde. Bewegen konnte er nur etwas, wenn es dem Oberbürgermeister oder einem der Dezernenten nicht in die Quere kam. Wenn er tat, was man ihm sagte, die Probleme vom Rathaus fern und eine gute Stimmung im Stadtteil aufrecht erhielt, dann war er bei der Verwaltung ein gern gesehener Gast. Wenn er mit Forderungen kam, wies man ihn erst freundlich und dann deutlich in seine Schranken. Entscheidungskompetenzen hatten der Stadtrat und die Verwaltung, aber nicht der Ortsbeirat und der Ortsvorsteher. Aber ihr Mann schien damit leben zu können, und sie konnte sich auch eine schlechtere Gestaltung seines Rentnerdaseins vorstellen.

So machte sich Balduin Sonntag also auf den Weg ins Rathaus zu einer wichtigen Sitzung.

Am folgenden Nachmittag kam einiges an Bewegung in der Stadt, auch wenn die meisten ihrer Bürger davon nichts bemerkten. Franz Seyfert bemerkte ebenfalls nichts davon. Er war gut beschäftigt. Am Nachmittag hielt er seinen Konfirmandenunterricht und am Abend hatte er eine Sitzung des Finanzausschusses seines Presbyteriums, ein wenig erquicklicher Tagesabschluss, denn es ließ sich ganz gut über Geld reden, wenn man welches hatte – obwohl es auch dann Streit darüber geben konnte, wofür man es ausgab – wenn man aber kein Geld hatte oder jedenfalls zu wenig, dann zermürbten die sich daraus ergebenden Diskussionen die Nerven. So ging es ihm in seiner Gemeinde mit einer großen Kirche und einem prächtigen Gemeindehaus, aber einem ebenso imposanten Renovierungsstau.

Im Rathaus und in den Geschäftsstellen der Parteien liefen derweil die Telefone heiß. Der Oberbürgermeister hatte alle aus der großen Runde zum Schweigen verdonnert, nur die Fraktionsvorstände dürften etwas erfahren und natürlich der Ortsvorsteher der Südstadt, das ließ sich nicht vermeiden. Bei dieser Entdeckung handelte es sich um ein Politikum, das hatte der OB schnell erkannt und versuchte, es den anderen mit Nachdruck deutlich zu machen. Man hatte lange um eine Lösung des Verkehrsproblems gerungen, Koalitionen waren deshalb unter Spannung geraten und geplatzt. Nun hatte man sich für das teure Tunnelprojekt entschieden, und da durfte nichts mehr in die Quere kommen. Vor allem durfte die Opposition im Stadtrat nichts erfahren, bevor die CDU und das Wählerforum als Mehrheitskoalition sich auf eine klare Position verständigt hatten.

Es brodelte an diesem Nachmittag in der kleinen Großstadt an drei Stellen gleichzeitig, während bei denen, die direkt davon betroffen waren, ein Kopfschütteln die Runde machte. Wieso gleich am Morgen, noch vor Arbeitsbeginn, der Bauleiter gekommen war und angeordnet hatte, man solle an einer anderen Stelle der Tunnelschlucht weiterarbeiten, warum die Grube, die man am Vorabend ausgehoben hatte, zur Hälfte wieder zugeschüttet werden sollte, das leuchtete den Bauarbeitern, vor allem dem Caterpillarfahrer nicht ein. Aber des Menschen Wille war sein Himmelreich, und bezahlt wurden sie nach Stunden und nicht nach erledigten Kubikmetern. So waren diese eigentümlichen Fundamente am frühen Morgen wieder unter einer zwei Meter hohen Sandschicht verschwunden und harrten geduldig der Dinge, die da kommen sollten.

Was da kommen sollte, das war auch die Frage bei der Fraktionssitzung des Wählerforums. Diese kleine Partei war das dreispitzige Zünglein an der Waage der kommunalen Machtpolitik. Nachdem die CDU sich partout nicht auf eine Koalition mit den Grünen einlassen wollte, es für die Grünen und die SPD aber nicht zur Mehrheit gereicht hatte, war es zur Koalition von CDU und Wählerforum gekommen.

Mit der Behauptung, anders zu sein als die anderen, vor allem bürgernäher, hatten es ein Zahnarzt, eine Lehrerin und ein Frührentner geschafft, in den Stadtrat zu kommen und schließlich zu Mehrheitsbeschaffern zu werden. Die Lehrerin erhoffte sich davon, die nächste Sozialdezernentin zu werden, der Zahnarzt eine Belebung der Praxis und der Frührentner wieder etwas mehr Anerkennung. Profitiert hatte vor allem die nähere Umgebung der drei. Die Patienten des Zahnarztes gingen mit besseren Füllungen nach Hause, weil nun immer öfter ein Stellvertreter in der Praxis arbeitete. Die Schülerinnen und Schüler der Lehrerin erhielten einen besseren Unterricht durch die Ersatzlehrer, und der Frau des Frührentners wurde nicht mehr ständig bei der Hausarbeit über die Schulter geschaut. Was die drei und die anderen fünfzehn Mitglieder der Partei des Wählerforums politisch eigentlich wollten, wussten sie selbst nicht. Auf eine Linie konnten sie sich selten einigen, was schon zu öffentlichen Spekulationen über ein Auseinanderfallen der Partei geführt hatte.

Aber heute Nachmittag wussten die drei, bei denen Fraktion und Fraktionsvorstand zusammenfielen, zumindest eines, nämlich dass der Tunnel weitergebaut werden musste, komme, was wolle. Denn mit diesem Projekt hatten sie im Wahlkampf geworben, sich von den Grünen, die dieses Bauwerk entschieden ablehnten, abgesetzt und ihren Teil aus dem Lager der unzufriedenen Wähler gewinnen können.

Der Zahnarzt mit den grau gefärbten Schläfen des Gutbetuchten und den sauberen Fingernägeln eines akademischen Handwerkers versuchte einen Konsens zu formulieren: „Diese Steine müssen möglichst unauffällig verschwinden, dann können die Arbeiten unbehindert weitergehen. Wir geben der Verwaltung Rückendeckung, und die sollen tun, was sie wollen. Hauptsache, es wird so schnell wie möglich weitergebaut."

Man hatte sich in einem der Sitzungsräume des Rathauses getroffen. Für drei Personen war er mehr als ausreichend, jedes Mitglied der Fraktion hätte acht bis zehn Stühle belegen können. Aber man hatte ausdrücklich dieses große Sitzungszimmer gefordert, denn an der Größe eines Büros wird die Wichtigkeit seines Besitzers deutlich, und an der Größe eines Sitzungszimmers die Bedeutung einer Fraktion – und hier tagten schließlich die Königsmacher.

Während der Frührentner seinen Kopf nachdenklich hin und her wiegte, wurde der Lehrerin bewusst, dass sie eine Beamtin des Kultusministeriums war und sich für die Kultur einzusetzen habe.

„Es ist keineswegs egal, was mit den Grundmauern dort geschieht. Eine antike Basilika ist ein Kulturdenkmal, ein Zeugnis unserer Geschichte. Das muss erhalten werden." Die Lehrerin war Ende dreißig und hatte nicht einen Deut mehr politisches Gespür als ihre beiden Parteifreunde. Bei der Stadtratswahl hatte sie sich bei ihren Wählerinnen und Wählern viele Sympathien durch ihr Outfit erworben, bei dem sie sich eng an den Stars des monatlichen Musikantenstadels aus dem öffentlich rechtlichen Fernsehprogramm orientierte. Ihre Schülerinnen und Schüler waren aus demselben Grund der Ansicht, sie sei eine der nächsten aus dem Kollegium, die zur Pensionierung anstände.

„Und was wird dann aus dem Tunnel?", kam es von dem Herrn über Bohrer und Spritze zurück. Er liebte es, auch außerhalb seiner Praxis in weißen Hosen und weißem Hemd herumzulaufen. Darauf angesprochen, antwortete er regelmäßig, er habe keine Zeit gehabt, sich umzuziehen. Das klang für die meisten plausibel und umgab ihn mit einer Aura von Wichtigkeit.

„Dann müssen wir uns etwas einfallen lassen, zum Beispiel einfach eine Kurve in den Tunnel bauen, oder so etwas Ähnliches." Die Lehrerin wollte einen kreativen Kick in das Gespräch bringen, jedoch mit wenig Erfolg.

Der Frührentner wiegte seinen Kopf weiter hin und her. Er verließ seine Wohnung stets nur mit Anzug und Krawatte, sodass er bei den meisten Menschen den Eindruck eines kultivierten älteren Herrn hinterließ. Dieser Eindruck blieb so lange erhalten, bis er den Mund aufmachte, was er, da ihm die überraschten Reaktionen seiner Mitmenschen auf Dauer nicht entgangen waren, so weit wie möglich unterließ.

Man einigte sich schließlich auf die Idee des Frührentners, auf Fraktionskosten eine Tasse Kaffee trinken zu gehen und dem Mehrheitskoalitionär die Entscheidung zu überlassen, da man sich sowieso nach ihm richten müsse. Aus diesem Vorschlag sprachen die Weisheit und die Bequemlichkeit des Alters und zudem schien er von hohem politischen Verantwortungsbewusstsein geprägt zu sein.

Während das Wählerforum bei Kaffee und Cognac den Tag ausklingen ließ und Franz Seyfert mit seinen Konfirmandinnen und Konfirmanden über die Entstehung des Neuen Testamentes brütete, war man bei der CDU noch lange nicht zu Ende. Hier war der Fraktionsvorstand zusammengerufen worden, und Gerd Baumeister, der Fraktionssprecher im Bauausschuss, versuchte, die Kolleginnen und Kollegen auf Linie zu bringen. Der Sitzungsraum der CDU war dem des Wählerforums sehr ähnlich, jedenfalls war er genauso groß. Die Wände waren geziert mit den Fotografien der Oberbürgermeister der vergangenen vierzig Jahre. Ein wenig kleiner gehalten waren die Bilder der Fraktionsvorsitzenden, wobei man bei genauerem Hinschauen bemerkte, dass es zwischen den beiden Gruppen durchaus Überschneidungen gab. Dominiert wurde der Raum jedoch von der Fotografie eines ehemaligen Bundeskanzlers, der wie ein Übervater seine ausdruckslosen Äuglein auf jedem einzelnen Mitglied der Fraktion ruhen zu lassen schien. Er hatte seine politische Karriere in dieser Stadt begonnen und war der Beweis für die Stärke dieser Partei. Alljährlich war man früher zu seinem neuen Wohnsitz in Berlin gewallfahrt, war schon Wochen vor einem Besuch seinerseits in der kleinen Großstadt nervös gewesen und wusch sich nicht die Hände, wenn er sie gedrückt hatte. Aus der Ferne hatte er die Lokalpolitik seiner Partei gelenkt, die wichtigsten Posten besetzt, und manches Mal schien es sein Blick von der Wand des Fraktionssaales herab gewesen zu sein, der den nächsten Fraktionsvorsitzenden oder Dezernenten ausgedeutet hatte. Sein Abgang war unrühmlich gewesen, er hatte, wie so mancher, zu lange damit gewartet. Aber das tat der Aura, die ihn hier in diesem Raum umgab, keinen wirklichen Abbruch. Nein, man hatte allen seinen Kritikern zum Trotz nach seinem Tod dem Bild einen neuen Ehrenplatz gegeben. Dort, wo das Kreuz gehangen hatte, an der Kopfseite des Saales, gegenüber der Eingangstür, dorthin war seine Fotografie gehängt worden. Das Kreuz fand seinen neuen Platz ihm gegenüber oberhalb der Eingangstür.

Die Gespräche an diesem Nachmittag liefen gut. In zweierlei Hinsicht war man sich schnell einig geworden: Erstens musste der Tunnel gebaut werden, und zweitens musste die Basilika erhalten bleiben. Des sich daraus ergebenden Konflikts war man sich eben so schnell bewusst geworden und suchte bereits seit zwei Stunden nach einer Lösung. Man orderte zum zweiten Mal neuen Kaffee aus der Kantine, was nicht verhinderte, dass eine gewisse Unlust aufkam.

Die CDU stellte schon seit über geraumer Zeit den Oberbürgermeister. Das hatte nicht dazu geführt, dass die personellen Ressourcen besser waren als in anderen Parteien. Es gab nur wenige wirkliche Überzeugungstäter in der Fraktion, Menschen, denen es darum ging, das Gemeinwesen politisch mitzugestalten. Viele hatten mit Enthusiasmus angefangen und waren im täglichen Kleinklein müde geworden. Der Weg durch die Institutionen verschliss die Kräfte, die Macht der Seilschaften entmutigte die Sachorientierten, der Männerklüngel machte es den Frauen schwer und manch einer sah seine Qualitäten in der freien Wirtschaft besser eingesetzt. So war es schwer, qualifizierten Nachwuchs zu finden, und die Fraktion war im Laufe der Jahre zu einer unter sich verschworenen Fraktionsspitze mit einem in der Regel brav nickendem Anhang geworden. Es fiel dem Fraktionsvorstand zunehmend schwer zuzuhören. Man hoffte auf eine schnelle Abstimmung, wenn die Sache nicht so vertrackt gewesen wäre.

Der Tunnel musste sein, das war allen klar, man brauchte ihn als Zubringer zur Fabrik, schließlich war man eine autofreundliche Stadt. Den Tunnel zu verlegen wäre einem politischen Offenbarungseid gleichgekommen, denn genau dies war die Forderung der SPD, die die hohen Kosten dieses Projektes kritisierte und bei der letzten Kommunalwahl bedrohlich aufgeholt hatte. Manch einer malte bereits das Ende der CDU-Herrschaft in der kleinen Großstadt an die Wand. Eine Basilika jedoch, eine katholische Kirche also, einfach zu beseitigen, als hätte es sie nie gegeben, das wurde von zwei altgedienten Mitgliedern als Blasphemie bezeichnet. Als dieser Ausdruck fiel, ging ein Raunen der Verstimmung durch den Saal. Das sei nun doch ein wenig zu weit ausgeholt, meinte einer, und bei aller Liebe zum „C" im Namen der Partei, sei man doch nicht der Büttel der Kirche. Vom Bild an der Stirnseite des Raumes schien ein zustimmendes Nicken zu kommen.

Die Neugründung der Partei nach dem Krieg war von den Mitgliedern einer einzelnen Pfarrei in der kleinen und sehr zerstörten Großstadt ausgegangen. Es waren wackere katholische Christen gewesen, denen es gelungen war, die Zeit des Nationalsozialismus ohne Parteimitgliedschaft in der NSDAP zu überstehen. Sie wollten aus ihrem Glauben heraus die Gesellschaft mitgestalten und sahen sich als Teil einer großen Bewegung zum Wiederaufbau der Stadt und des Landes. Die Partei hatte sich im Laufe der Zeit verändert und es waren andere Beweggründe hinzugekommen. Man war mächtig geworden und konnte in und mit dieser Partei Macht ausüben und Geld verdienen. Der schmächtige alte Mann, der sich nun im Fraktionssaal erhob und die Fotografie an der Stirnseite keines Blickes würdigte, war von Anfang an dabei gewesen. Sein Anzug mit den unmodischen überlangen Revers war ihm viel zu groß und auch die Weste schlotterte um den dünnen Oberkörper. Er rückte seinen Kopf zurecht und sagte mit der letzten ihm zur Verfügung stehenden Bestimmtheit: „Geweihte Erde kann man nicht einfach mit dem Bagger wegreißen." Ein widerwilliges Murmeln ging durch den Saal, aber die Sache war entschieden.

Eine Stadträtin schluchzte laut auf und verließ unter Tränen den Sitzungsraum. Allein die Vorstellung, dass dies geschehen könnte, erschien ihr unerträglich. Auch die, die es mit der Sonntagspflicht nicht so ernst nahmen, lenkten ein. Die Vertreter der evangelischen Minderheit führten noch das Argument „Kulturgut" an, ein geistesgeschichtlicher Kompromiss, mit dem alle leben konnten.

So trennte man sich unzufrieden, die einen mit dem Zustand der Partei, die anderen mit der aufgezwungenen Entscheidung, verabredete sich für den morgigen Tag und verpflichtete sich zu absolutem Stillschweigen.

Dann senkte sich die Nacht über die Stadt, eine laue Frühsommernacht, die manche auf dumme Gedanken brachte, andere nicht schlafen ließ, in der die Gänse am Rhein die Köpfe ins Gefieder steckten und die eitlen Gockel an den Stammtischen alle recht hatten, in der der Lärm auf den Straßen nach und nach gegen den der Güterzüge auf den Fernverbindungsgleisen verlor, in der in den Zeitungsredaktionen die Lichter ausgingen und die Rotationsmaschinen ihren Betrieb aufnahmen, aus manchen Fenstern noch lange das bläuliche Licht der Fernseher drang, unverständliche Gestalten nächtliche Spaziergänge machten, Kinder im Fieber schwitzten und Mütter wachten, und gegen Morgen der Schichtwechsel in der Fabrik die Bahnhöfe und Straßen mit Menschen überschwemmte.

3

Dass sie rote Haare hatte, darauf wäre Franz Seyfert nicht gekommen. Wie sollte er auch. Aber es leuchtete rot durch die Verglasung der Eingangstür seines Pfarrhauses, als es um vierzehn Uhr des folgenden Tages bei ihm klingelte. Das musste sie sein. Vor einer halben Stunde hatte eine Journalistin bei ihm angerufen und gefragt, ob sie ihn sprechen könne. Auf seine Gegenfrage, worum es denn ginge, sagte sie nur, es gehe um das Tunnelprojekt, das läge doch in seiner Gemeinde, direkt vor seiner Haustür sozusagen. Sie hätte gerne einmal mit ihm darüber gesprochen. Warum sollte er Nein sagen, und wenn er es getan hätte, was hätte es genützt. Journalisten bekommen ihre Informationen auf jeden Fall, da ist es besser, man gibt sie ihnen selbst, als dass man es andere machen lässt. Die sagen dann vielleicht etwas, das einem nicht gefällt.

Auf jeden Fall aber gefiel ihm die Journalistin. Klein war sie nicht, aber zart wirkte sie, hübsch war ihr Gesicht nicht direkt, aber irgendetwas Faszinierendes war darin. Vielleicht war es dieser leichte Silberblick, der es ihm so schwer machte, seine Augen von ihr abzuwenden. Er führte sie in sein Amtszimmer.

Sein Pfarrhaus war eines von den schöneren. Es glich von außen einer alten Stadtvilla, zwei Stockwerke und ein bewohnbares Dachgeschoss, eine repräsentative Fassade zur Straße hin mit Fensterrahmungen aus Sandstein, in der Mitte ein runder Erker, über den sich im ersten Stock ein kleiner Balkon öffnete, die Fensterbrüstungen und der Balkon mit schmiedeeisernen Gittern versehen, die allerdings im Laufe der Zeit schon einiges an Substanz eingebüßt hatten. Irgendwann war es einmal gelungen, den Fenstern diese schweren ausstellbaren Holzroll-läden zu verpassen, die zu bewegen jeden Frühsport er-setzte. Aus dem Walmdach ragten vorne und hinten zwei Gauben heraus, dahinter waren einst die Dienstbotenzim-mer gewesen, Reste aus jener Zeit, in der die Pfarrer zu den besseren Leuten gehörten, bei denen man in Stellung ging, als Armut der Normalfall war in einer Gesellschaft der Ungleichheit, als Kirche und Staat eine Einheit bilde-ten und die Predigten der Pfarrer staatstragende Funktion zu haben hatten.

Franz Seyferts Predigten waren keineswegs immer staatstragend, aber er hatte auch keine Dienstboten. Viel-mehr bewohnte er dieses ihm riesig erscheinende Haus alleine. Es wäre Platz genug gewesen für Vater, Mutter und fünf Kinder, für eine richtige Pfarrfamilie also, so wie man sie früher hatte und wie manche sie sich auch heute noch wünschten, eine große Küche neben dem Ess-zimmer, ein Wohnzimmer, das mit seinen Stuckrahmen an der Decke die Bezeichnung Salon verdient hätte, ein imposantes Arbeitszimmer mit dunklen Einbaumöbeln für den Herrn Pfarrer und im Oberschoß eine ganze Reihe kleiner Zimmer und ein Bad. Es fiel nicht schwer, sich in diesem Haus mit seinen großzügigen Fluren und den ho-hen Räumen in die ausgehende Kaiserzeit zurückversetzt zu fühlen. Die jetzige Einrichtung im Ikea-Look stand in einem gewissen Gegensatz zur Architektur. Entweder hatte der Bewohner dieses Hauses kein sicheres Stilge-fühl, oder aber die Steuerklasse Eins ließ ihm unterm Strich zu wenig übrig. Die Fichtenholzmöbel und Strick-teppiche auf dem Parkett hinterließen unweigerlich den Eindruck einer Studentenbude, wenn auch auf gehobe-nem Niveau.

Das Arbeitszimmer jedoch, in dem die beiden nun sa-ßen, strahlte Gediegenheit und Tradition aus. Die Ein-richtung hatte schon einigen Vorgängern gedient.

„Ja, ich hatte es Ihnen schon am Telefon gesagt", setzte die Journalistin, die sich als Katia Bechstein von der *Rheinpfalz* vorgestellt hatte, an. „Ich wollte mit Ihnen einmal über den Tunnelneubau hier in der Südstadt sprechen."

Sie schaute sich in dem Zimmer um, und er befürchtete, dass es ihr nicht gefiel. „Vielen Dank übrigens, dass Sie so schnell Zeit hatten."

Vielleicht hätte er sie doch besser ins Wohnzimmer bitten sollen, nur war es da so unaufgeräumt.

„Diese Baustelle liegt in Ihrer Gemeinde, da gibt es doch eine Menge Lärm und Behinderungen."

Also, irgendwie war sie ein hübscher Anblick.

„Was denken die Leute denn so darüber?"

Seyfert war sich nicht sicher, was sie wollte. Er hatte vermutet, sie werde ihn nach den Resten der Basilika fragen. Aber woher sollte sie etwas wissen? Mit dem Oberbürgermeister war Stillschweigen vereinbart worden. Er konnte sich nicht vorstellen, dass der etwas an die Presse gegeben hatte. Es gab allerdings noch viele andere Möglichkeiten. Wer wollte ausschließen, dass nicht auch andere diese Relikte gesehen und richtig gedeutet hatten? Dann gab es noch die Bauarbeiter. Zwar war alles schnell wieder vergraben worden, aber irgendjemand könnte es gesehen haben.

„Selbstverständlich sind die Leute hier nicht glücklich über die Baustelle", begann er. „Aber alle haben es lange genug gewusst und letztlich beschwert sich keiner ernsthaft." Seyfert fuhr fort: „Wissen Sie, die Leute erwarten sich von dem Tunnel eine Entlastung für den Stadtteil, dass hier nicht mehr so viele Autos jeden Tag durchfahren. Auf bessere Luft und auf weniger Krach hoffen die meisten."

Diese Haarfarbe war wirklich toll. Ihm war immer noch nicht klar, warum sie gerade ihn fragte. Sonst interviewte die Zeitung doch lieber die Leute auf der Straße, ein lebendiges Bild von der Volksmeinung sozusagen. Aber die Journalistin schaute ihm so offen ins Gesicht und nickte bei allem, was er sagte, so aufmerksam, dass er das Gefühl hatte, sie würde ihn gut verstehen und wäre interessiert an dem, was er von sich gab.

„Und Sie selbst?", fragte sie. „Wie sehen Sie das?"

„Ach wissen Sie, was soll ich sagen? Ich ärgere mich hin und wieder über den Dreck, den die Lastwagen hinterlassen, über die Umwege, die ich manchmal gehen muss, und ansonsten hoffe ich, dass es nach der Fertigstellung des Tunnels etwas ruhiger bei uns wird."

Irgendwie wirkte es kess, wie ihre schulterlangen glatten Haare immer wieder ins Gesicht fielen und danach mit einer leichten Bewegung des Kopfes nach hinten geschwungen wurden – und dann dieser interessierte Blick! Als ob sie ihn meinte. Durch ihre schmalen Hände flogen die Notizen auf den Stenoblock.

Franz Seyfert mochte Frauen mit Power. Vielleicht, weil er selbst eher schüchtern war, zurückhaltend. Manchmal dachte er, er sei ein wenig verklemmt. Das würde gut zu dem Bild passen, das man so üblicherweise von Pfarrern hatte. Zu seinen eigenen Gunsten aber hoffte er, dass es nur eine Form der Schüchternheit sei, wie man sie bei Männern durchaus öfter antrifft und dann auch quer durch alle Schichten und Berufe. Er hatte sich also mit sich selbst darauf geeinigt, dass er lediglich schüchtern sei und dass man dies vielleicht sogar als einen sympathischen Charakterzug auffassen könnte. Wie die Frauen es auffassten, war ihm nicht so ganz klar. Vielleicht verstanden sie seine Schüchternheit als Ablehnung oder auch als Arroganz. An manchen Tagen, den einsamen, wartete er auf die tatkräftige Prinzessin, die ihn erlösen würde. Nur waren Prinzessinnen jedoch genauso selten wie ihre männlichen Pendants.

Manchmal, wenn er mit sich selbst alleine ganz mutig war, dann sagte er sich: „Sag ihr doch einfach, dass du sie toll findest. Mehr als eine Ohrfeige wirst du nicht kassieren. Vielleicht findet sie es aber auch ganz wunderbar?!" Gesagt hatte er es noch nie, nicht bei der Kollegin im Predigerseminar, nicht bei der Verkäuferin in der Bäckerei, nicht bei der Sekretärin der Dekanin und auch nicht bei der Joggerin am Rheinufer. Er war sich sehr unsicher, ob es ihm bei dieser Journalistin gelingen würde.

„Sie sind jetzt schon fünf Jahre hier in dieser Gemeinde, wenn unser Archiv stimmt?"

Ihr Archiv stimmte, aber warum hatte sie sich vor dem Gespräch so genau informiert?

„Man sagt über Sie, dass Sie sich nicht scheuen, die Dinge beim Namen zu nennen und kein Blatt vor den Mund nehmen."

Das klang wie ein Kompliment. Klar, die Journalisten liebten die deutliche Sprache. Langsam begann sie ihn einzuwickeln.

„Wir haben gehört, es gäbe Schwierigkeiten beim Tunnelbau. Ich bin eben an der Baustelle vorbeigefahren. Die Arbeiten am Tunneleingang scheinen zu ruhen."

„Ich habe nichts von Schwierigkeiten beim Tunnelbau gehört", versuchte Seyfert sich aus der Affäre zu ziehen. Das Gebot „Du sollst nicht falsch Zeugnis reden wider deinen Nächsten!" galt auch gegenüber Journalisten, die einem Informationen aus der Nase ziehen wollten. Nichts sagen, das würde noch gehen, aber lügen, das wollte er vermeiden. Denn irgendetwas schien sie zu wissen, vermutlich mehr, als sie herausließ.

„Ich würde Ihnen gerne einen Espresso anbieten, wenn Sie Lust haben", versuchte er ihr Nachfragen zu unterbrechen.

„Vielen Dank, das ist freundlich, aber ich habe nur wenig Zeit. Ihr Ortsvorsteher steht noch auf meiner Liste.

Aber noch einmal, Sie wissen nicht, warum die Arbeiten am Tunnel im Moment ruhen?"

„Ich kann Ihnen da wahrscheinlich nicht helfen. Als ich das letzte Mal an der Baustelle war, wurde noch gearbeitet."

„Wann war das denn?"

Es wurde unangenehm. Er musste diese Fragerin so schnell wie möglich wieder loswerden, was aber seinen männlichen Instinkten völlig zuwider lief. Denn die sagten ihm, er solle versuchen, etwas näher hinter diese Augen zu schauen. Also würde nur die bewährte Taktik helfen: Ablenken und Neuanfang in Aussicht stellen.

„Das ist aber schade, dass Sie schon gehen müssen", sagte er deshalb. „Wann ist Ihre Arbeit in der Redaktion heute Abend eigentlich zu Ende? Vielleicht könnten wir uns dann noch ein bisschen weiter unterhalten."

Auch in Katia Bechstein fanden die Interessen des Profis und der Frau bei diesem Vorschlag auf angenehme Weise zusammen. Keine schlechten Aussichten, nach dem Fertigmachen der Zeitung noch etwas Zeit mit diesem sportlich wirkenden Mann zu verbringen und sich seinem jungenhaften Lächeln auszusetzen, mit dem er sein Angebot unterstrich. Vielleicht wäre dann auch noch etwas mehr an Information drin, auf jeden Fall könnte es ein netter Abend werden. Diese Perspektive wollte sie weiter verfolgen.

„Das wird so bis 21.30 Uhr dauern, genau weiß man es nie so. Wenn nichts mehr passiert, dann bleibt es aber dabei."

„Okay, ich warte ab 21.30 Uhr auf Sie in der Tenne, das liegt nicht weit von Ihrer Redaktion. Dann können wir überlegen, wie es weitergeht." Seine letzte Formulierung hatte etwas Zweideutiges an sich, das fand er irgendwie ganz reizvoll.

„In Ordnung, ich komme, vielleicht müssen Sie ein wenig Geduld haben."

Er brachte sie zur Tür, und während sie zu ihrem Auto ging, stellte er fest, dass die Jeans ihr ausgezeichnet standen.

Die kleine Großstadt hatte viele Kneipen, das gehörte zu ihrer Tradition. Es gab diese Stadt, weil es die große Chemiefabrik gab. Die hatte Arbeiter gebraucht und sie hergeholt. Erst nur die Männer, später holten die ihre Familien nach oder gründeten neue Familien. Aber für lange Zeit war diese Stadt vor allem eine Stadt der arbeitenden Männer. Zehn Stunden und mehr am Tag bei der Arbeit, sechs Tage in der Woche, am Samstag gab es das Geld. Wenn man die Werkstore verließ, reihte sich die Straßen hinunter eine Kneipe an die andere. Eine schnelle Möglichkeit, sein Geld wieder loszuwerden. Die Wirte hatten tagsüber damit zu tun, die Bierfässer in die Keller zu rollen, die abends geleert wurden. Der Schwund des Lohnes auf dem Weg von der Fabrik nach Hause war beträchtlich. Samstags standen deshalb viele Frauen vor den Toren und holten ihre Männer ab. Oder sie holten sie am Abend aus den Kneipen, um zu retten, was zu retten war.

Das war Vergangenheit. Der Lohn wurde überwiesen, die Möglichkeiten, ihn auszugeben, waren mehr geworden. Schuldnerberatung wäre ein blühendes Geschäft gewesen, wenn man damit etwas hätte verdienen können. Kneipen gab es weniger als früher, aber die Tenne war eine der gemütlichsten von denen, die überlebt hatten. Sie war älter als die Stadt selbst, stand schon an ihrem Platz, als in der Fabrik noch Anilin und Soda gebraut wurden, als hier nur wenige Häuser neben den Resten eines alten Bauernhofs standen. Man saß auf Bänken ohne Lehnen an langen Tischen und konnte sie alle treffen, die Gymnasiasten und die Lehrlinge, die Sozialhilfeempfänger und die leitenden Angestellten, den Bastelkreis der Kirchengemeinde und den feministischen Debattierklub aus dem Frauenzentrum. Hier saßen der Anzug neben dem Blaumann und die Jeans neben dem Abendkleid. Hier schmeckte das Bier genauso gut wie der Wein und die Küche präsentierte die Spezialitäten der Region. Die Tenne war das seltene Phänomen einer Kneipe, in die jeder ging.

An der Theke saß ein Mann mit kurzen Haaren und Brille, Jeans und kariertem Hemd, gekleidet in diesen europäischen Einheitsfreizeitlook, bei dem soziale Unterschiede nur noch durch mehr oder weniger auffällig angebrachte Markenembleme oder geschmacklose und teure Accessoires markiert wurden. Von beidem war bei ihm nichts zu sehen, und so hätte er ein Schichtarbeiter aus der Fabrik genauso gut wie ein arg verspäteter Student oder ein Lehrer kurz vor der Beförderung zum Oberstudienrat sein können. Auf jeden Fall war es ihm gelungen, den Fettansatz zu vermeiden, der viele Männer schon mit Ende zwanzig befiel, wenn die Selbstdisziplin nachließ und der übermäßige Genuss von Alkohol in Verbindung mit fetter Nahrung als Inbegriff männlichen Lebensstils angesehen wurde. Der Barhocker neben ihm war leer, aber er schien ihn zu hüten, als sollte er bald besetzt werden.

Franz Seyfert wusste nicht, ob er sich versetzt fühlen sollte. Es war schon bald halb elf, und die Verabredung mit Katia Bechstein hatte er für halb zehn getroffen. Allerdings hatte sie gesagt, es könnte später werden. So gab er sich mit schwindender Geduld den Charakterstudien hin, die er durchzuführen pflegte, wenn er in Gesellschaft anderer Menschen warten musste. Er beobachtete die Menschen um sich herum und versuchte, sich vorzustellen, welch ein Leben sie wohl führten. Dieses Spiel mit seiner Fantasie und Menschenkenntnis spielte er gerne, wobei er sich nie sicher war, ob die Fantasie oder die Menschenkenntnis überwog.

Am Tisch neben der Eingangstür saß sich ein Paar gegenüber, dessen Kleidung wenig zu den rustikalen Bänken der Tenne passte. Den Haaren der Frau hatte eine kupferfarbene Tönung ein Glänzen verliehen, das auf dem Schwarz des tief ausgeschnittenen Edel-T-Shirts besonders gut zur Geltung kam. Es wiederholte sich in der Farbe der Strumpfhose, die unter dem kurzen Rock hervorkam. Sie nestelte an ihrem Glas mit Campari herum, die Ellenbogen aufgestützt und schien außer dem Mann auf der anderen Seite des Tisches nichts zu sehen und zu hören. Der spielte mit seinem Feuerzeug herum, während er mit großen Gesten beeindruckende Erlebnisse zu erzählen schien. Er war wie sie ganz in Schwarz, der farblosen Farbe der konformen Fundamentalopposition gekleidet. Er schien sich am Anblick ihres perfekt geschminkten Gesichts zu weiden. Beide sahen aus, wie man aussehen musste, wenn man auffallen und Anerkennung haben wollte, wenn man dazugehören und doch zugleich für sich sein wollte. Bei beiden hatte Seyfert den Eindruck, sie würden sich wohler fühlen, wenn sie die Maskerade endlich sein lassen könnten.

Neben ihm an der Theke standen zwei Männer, deren Gelächter gelegentlich den nicht gerade niedrigen Geräuschpegel in der Kneipe übertönte. Beide hatten ein Bierglas vor sich, und wenn er es recht gesehen hatte, waren das nicht die ersten, wie auch die Schnapsgläser schon zum zweiten Mal gefüllt worden waren. Die Kragen ihrer Hemden waren geöffnet, die Krawatten hingen schief, ihre Businessanzüge waren zerknittert. Offenbar hatten sie einen Grund zu feiern. Ihre Bäuche quollen aus den Hosen, und sie rochen in einer unangenehmen Weise nach Mann, eine Mischung aus Schweiß, ungewaschenen Haaren und kaum definierbaren Resten von Rasierwasser.

Ihre Gesichter wirkten nicht unsympathisch. Seyfert vermutete in ihnen zwei Versicherungsvertreter, die in den nächsten Tagen eine größere Provision auf ihren Konten zu erwarten hatten.

Die beiden Frauen am Ende des einen Tisches strahlten eine große Zufriedenheit aus. Die Männer an der Theke hatten es schon aufgegeben, zu ihnen hinüber zu schauen. Beide hatten sie kurze Haare, in mehrere Schattierungen gefärbt die eine, ganz schwarz die andere, die Gesichter nicht mehr jung, aber von einer ungeschminkten Schönheit, spiegelten Erfahrungen, die sich nicht unbedingt wiederholen mussten, die die Frauen aber stärker gemacht hatten. Auf dem Tisch ein Bier, ein Wein und zwei Salate, ein angeregtes Gespräch, mal nachdenklich, mal lächelnd, vielleicht nicht große Pläne für die Zukunft, aber einverstanden mit der Gegenwart und froh, das Problem mit den Männern losgeworden zu sein, zwei Frauen, die sich über den Abend freuten und von der Nacht noch etwas erwarteten.

Als Katia Bechstein die Tenne betrat, sinnierte Franz Seyfert gerade über die beiden Alten, die am anderen Ende jenes Tisches saßen und sich einen Wurstsalat teilten, den sie zuvor von seinen Zwiebelringen befreit hatten. Der im Laufe vieler Jahre gefundene gemeinsame Geschmack variierte nur in der Farbe des Weines in den Gläsern vor ihnen. Zusammen alt zu werden, konnte schön sein.

Die Müdigkeit nach einem langen Arbeitstag war Katia Bechstein anzusehen, zugleich wirkte sie jedoch irgendwie aufgedreht. Sie hatte es sich überlegt, ob sie der Verabredung überhaupt noch nachkommen sollte, denn ihre Informationen hatte sie nun, die morgige Ausgabe der *Rheinpfalz* würde ein Knüller werden. Die Kommunalpolitik würde Purzelbäume schlagen – und sie war schlichtweg fertig. Aber da war neben der ihr eigenen

Höflichkeit doch noch die Erinnerung an das Gespräch im Pfarrhaus gewesen. Eigentlich weniger an das Gespräch, denn das hatte ihr nicht viel gebracht. Seyfert schien wirklich nichts zu wissen. Also weniger das Gespräch als vielmehr der Mann mit seinem Lächeln und diesen dunklen Augen, in die sie sich fast hineinverträumt hatte und die sie sich zum Abschluss des Tages, wenn es denn schon zum Abschluss des Tages kommen sollte, gerne noch einmal angesehen hätte.

Sie setzte ihr charmantestes Lächeln auf, als Seyfert sie erblickte, und das war nicht umsonst, denn er sprang nahezu von seinem Barhocker und gab das bisher wohl gehütete Gegenstück daneben frei.

„Schön, dass Sie da sind!", waren seine Begrüßungsworte und er streckte ihr die Hand entgegen.

„Es tut mir leid, dass es so spät geworden ist, aber ich hatte Sie ja gewarnt. Heute Nachmittag war in der Redaktion die Hölle los, dafür wird die morgige Ausgabe zu größeren Turbulenzen in der Stadt führen." Ein zufriedenes Lächeln glitt über ihr Gesicht. Die vierte Gewalt im Staate hatte ihre Pflicht erfüllt, dunkle Machenschaften waren aufgedeckt worden. Jetzt hieß es nur noch entspannen und vergessen – und wo kann man das besser als in den Armen eines Mannes, dachte sie zu ihrer eigenen Überraschung und ein Kribbeln ging durch ihren Bauch. Erfolg macht an. Sie hatte nicht übel Lust, den Mann ihr gegenüber heute Abend im Sturm zu erobern, als krönenden Abschluss des Tages sozusagen.

Katia Bechstein fand die Spezies Mann prinzipiell auf eine widersprüchliche Weise abstoßend und anziehend zugleich, wobei das Erste grundsätzlich, das Zweite nur gelegentlich, in diesem Falle aber durchaus zutraf. Katia Bechstein als Feministin zu bezeichnen, hätte den Nagel auf den Kopf getroffen. Aber sie war in demselben Maße eine heterosexuelle Frau, wie sie eine vehemente

Kämpferin für die Gleichberechtigung der Geschlechter war. Das führte zu inneren Spannungen im Angesicht eines für sie attraktiven Mannes. Sie gestand einem Mann alles zu, – dass er sie mit seinem Charme einwickelte, dass er ihren Hormonstatus nachhaltig veränderte, dass er ihr Blumen schenkte, die sie über alles liebte, dass er sie zum Essen einlud, dass er sie mit seiner Zärtlichkeit überhäufte oder auch seine Qualitäten als Liebhaber unter Beweis stellte. Aber sie duldete es nicht, dass er irgendein Vorrecht ihr gegenüber beanspruchte oder chauvinistische Sprüche klopfte. Der Typ, der die traditionellen positiven männlichen Eigenschaften ohne deren ebenso traditionelle negativen Seiten verkörperte, war leider selten. Vielleicht saß er ihr gegenüber? Ein Versuch wäre es wert.

„Was trinken Sie?", fragte sie ihn, während sie sein Glas in die Höhe hob. „Weißwein? – Nicht schlecht! Aber ich brauche erst einmal ein Bier. Ich habe einen Durst, der ist nicht zu beschreiben."

Er orderte das Bier für sie und schaute sie fragend an. Er konnte es sich ja denken, worum es gegangen war. Irgendjemand musste geplaudert haben. Die Vitalität der Frau auf dem Hocker gegenüber faszinierte ihn, obwohl ihr die Müdigkeit unübersehbar ins Gesicht geschrieben war. Er mochte Frauen, die Energie ausstrahlten, auch wenn er gelegentlich das Gefühl in sich spürte, dass ihm das genauso Angst machen könnte.

„Und?", fragte er. „Verraten Sie mir was, oder muss ich warten, bis es morgen früh an meinem Briefkasten klappert?"

„Ich möchte es gerne etwas spannend machen", lächelte sie ihn an und nahm einen großen Zug aus ihrem Bierglas „Wie wäre es, wenn Sie raten. Es hat was mit dem Tunnelbau zu tun."

„Also doch Schwierigkeiten mit dem Bau, so wie Sie heute Mittag vermutet haben?"

„Das kann man wohl sagen", antwortete sie, und ein zweiter großer Zug aus dem Bierglas folgte.

„Was könnte das sein? Ein Grundwassereinbruch vielleicht? Oder ein Unfall? Ist das Geld ausgegangen? Ist man auf Felsen gestoßen und muss sprengen?"

„Heiß! Sie sind nah dran. Es hat mit Steinen zu tun – und am liebsten würde man sprengen. Einige in unserer Stadt würden das gerne tun. Aber es wäre nahezu ein Verbrechen gegen die Menschheit."

Also war es herausgekommen, wie, das würde er vermutlich gleich erfahren. Es wäre besser, weiterhin den Unwissenden zu spielen.

„Das klingt nun aber sehr spannend. Könnten Sie nicht die Katze aus dem Sack lassen?"

Nun hörte Franz Seyfert, was er wusste und was er noch nicht wusste, und es wurde ihm klar, dass der Begriff Turbulenzen für das, was in den nächsten Tagen folgen würde, eine Untertreibung darstellte. Eine halbe Stunde lang sprudelte es aus Katia Bechstein heraus, Zeit genug für ihn, sie genauer zu betrachten, und Zeit genug für sie, noch zwei weitere Gläser Bier zu trinken. Ja, diese Frau faszinierte ihn, und er begann weitere Pläne für die angebrochene Nacht zu schmieden, als sie ihn mit einer deutlichen Müdigkeit in ihrer Stimme fragte: „Und Sie haben nichts davon gewusst?"

Das professionelle Misstrauen der Journalistin hatte kurzfristig die Oberhand über die Euphorie in Folge einer guten Story, der Wirkung des Alkohols und der hormonellen Disposition als Wirkung von Seyferts warmen Augen und schmalen Hüften gewonnen.

Seyfert befürchtete, dass der Abend einen unerwünschten Verlauf nehmen könnte, wenn jetzt die Wahrheit herauskäme. Selbst wenn er mit der überzeugendsten ihm zur Verfügung stehenden Unschuldsmiene gesagt hätte, dass er das zwar gewusst, aber bei ihrem Gespräch am Mittag nicht für sonderlich wichtig gehalten hätte. Sie würde ihn vermutlich mit all ihrem Temperament – und das war sicher nicht zu unterschätzen – in der Luft zerreißen, sich aus dem Staube machen und ihm die Rechnung überlassen – eine Verhaltensweise, für die er bei näherer Betrachtung der Umstände großes Verständnis gehabt hätte. Also musste er sich aus der Affäre ziehen, ohne falsch Zeugnis wider seine Nächste zu reden, was ihm aber langsam schwierig und vor allem unglaubwürdig erschien.

„Wie wäre es jetzt mit einem Wein?" Einen Versuch war es wert, vielleicht ließ sich das Thema wechseln.

Katia Bechstein stockte einen Moment, schaute ihn mit Augen, die unter der Wirkung des Alkohols schon etwas glasig geworden waren, an, und sagte: „Das ist eine gute Idee!"

Das Thema Basilika war für diesen Abend gestorben. Katia Bechstein erzählte davon, wie sie ihre erste große Recherche gemacht hatte. Das war vor fünf Jahren gewesen, es ging um Unfälle in der Fabrik, die man nur zu gerne unter den Teppich gekehrt hätte. Franz Seyfert erzählte von einer Exkursion mit einem kirchengeschichtlichen Oberseminar nach Norditalien, bei dem sie die Entwicklung der spätantiken Kirchenformen studierten, und auf der er Italien, die Feigen und den Wein der Toskana lieben gelernt hatte. Katia schwärmte von ihrem Viertage-Trip mit einer Freundin nach Venedig, während sie sich bei ihm anlehnte und die Müdigkeit unweigerlich die Herrschaft über Körper und Geist antrat. Man feierte die gemeinschaftlichen Erinnerungen an Italien mit einem Glas Chianti, der nicht der beste war, aber der einzige, den es in der Tenne gab, und einigte sich darauf, angesichts dieser gemeinsamen Vergangenheit „Du" zueinan-

der zu sagen. Es war kurz vor halb eins, als Katia Bechstein ihren Kopf auf seine Schulter legte und einnickte.
Seyfert fühlte sich ausgesprochen glücklich.

Der Abend hatte einen harmonischen Verlauf genommen, wenn auch einen anderen als Seyfert vermutet und
Katia Bechstein sich in einem ihrer stärkeren Momente
vorgenommen hatte. Er zahlte, lotste die übermüdete
Journalistin zu seinem Wagen, setzte sie vor ihrer Haustür ab und legte sich in seiner viel zu großen Stadtvilla alleine schlafen.

4

Katia Bechstein hatte angestrengt überlegt, wer der Anrufer gewesen sein konnte, als am Vormittag des vorangegangenen turbulenten Tages das Telefon in der Redaktion klingelte und jemand sie zu sprechen wünschte. Eigentlich kamen viele infrage. Es war zunächst jedoch nicht wichtig, wer da angerufen hatte, es war wichtig, der Sache nachzugehen. Der Tunnelbau war ein Politikum ersten Ranges in der Stadt. Bei der letzten Umfrage hatte die SPD der seit vierzig Jahren regierenden CDU eine Menge potenzielle Wähler weggenommen mit der Argumentation, dieser Tunnelbau unter dem Rhein würde Millionen verschlingen, Millionen, die man viel besser im Sozialbereich und in die Schulen investieren sollte, denn diese beiden Bereiche seien in der Vergangenheit sträflich vernachlässigt worden. Mit dem Hinweis auf den Sozialbereich hatte sie wohl nur wenige im bürgerlichen Spektrum in ihrer Wahlentscheidung beeinflussen können, abgesehen von ein paar Linkskatholiken vielleicht. Über die mangelhafte Ausstattung der Schulen allerdings klagten die Bürger schon seit Jahren. Der CDU ging es jedoch um die wirtschaftliche Entwicklung der Stadt, die Anbindung der großen Fabrik musste von Süden her besser werden, wegen der Zulieferer, aber auch wegen der Arbeitnehmer. Nach der letzten Wahl hatte sie bereits zum ersten Mal in ihrer Geschichte eine Koalition eingehen müssen. Infrage kam nur das Wählerforum, ein Zahnarzt, eine Lehrerin und ein Rentner, die die Fraktion bildeten und bar jeglichen Programms all die Wähler hatten an sich binden können, die mit den etablierten Parteien der FDP, CDU, SPD und den Grünen nicht zufrieden gewesen waren, – von denen aber vermutlich die meisten nach wenigen Wochen ihre Stimmabgabe bereuten, denn diese Dreipersonenfraktion hatte sich als die Inkarnation politischer Unfähigkeit entpuppt.

Wenn es Schwierigkeiten beim Bau dieses Tunnels gab, so konnte das den Todesstoß für die CDU und ihren Oberbürgermeister bedeuten. Dieser Tunnel musste erfolgreich werden, und er durfte nicht mehr kosten, als veranschlagt worden war. Jede Schwierigkeit und jede bedeutende Kostenerhöhung konnte zu einem Desaster führen.

Nun gab es offenbar Schwierigkeiten. Das hatte der anonyme Anrufer sagen wollen. Er wusste um die Brisanz dessen, was er in den zwei Sätzen: „Die Bauarbeiten am Tunnel sind eingestellt worden. Fragen Sie den Pfarrer!" der Presse mitteilte.

Katia Bechstein arbeitete gerade an einem Artikel über die Preiserhöhungen in den Bäckereien. Das musste warten. Der Tunnel war wichtiger. Zum Glück zog der Leiter der Lokalredaktion die Sache nicht an sich, sondern stellte sie für den Rest des Tages frei. Wer mit dem Pfarrer gemeint war, war eindeutig. Es gab nur einen in der Südstadt. Die katholische Pfarrei war schon seit einigen Jahren nicht besetzt und angesichts des Priestermangels war auch keine Neubesetzung abzusehen. Nicht verwunderlich ihrer Meinung nach. Zwar lebte Katia Bechstein auf ihre Weise auch zölibatär, auf jeden Fall war sie unverheiratet, aber als lebenslange Festlegung hätte sie sich das nicht gewünscht. Sie war also zu dem evangelischen Pfarrer gefahren, der war recht nett, aber erfahren hatte sie nichts.

Ihr nächster Besuch hatte dem Ortsvorsteher Balduin Sonntag gegolten. Der war in ihren Augen so etwas wie politisches Urgestein in der kleinen Großstadt. CDU Politiker seit fast fünfzig Jahren, Wahlkampfleiter für den

Landtagsabgeordneten, Stadtrat seit Menschengedenken, und nun, seit seiner Verrentung, Ortsvorsteher und ein beliebter (und beleibter) zudem, einer, der immer dabei war, wenn es etwas zu feiern (und zu trinken) gab, einer, über dessen Ansichten und Äußerungen man zwar manches Mal mehr als geteilter Meinung war, der aber sein Ohr bei den Leuten und sein Herz letztlich auf dem rechten Fleck hatte.

Sein Haus war nicht sonderlich imposant, abgesehen von der Lage. In der Südstadt zu wohnen, war schon an sich ein Privileg. Aber diese renovierungsbedürftige Doppelhaushälfte ließ kein nennenswertes Vermögen seiner Besitzer vermuten. Balduin Sonntag war durch seine Politkarriere nicht reich geworden.

Als sie bei ihm klingelte, öffnete seine Frau. Frau Sonntag war für Katia Bechstein der Inbegriff einer Politikerfrau, stets dem Manne dienend, aber von einer unbestechlichen Intelligenz und Hellsichtigkeit. Sie lebte für sich und ordnete sich im Alltag im Rahmen der ihr anerzogenen weiblichen Demut ihrem Manne unter. Sie war aber auch eine Frau, die ihren Töchtern und anderen jungen Frauen empfahl, es auf jeden Fall anders zu machen, als sie es getan hatte, und sich eine eigene Existenz aufzubauen. Für sich selbst war sie den Weg der inneren Emigration gegangen, ihre Form der Emanzipation.

Frau Sonntag liebte die scharfsinnigen und gelegentlich etwas frechen Berichte und Kommentare von Katia Bechstein. „Kommen Sie doch bitte ins Wohnzimmer. Ich werde meinen Mann holen." Sie wandte sich noch einmal um. „Möchten Sie etwas zu trinken?"

„Ja, ein Wasser oder ein Saft, das wäre nett." Es war schön, bemuttert zu werden. „Es ist doch schon recht warm", bedankte sich Katia Bechstein.

Sie schaute sich im Wohnzimmer um und blieb an einem Gemälde mit Alpenpanorama und röhrendem Hirsch hängen. Es hätte ihr klar sein müssen, dass sie ein solches Bild hier finden würde. Balduin Sonntag war für sie der vollendete Repräsentant des Kleinbürgertums.

Frau Sonntag kam mit einer Apfelsaftschorle.

„Nach was riecht es denn bei Ihnen so gut?", begann Katia Bechstein den Small Talk. Sie hatte einfach Lust daran, mit Menschen ins Gespräch zu kommen, vor allem mit solchen, mit denen sie es nicht täglich zu tun hatte, denen in der zweiten Reihe, die hinter jenen standen, die in der kleinen Großstadt den Ton angaben.

„Das ist die Weinsoße für die Dampfnudeln. Die gibt es fast jede Woche." Frau Sonntag machte eine kleine Pause. „Das war immer das Lieblingsessen unserer Kinder und ich mache es auch jetzt noch."

„Das kann ich gut verstehen", gab Katia Bechstein zurück, „meine Tante hat sie immer nach einem alten schlesischen Rezept gemacht, über Wasserdampf. Da konnte ich mich als Kind dumm und dusselig essen." Katia Bechstein zögerte einen Moment. „Diese Zubereitung hat den Vorteil, dass die Klöße nicht so fett sind."

„Das Rezept würde mich interessieren." Frau Sonntag legte ihre Stirn in Sorgenfalten. „Bei meinem Mann muss ich langsam auch aufs Fett achten."

Die Tür ging auf und der Herr Ortsvorsteher trat ein. Er gab heute keine gute Figur ab. Ein wenig übernächtigt wirkte er, oder um es deutlicher auszudrücken, er sah arg verkatert aus. Angesichts seiner Liebe zum Wein zunächst nicht verwunderlich, angesichts seiner Übung im Trinken dann aber doch erstaunlich. Es musste am vorangegangenen Abend sehr spät und sehr feucht geworden sein.

„Guten Tag, Herr Sonntag, wie geht es Ihnen?", fing Katia Bechstein das Gespräch an.

„Vielen Dank, heute nicht ganz so gut. Das Alter macht sich halt doch schon manchmal bemerkbar." So ganz wohl war ihm bei seiner Antwort selbst nicht. Er suchte sich schnell eine Sitzgelegenheit.

„Was führt Sie zu mir?", fuhr er staatsmännisch fort. „Man hat nicht oft Besuch von einer charmanten jungen Frau." Für die Kopfschmerzen, die er haben musste, funktionierte das Mundwerk recht gut. Vielleicht hatte er mit ein oder zwei Aspirin nachgeholfen.

„Ich habe gehört, die Arbeiten am Tunnel seien eingestellt worden, und da dachte ich, Sie könnten mir Genaueres sagen."

„Die Arbeiten sind nicht eingestellt worden. Wer behauptet denn so etwas?"

„Wir hatten heute Morgen einen Anruf."

„Und wer hat Sie angerufen?"

„Es war ein anonymer Anruf, er hat seinen Namen nicht genannt."

„Und auf so etwas reagieren Sie?! Da wollte sich vermutlich jemand einen Scherz mit Ihnen erlauben."

„Mit dem Tunnelbau ist also alles in Ordnung?"

„Was soll nicht in Ordnung sein?", fragte Sonntag zurück und wurde etwas ungeduldig.

„Mit dem Pfarrer habe ich schon gesprochen", versuchte es Katia Bechstein einmal von einer anderen Seite. Irgendwie hatte sie das Gefühl, mit dieser Frage einen Treffer gelandet zu haben Balduin Sonntag war plötzlich nervös geworden.

„Und was hat der Ihnen gesagt?"

„Eigentlich hat er nichts gesagt. Er hat nur gesagt, dass noch gearbeitet wurde, als er das letzte Mal an der Baustelle war."

„Da haben Sie's", antwortete Sonntag mit einem deutlichen Unterton der Erleichterung. „Wenn der Pfarrer das sagt, dann wird es doch stimmen, oder?" Offenbar hatte Seyfert dichtgehalten. Auf die Pfaffen konnte man sich verlassen. Balduin Sonntag lehnte seinen gewichtigen Körper wieder entspannt in den Sessel zurück.

„Wie geht es sonst im Stadtteil?", lenkte Katia Bechstein vorübergehend ab.

Balduin Sonntag kam die Erinnerung an den vorangehenden Abend schmerzhaft ins Gedächtnis. „Es läuft eigentlich gut. Gestern hat der Fanfarenchor sein zehnjähriges Bestehen gefeiert. Sie hatten das doch angekündigt." Im Hinterkopf brummte es immer noch. „Aber es war niemand von Ihnen da, um etwas zu schreiben. Vom *Mannheimer Morgen* war einer da."

Konkurrenz belebt das Geschäft, dachte Katia Bechstein, aber sie macht es auch mühsam. Die vom *Mannheimer Morgen* waren manchmal schneller und gelegentlich auch besser. Aber man konnte eben nicht über alles schreiben, dazu reichte der Platz nicht und nicht die Arbeitskraft. Am liebsten hätte es doch jeder Kaninchenzüchterverein, dass jeder einzelne Wurf ihrer Karnickel mit einem Dreispalter in der Zeitung gewürdigt würde.

„Und wie war es?", fragte sie mehr beiläufig.

„Ganz nett. Das sind recht einfache Leute, wahrscheinlich mehr SPD-Wähler." Der Ton wechselte von einer leichten Herablassung zu einer ebenso leichten Bewunderung. „Aber blasen können die, erst in die Fanfaren und dann in die Gläser. Der Wein war klasse und der Fleischkäs auch." Balduin Sonntag drohte ins Schwärmen zu geraten. Es war wirklich früh an diesem Morgen geworden. Er war erst um vier nach Hause gekommen, vermutlich, denn erinnern konnte er sich nicht so richtig. Überhaupt hakte es mit der Erinnerung. Er hatte einen Filmriss, das war ihm schon lange nicht mehr passiert.

„Wen könnte ich denn fragen, was so gewesen ist, damit wir doch noch ein paar Zeilen schreiben können?", sagte sie. Der Ortsvorsteher würde sich freuen, wenn von seinem Stadtteil etwas in der Zeitung stände. „Ich darf doch auch erwähnen, das Sie dort waren?!" Der Menschen Eitelkeit ist einer der wichtigsten Türöffner im Journalismus. „Was haben Sie denn in Ihrer Ansprache gesagt?"

Balduin Sonntag diktierte ihr ein paar Stichworte in den Stenoblock. An seine Rede konnte er sich noch erinnern, das war ziemlich am Anfang gewesen. „Wenn Sie noch jemand anderen fragen wollen, dann gehen Sie doch einfach zu deren Vorsitzenden. Der wohnt gleich hier um die Ecke."

Katia Bechstein kannte Jürgen Stumpf. Der war tatsächlich kein CDU-Wähler, sondern ein altes Gewerkschaftsmitglied, das sich bei der Diskussion um den Tunnelbau durch einige scharfe Leserbriefe hervorgetan hatte. Er sähe es nicht ein, dass die Stadt dem Kapital in den Hintern krieche, wie er mehrfach schrieb, und sich dem schon lange geäußerten Wunsch des Vorstandes der *Chemie SE* beuge, für eine bessere Verkehrsanbindung zu sorgen.

Jürgen Stumpf wohnte in einem Reihenhaus aus den sechziger Jahren. Die Straße war zugeparkt mit den Wagen der Anwohner, vor den Türen sammelten sich die Mülleimer, aber jedes Haus, so sehr sie sich ähnelten, hatte in den über fünfzig Jahren, die sie nun standen, eine individuelle Note bekommen. Ein Vordach hier, eine andere Eingangstreppe dort, Sträucher vor der Tür bei den einen, ein gepflasterter Abstellplatz für das Motorrad des Sohnes bei den anderen. Man merkte, dass hier Menschen wohnten, denen es nicht egal war, wie ihre Straße aussah.

Katia Bechstein klingelte an der Haustür und Jürgen Stumpf öffnete ihr. Er zog die Augenbrauen hoch, riss die Augen auf und fragte: „Wie haben Sie mich gefunden?"

Einen Moment lang dachte Katia Bechstein, Stumpf würde sich wundern, wie sie seine Adresse herausbekommen hatte, aber das konnte es nicht sein. Nein, jetzt erkannte sie seine Stimme wieder, und ihr wurde klar, warum Stumpf so erschrocken zusammenzuckte. Vor ihr stand ein anonymer Anrufer, der sich nun entlarvt fühlte.

„Also", antwortete sie geistesgegenwärtig, „das war nicht allzu schwer zu erraten. Wir kennen Sie als einen profilierten Gegner des Tunnels und als einen gut informierten Mann." Hoffentlich hatte sie nicht zu dick aufgetragen. Sie hatte nur die Chance, ihn mit Freundlichkeit und Selbstbewusstsein zu überrumpeln.

„Kommen Sie rein!" Jürgen Stumpf zog rasch die Tür hinter ihr zu, führte sie in die Küche und erzählte, ohne dass sie viel fragen musste, wiederholte aber nach jedem zweiten Satz, dass man seinen Namen auf keinen Fall nennen dürfe. Aus der anfangs etwas hektischen Erzählung ergab sich nach und nach folgendes Bild:

Am Abend vorher hatte der Fanfarenzug in Nebenraum einer Gaststätte sein Jubiläum gefeiert. Zuerst hatte man geblasen, dann ließ er als Vorsitzender die letzten zehn Jahre Revue passieren, man blies noch einmal, der Ortsvorsteher und der Vertreter des Landesverbandes der Fanfarenzüge sprachen ein Grußwort, dann setzte man sich zu Tisch. Es gab Fleischkäs mit Brot und Spiegelei, für die Kinder Pommes frites, man konnte trinken, was man wollte. Es war für alle genug da und mit der Zeit kam eine Bombenstimmung auf. Der Ortsvorsteher war bekannt dafür, kein Kind von Traurigkeit zu sein, und langte kräftig zu, vor allem beim Wein, mit dem man seinen Geschmack getroffen hatte. Er wirkte allerdings von Anfang an etwas angespannt, meinte Jürgen Stumpf, irgendetwas musste passiert sein. Es war nach drei Uhr in der Frühe, die meisten waren schon gegangen, Balduin Sonntag war noch da und bereits gut abgefüllt. Plötzlich sah er Jürgen Stumpf starr in die Augen und sagte ziemlich aggressiv: „Du warst ja immer schon gegen diesen

Tunnel. Aber wir werden ihn bauen, daran hindert uns auch diese alte Kirche nicht." Dann merkte er offenbar, dass ihm etwas herausgerutscht war, was er gar nicht sagen wollte, stutzte einen Moment und rief nach einem neuen Glas Wein. Am nächsten Morgen gegen zehn war Stumpf dann zur Baustelle gelaufen, hatte aber nichts entdeckt. Ihm war nur aufgefallen, dass man am Tunneleingang nicht weiterarbeitete, sondern an einer anderen Stelle auf dem Gelände. Mehr könnte er nicht sagen. Vor allem wisse er nicht, was die Bemerkung mit der alten Kirche sollte. Aber wenn es um eine Kirche ging, dann müsste doch der Pfarrer etwas wissen.

Katia Bechstein hatte Stumpf zugesichert, dass sein Name aus dem Spiel blieb und sich auf den Weg zur Baustelle gemacht. Irgendjemand dort musste doch etwas erzählen können.

5

Die Rheinbau AG hatte ihren Hauptsitz in Mainz. Im Laufe ihrer Firmengeschichte war es ihr gelungen, sich den Markt stromaufwärts und stromabwärts zu erobern. Wie einst den römischen Händlern auf ihren Schiffen diente der Fluss den Vorstandsmitgliedern dieser großen Hoch- und Tiefbaufirma als strategische Orientierungslinie, an der entlang sie die Expansion ihrer Firma umgesetzt hatten. Der Name, den man bei der Gründung der Firma von etwas über 80 Jahren gewählt hatte, war Programm. Aus ihm leiteten sie den Anspruch ab, bei größeren Bauvorhaben entlang des Rheines bevorzugt ins Geschäft zu kommen. Das hatte über viele Jahre gut funktioniert. Es war im Grunde nur notwendig, die Kontakte zu den Auftraggebern zu pflegen, zu den Kommunal- und Landespolitikern also.

Jedem Vorstandsmitglied war deshalb sein spezieller Zuständigkeitsbereich zugeteilt worden. Einer war für die Rotary-Clubs entlang der Rheinschiene zuständig. Man gewährte ihm die notwendige Zeit, seine Präsens im Club in Mainz zu erfüllen. Sodann stattete man ihn mit einem gut gepolsterten Spesenkonto aus, damit er sich bei den Spendenaktionen hervortun konnte. Man unterstützte ihn auf dem Weg zum Governor des Clubs und vergrößerte so sein Einflussgebiet. Sein Fahrer fuhr ihn zu den Meetings und Terminen, seine Sekretärin bearbeitete die Clubangelegenheiten gleich mit. Ein anderes Vorstandsmitglied war eingeschriebenes, aber stilles Mitglied bei der CDU und zugleich in den Leitungsgremien der IHK, wieder ein anderes spielte ein ähnliches Spiel bei der SPD und pflegte die Beziehungen zum derzeitigen Ministerpräsidenten. Allesamt aber waren sie treue Diener der Bilanzen und Aktionäre ihrer Firma und mit einem ansehnlichen jährlichen Schmerzensgeld versehen. Bei ihren öffentlichen Auftritten stellten sie sich regelmäßig als Motoren der Wirtschaft dar und forderten im Krisenfall staatliche Subventionen ein.

Das zuständige Vorstandsmitglied für die Baustelle in der kleinen Großstadt war Volker Schmitt – ohne Dr. bitte, worauf seine Sekretärin in den ersten sechs Monaten seiner Tätigkeit alle, die es wissen und auch die, die es nicht wissen wollten, bei der Weitergabe des Namens hinwies, selbstverständlich nicht, um ihren Chef herabzusetzen, sondern um ihm zu ersparen, dass er selbst auf diesen Mangel hinweisen müsste, falls er mit Dr. Schmitt angeredet würde. Denn akademische Titel hatte man bisher bei Vorstandsmitgliedern erwartet. Diese Zeiten waren jedoch offenbar vorbei.

Volker Schmitt wohnte auf den Hügeln des Taunus, in einer Gegend, deren Bewohner so gute Steuerberater hatten, dass das zuständige Finanzamt jedes Jahr mehr Steuern zurückzahlte, als es einnahm, obwohl das Durchschnittseinkommen in seinem Zuständigkeitsbereich weit über dem lag, was ein Bundesbürger in der Regel versteuern musste oder konnte.

Das Haus von Volker Schmitt lag weit weg von der kleinen Großstadt und es spielte im weiteren Verlauf der Geschichte keine Rolle. Der private Lebensstil von Vorstandsmitgliedern großer Aktiengesellschaften ließ sich nicht mehr so ohne Weiteres über einen Kamm scheren. Das Haus war großzügig, denn das war angenehm, wenn man einen solchen Bau bezahlen konnte (oder kostengünstig gebaut bekam) und es sich zudem leisten konnte, für Haus und Garten Personal zu beschäftigen. Aber ob es nun eine toprenovierte Jugendstilvilla oder ein Neubau im Bauhausstil war, das war eigentlich unbedeutend. Auch welcher Firma die Security übertragen worden war,

war nicht wichtig. Wichtig war, dem Hobby des Hausherren Ausdruck zu verleihen – durch eine stilvolle Bibliothek im englischen Stil oder durch die Golfausrüstung im Nebenraum der Garage. Wichtig war nicht, ob der Hausherr Orangensaft zum Frühstück bevorzugte oder Kaffee pur, wichtig war es, weit vom Ort des Geschehens zu wohnen, in diesem Fall weit von der kleinen Großstadt. Das war gut für die Nerven, wenn auch nur für neunzig Minuten, denn so blieb es Volker Schmitt an jenem Tag erspart, schon beim Frühstück die *Rheinpfalz* zu lesen. Statt dessen vertiefte er sich in den Wirtschaftsteil der FAZ, um Argumente für die nächste Lohnrunde und die anschließenden Preisverhandlungen zu sammeln, Argumente, die ihm helfen würden, die Löhne niedrig und die Preise hochzuhalten.

Punkt 7.45 Uhr hielt der Fahrer vor der Tür, um ihn ins Büro abzuholen. Die Mappe, die die Sekretärin am frühen Morgen gerichtet und dem Fahrer mitgegeben hatte, enthielt eben jene unangenehme Überraschung, die Schmitt die nächsten Wochen beschäftigen sollte. Schmitts Büro war gut ausgerüstet und organisiert und von sechs Uhr morgens bis sechs Uhr abends besetzt. Man beziehungsweise frau sortierte vor Arbeitsbeginn des Chefs die Faxe und E-Mails, kontaktierte die Bauleitungen der größten derzeit laufenden Projekte und sorgte dafür, dass Schmitt fünfzehn Minuten nach Arbeitsbeginn topinformiert war.

So las Schmitt an diesem Morgen im Wagen als Erstes den Zeitungsartikel der *Rheinpfalz*, den der Bauleiter aus der kleinen Großstadt per Fax ins Büro in Mainz geschickt hatte. Danach bereute Schmitt an diesem Tag seinen Kaffee – wie so oft – zu heiß und zu stark getrunken zu haben, denn seine Magennerven begannen angesichts des Katastrophenszenarios, das innerhalb von Sekunden in seinem Gehirn ablief, zu rebellieren. Verzögerungen bei diesem Tunnelbau würden zu Mehrkosten führen, Mehrkosten zu einer geringeren Gewinnspanne oder zu gar keiner, eine geringere Gewinnspanne würde den Aktienkurs fallen lassen und seine Gewinnbeteiligung als zuständiges Vorstandsmitglied schmälern, abgesehen davon, dass seine Vertragsverlängerung im nächsten Jahr auf der Kippe stände.

Schmitt überflog seinen Terminkalender. Außer dem Treffen in der Staatskanzlei am Abend waren es nur firmeninterne Termine. Er griff zum Handy und ordnete im Sekretariat an, diese Termine zu canceln oder umzulegen. Den Fahrer wies er an, ihn in die kleine Großstadt am Rhein zu bringen.

Während der dunkelgraue Dienstwagen mit Volker Schmitt auf dem Rücksitz über die A 65 rauschte, joggte Franz Seyfert den Rhein entlang. Bei dem sehr ungleichen Tempo der beiden würden sie sich in wenigen Minuten genau an der Baustelle treffen. Doch für die Großbaustelle hatte Seyfert heute Morgen keine Augen, die waren viel mehr auf jene wohlbekannte Gestalt gerichtet, die zu sehen er erwartet hatte. Auch sie ging ihrem Frühsport nach, schien ihn zu sehen und dann doch wieder nicht, schaute ihn schließlich an, woraufhin er sein schönstes Lächeln aufsetzte in der Hoffnung, das zu ernten, was er dann auch erntete – ein für seinen Geschmack immer noch zu zaghaftes, aber immerhin im Vergleich zu den vergangenen Tagen schon ein wenig intensiveres Lächeln ihrerseits.

Als sie aneinander vorbeigelaufen waren, erwischte er sich dabei, dass er die beiden Frauen miteinander verglich: Katia Bechstein, mit der er am gestrigen Abend auf ihre gemeinsame italienische Vergangenheit getrunken hatte, und diese Frau, deren Namen er immer noch nicht kannte. Da fiel ihm ein, was Katia angekündigt hatte.

Heute sollte ein Knüller in der *Rheinpfalz* stehen. Er kürzte seine Runde ab, um genügend Zeit für die Zeitungslektüre zu haben.

Der OB hatte an diesem Morgen bereits mit dem Lesen der Zeitungs begonnen, während seine Frau noch den Tisch deckte. Danach brauchte er den Kaffee zur Anregung seines Kreislaufs nicht mehr.

„Wie hat die Bechstein das schon wieder herausbekommen?", rief er seiner Frau in der Küche zu, der angesichts des verzweifelt leidenden und zugleich aggressiven Tonfalls ihres Mannes deutlich wurde, dass die kleine Großstadt vermutlich wieder einen Skandal oder ein Skandälchen hatte. Das würde ihren Mann viel Zeit und einige Nerven und sie viel Aufbauarbeit an seinem Selbstbewusstsein kosten. Der Name Bechstein fiel selten mit einem freundlichen Unterton, eher schon einmal mit einem widerwillig anerkennenden, oft aber mit einem zornigen. Wenn ihr Mann mehr Einfluss auf den Chefredakteur der *Rheinpfalz* hätte, wäre Frau Bechstein bereits lange beim Feuilleton oder bei der Seite für den Hobbygärtner gelandet. Die Zeitung hatte jedoch erst jüngst ihre Unabhängigkeit dadurch bewiesen, dass sie den Posten des Leiters der Lokalredaktion mit einem CDU-kritischen Redakteur besetzte. Für den überregionalen Teil wählten sie dagegen einen politisch ganz anders ausgerichteten Mitarbeiter aus.

Schon auf der Titelseite stach der Hinweis auf den Lokalteil ins Auge: „Mysteriöser Fund beim Tunnelbau". Das Schimpfwort und der Fluch, mit denen Wagner denjenigen bedachte, der geplaudert hatte, hätte seinen Kindern die Schamröte ins Gesicht getrieben. Er riss die Zeitung auf und las den Artikel im Lokalteil. Er war nicht zu übersehen: Ein Archivfoto vom ersten Spatenstich mit dem Oberbürgermeister, dem Vorstand der Rheinbau AG und Baudezernent Zabel lenkte die Augen an die richtige Stelle. „Mysteriöser Fund beim Tunnelbau. Baugrube zugeschüttet und Bauarbeiten eingestellt. Die Bauarbeiten am Straßentunnel in der Südstadt sind vorgestern Morgen überraschend eingestellt worden. Wurde in den Tagen zuvor an der Stelle gearbeitet, an der später der Tunneleingang sein wird, so ruhen nun die Arbeiten. Stattdessen sind die Arbeiter mit Aufräum- und Absperrarbeiten am anderen Ende der Baustelle beschäftigt worden. Dies ist angesichts des hohen Zeitdrucks, unter dem dieses Projekt steht (wir berichteten darüber) äußerst verwunderlich. Vielmehr ist ein Teil der Baugrube sogar wieder aufgefüllt worden. Auf der Baustelle herrscht Auskunftsverbot. Der Bauleiter war zu keiner Stellungnahme bereit und teilte lediglich mit, dass die Aufräum- und Absperrarbeiten zum normalen Arbeitsprogramm gehören und irgendwann erledigt werden müssen. Zu der Frage, warum die Baugrube zum Teil wieder zugeschüttet worden sei, wollte er sich ausdrücklich nicht äußern. Wie unsere Zeitung gestern am späten Nachmittag erfuhr, sei von dem Fund einer alten Kirche die Rede. Das Tunnelprojekt war jahrelang umstritten und wurde erst im vergangenen Jahr mit einer Mehrheit aus CDU und Wählerforum bei den Gegenstimmen der Grünen und der Enthaltung der SPD mit knapper Mehrheit im Stadtrat beschlossen. Oberbürgermeister Wagner hatte sich für dieses Projekt stark gemacht, das einer besseren Verkehrsanbindung der Chemiefabrik im Norden unserer Stadt dienen soll. Umstritten war dieses Projekt wegen seiner hohen Kosten, wobei die Standortsicherung und damit der Erhalt der Arbeitsplätze letztlich die ausschlaggebenden Argumente gewesen waren. Im Zusammenhang mit der Vergabe dieses Großauftrags an die Rheinbau AG, die trotz europaweiter Ausschreibung das günstigste Angebot abgegeben hatte, war über eine undichte Stelle im Baudezernat die Rede gewesen. Wir erinnern daran, dass das Angebot der Rheinbau AG erst am allerletzten Tag der Ausschreibungsfrist einging."

Wagner atmete ein wenig auf, als er den Artikel zu Ende gelesen hatte. Allzu viel wusste die Bechstein doch nicht. Offenbar war sie am Vorabend erst kurz vor dem Start der Rotationsmaschinen fertig geworden, denn sonst hätte bei ihm noch das Telefon geklingelt. Jetzt musste er schnell handeln. Sein Büro war noch nicht besetzt, aber eine Reihe von Leuten mussten informiert werden. Hatte er am Tag zuvor noch gehofft, etwas Zeit gewonnen zu haben, so wusste er nun, dass bis zum Mittag die wichtigsten Entscheidungen gefallen sein mussten. In spätestens zwei Stunden würden sich beide Zeitungen und die Radiosender der Region bei ihm melden, wahrscheinlich auch das Fernsehen. Mit einem gekonnten Krisenmanagement konnte er jetzt punkten, mit einem misslungenen eine zusätzliche Schlappe kassieren.

Das Telefon klingelte, Wagner nahm ab. „Ja, ich habe es schon gelesen, da ist ordentlich was schiefgelaufen. Welches Arschloch hat denn da geredet? Wenn ich den zu fassen kriege, dann mache ich ihn zur Sau." Der Oberbürgermeister ließ seinen Gefühlen freien Lauf.

Gerd Baumeister am anderen Ende der Leitung hatte nichts anderes erwartet. Wagner machte Parteifreunde und Mitarbeiter gerne zur Sau, um sie dann zu schlachten. „Das hat Zeit", mahnte er deshalb. „Jetzt geht es um die Öffentlichkeit und die Medien, und da müssen wir die Flucht nach vorne antreten."

Um 14.00 Uhr fand sich Franz Seyfert in einem Sitzungsraum des Rathauses bei einer eiligst einberufenen Pressekonferenz wieder. Der Anruf aus dem Büro des Oberbürgermeisters war dieses Mal überraschend gekommen. Nachdem Seyfert die Rheinpfalz gelesen hatte, konnte er sich den Aufruhr im Rathaus vorstellen. Überrascht war er zudem, in welch illustrer und großer Runde er sich hier wiederfand. Neben dem Oberbürgermeister saßen, wie er den Namensschildern entnehmen konnte, auf der einen Seite Baudezernent Zabel und ein Vorstandsmitglied der Rheinbau AG. Die beiden auf der anderen Seite kannte er gut, es waren seine Dekanin und der katholische Dekan, zwischen denen für ihn ein Platz freigehalten worden war. Von der Presse waren ungefähr fünfzehn Menschen da, einige mit Mikrofon, andere ohne, an der Rückwand hatten sich zwei Kameraleute postiert. Auf den Tischen standen fein symmetrisch platziert kleine Flaschen, Gläser und Kapselheber. Während über der Schar der Journalistinnen und Journalisten eine gewisse Neugierde schwebte, ging von der anderen Seite der Tische eine deutliche Nervosität aus.

Der OB hatte es sich nicht nehmen lassen, Seyfert persönlich zur Pressekonferenz einzuladen. „Ich verbinde Sie mit Herrn Oberbürgermeister Wagner", flötete die Mitarbeiterin aus dem Vorzimmer. Die Stimme des OB klang freundschaftlich: „Ich habe gewusst, dass ich mich auf Sie verlassen kann, Herr Seyfert." Wagner war schnell klar geworden, dass er in den Auseinandersetzungen der nächsten Wochen so wenige Fronten und so viele Verbündete wie möglich brauchte. „Die Bechstein von der *Rheinpfalz* hat etwas herausbekommen. Haben Sie es gelesen?"

Seyfert brummte zustimmend in den Hörer.

„Jetzt müssen wir alles auspacken. Dazu brauchen wir Sie. Sie sind jetzt unser wichtigster Mann. Um 13.45 Uhr holt Sie mein Fahrer zu einer Pressekonferenz ab. Sind Sie einverstanden?"

Seyfert hatte sich verspätet. Im Kindergarten seiner Gemeinde musste er erst noch einem Vater klar machen, warum sein Sohn nicht die Erzieherinnen schlagen dürfe. Vor seiner Haustür wartete der Wagen, der Fahrer lehnte ungeduldig an der Beifahrerseite. Was dessen Ohren wohl schon alles gehört hatten?, fragte sich Seyfert, als er auf dem Rücksitz Platz nahm.

Die Fahrt zum Rathaus war leider viel zu kurz. Es saß im Topmodell eines führenden deutschen Herstellers, und es wurde ihm wieder einmal klar, was man alles mit seinem Geld machen konnte, wenn man genug davon hatte. Für diese kraftvolle Sänfte würde sein Gehalt nie reichen. In den zehn Minuten der Fahrt genoss er den Geruch des Connolly-Leders und der Wurzelholzintarsien, das Säuseln des Sechszylinders und das gedämpfte Abrollen der Räder auf dem Kopfsteinpflaster der Südstadt.

Er lief eilig die große Freitreppe hinauf, suchte nach dem angegebenen Sitzungszimmer und wollte direkt auf seinen Platz zustürmen, den er schon vom Flur aus erblickt hatte, als ihn das Gesicht an der Eingangstür des Raumes für einen Moment die Orientierung verlieren ließ. Ihr gelang es, das Wiedererkennen hinter einem professionellen Lächeln zu verbergen, das in diesem Augenblick allenfalls ein kleines Moment von jener Natürlichkeit enthielt, die ihn bei ihrer morgendlichen Begegnungen so fasziniert hatte. Sie streckte ihm höflich verhalten die Hand entgegen. „Liane Lambert. Guten Tag Herr Pfarrer Seyfert. Dort vorne haben wir einen Platz für Sie vorgesehen."

Er hatte sich diesen Moment des Kennenlernens immer anders vorgestellt, nicht so profan, nicht so förmlich, vielleicht ein bisschen romantischer. Auch ihre Stimme hatte er sich anders vorgestellt, ein wenig höher vielleicht, aber eigentlich harmonierte diese Altstimme hervorragend mit ihren markanten Gesichtszügen, die nun geschickt geschminkt eine ungeheure Eleganz ausstrahlten. Man hatte eine repräsentative Frau als persönliche

Referentin des OB aus gesucht und er würde sie heute näher kennenlernen

Der Oberbürgermeister bemühte sich, die Fäden des Gesprächs in der Hand zu halten. Er stellte die Gesprächsteilnehmer auf seiner Seite des Tisches vor, wies darauf hin, dass wegen der Bedeutung der Angelegenheit ein Mitglied des Vorstandes der Rheinbau AG gekommen sei, bedankte sich bei der Dekanin und dem Dekan für ihr Kommen, das ihm besonders wichtig gewesen sei angesichts der Tatsache, dass es sich schließlich um ein Kirchengebäude handele und dass er dies als ein Zeichen für die gute Zusammenarbeit von Kommune und Kirche in der Stadt werte. Er teilte mit, dass man vor dieser Pressekonferenz alle Fraktionsvorsitzenden informiert habe, sich anschließend zu einem Ortstermin an der Baustelle treffe, zu der die Pressevertreter auch sehr herzlich eingeladen seien, eine Bemerkung, die ein zufriedenes Gemurmel auslöste, würde man doch Bilder machen können, was Leser und Zuschauer immer dankbar zur Kenntnis nahmen.

Als Seyfert sich auf seinen Platz gesetzt hatte, raunte ihm die Dekanin zu, dass er am besten keine Zusagen oder Wertungen abgeben, sondern sich möglichst zurückhalten und auf die Fakten beschränken solle. Man müsse erst sehen, welche Position man in dem anstehenden Spiel beziehen wolle. Zunächst einmal gehe es darum, die wilde Meute der Journalistinnen und Journalisten zu zähmen.

Seyfert fiel die Konzentration während der Pressekonferenz schwer. Liane Lambert stand diskret im Hintergrund, aber so, dass er sie ständig sehen konnte. Wenn er nicht gerade selbst redete, gelang es ihm selten, für längere Zeit den Blick von ihr abzuwenden. Sie machte auch keine Anstalten, sich günstiger hinzustellen.

Die Journalisten schienen sich zunächst auf den Oberbürgermeister einzuschießen. Warum man nicht die Öffentlichkeit informiert, sondern stattdessen die Baugrube wieder zugeschüttet habe?, wollte Katia Bechstein wissen. Dies, so antwortete der OB, sei in Absprache mit der Rheinbau AG (deren Vorstandsmitglied an dieser Stelle seriös nickte) geschehen, um eventuelle Zerstörungen zu vermeiden.

Mit einer soliden Absperrung hätte man das auch erreichen und die Öffentlichkeit trotzdem nicht in Unwissenheit lassen können, wandte ein Vertreter des *Mannheimer Morgen* ein.

Nun, es hätte schnell gehen müssen, das sei auch in ihrem Interesse gewesen, schaltete sich Volker Schmitt ein, man habe schon so manches auf Baustellen erlebt.

Diese Pressekonferenz sei sehr kurzfristig einberufen worden, sodass die Vermutung nahe läge, ohne den Artikel in der *Rheinpfalz* wäre die Öffentlichkeit heute noch nicht informiert worden, sagte ein dritter journalistischer Anwalt der Öffentlichkeit.

Es sei richtig, man habe bis morgen warten wollen, bis nach einem persönlichen Gespräch zwischen OB und einem Mitglied des Vorstandes der Rheinbau AG, insofern habe der heutige Artikel tatsächlich zu einer Vorverlegung der Pressekonferenz geführt. Ihm, dem Oberbürgermeister, sei sofort die Bedeutung dieses Fundes klar gewesen, weshalb er Vorsicht für die Pflicht des ersten Bürgers gehalten habe.

Man ließ das so stehen. Wie viel die Journalisten und Journalistinnen dem OB von dem, was er gesagt hatte, abnahmen, würde man den Kommentarspalten der morgigen Ausgaben entnehmen können.

Nachdem an dieser Stelle nicht weiterzukommen war, wurden die Fakten gesammelt, und nun stand Franz Seyfert im Mittelpunkt der Fragen. Wann und wie er was entdeckt habe, warum er die Steine für das Fundament einer Basilika hielte, wie hoch er deren Alter einschätze, wie er den Fund aus kirchengeschichtlichen Sicht zu beurteilen sei und so weiter. Er bemühte sich um kurze, präzise, aber informationsreiche Antworten, gab sich bei seinen Einschätzungen vorsichtig und wollte das endgültige Urteil über den Fund lieber den Mitarbeitern der Denkmalbehörde überlassen. Es war Seyfert schon aufgefallen, dass sich Katia Bechstein in dieser Fragerunde nicht geäußert hatte, und ihm wurde bei ihrer ersten Frage schnell klar, warum.

„Herr Pfarrer Seyfert", redete sie ihn förmlich an. „Wenn Sie bereits seit zwei Tagen von diesem Fund wissen, wenn Sie sogar der Erste waren, der von diesem Fund wusste, warum haben Sie dann noch gestern Mittag geleugnet, etwas davon zu wissen?"

Diese Frage knallte wie ein Peitschenhieb durch den Raum und schlagartig war alles Gemurmel im Hintergrund verstummt. Der Schärfe der Stimme Bechsteins entsprach die Strenge ihres Blicks, mit dem sie Seyfert fixierte.

Der wusste zwar, worauf sie anspielte, war sich aber keiner Schuld bewusst und stellte der Eindringlichkeit ihrer Frage das Selbstbewusstsein seiner Antwort entgegen. Es tat ihm leid, auf die Verletztheit, die hinter ihrem gereizten Ton deutlich zu spüren war, nicht eingehen zu können. Er musste sich von dem Vorwurf befreien, gelogen zu haben.

„Ich habe gegenüber niemandem bestritten, etwas von diesem Fund zu wissen. Ich habe allerdings ebenso niemandem gegenüber davon gesprochen, auch Ihnen gegenüber nicht, Frau Bechstein. Ich habe es vorgezogen zu schweigen und damit niemandem Schaden zugefügt."

Katia Bechstein ärgerte sich immer noch, dass er ihr bei ihrem Besuch nicht gesagt hatte, was er wusste. Ihre

Story wäre früher fertig gewesen und sie wäre besser geworden. Der leichte Hauch eines schlechten Gewissens, den sie aus seiner Antwort herauszuhören glaubte, versöhnte sie ein wenig. Hier spielten beide ihre Rolle, jeder machte seinen Job.

Den machten auch der Baudezernent und die lokalen Kirchenrepräsentanten. Baudezernent Zabel gab seiner Zuversicht Ausdruck, dass es sich um eine Basilika aus der Römerzeit handele, eine christliche Kirche mit sehr hoher Wahrscheinlichkeit, wenngleich die Basilika ursprünglich eine weltliche Bauform gewesen sei, die dann später von den Christen adaptiert wurde. Er sei äußerst überrascht, dass man auf dem Gelände der Stadt so etwas gefunden habe, sei man doch bisher davon ausgegangen, dass es hier in der Antike keine Besiedlung gegeben habe. Nun müsse man wohl die Geschichtsbücher neu schreiben.

Die evangelische Dekanin und der katholische Dekan äußerten sich weniger euphorisch, schienen sich jedoch in dem Selbstbewusstsein gestärkt zu fühlen, Vertreter einer Organisation zu sein, die auf eine wesentlich längere Geschichte als die kleine Großstadt zurückblicken konnte, was gerade durch diesen Fund bestätigt worden war. Ihnen sei es wichtig, dass der Fund zunächst einmal gründlich gesichtet werde. Vielleicht fände man noch andere Überbleibsel aus einer Epoche, von der man bisher noch nichts wusste. Das Gesicht der Dekanin konnte ein gewisses Befremden nicht verleugnen, als der katholische Dekan zum Abschluss noch darauf hinwies, dass eine solche Kirche wie alle katholischen Kirchen auf geweihtem Boden gebaut worden sei. Ob das nun lediglich ein historisches Aperçu oder ein unverhohlener Besitzanspruch war, wussten die Anwesenden nicht zu entscheiden. Man nahm es als eine Botschaft aus einer anderen Welt.

Politik und Journalismus verabredeten sich für in dreißig Minuten an der Baustelle, und während alle den Saal verließen, wollte ein ganz Eiliger noch einen O-Ton vom OB.

Franz Seyfert ging auf Liane Lambert zu, die gerade Informationsmappen über das Tunnelprojekt an interessierte Medienvertreter verteilte.

„Kommen Sie auch mit zu dem Ortstermin?", sprach er sie an. „Ich nehme Sie gerne mit." Er genoss es, so nahe vor ihr zu stehen. Ihr Lidschatten passte perfekt zur Farbe ihres eng geschnittenen Hosenanzugs und ihr herbes Parfüm unterstrich die attraktive Strenge ihres Gesichts. „Sie kennen doch die Gegend am Rhein." Er versuchte ein Stück Gemeinsamkeit zu provozieren, aber sie behielt professionelle Distanz.

„Vielen Dank für das Angebot, aber ich werde im Wagen des OB mitfahren. Wir werden uns allerdings gleich wiedersehen, wenn Sie auch kommen." Das klang schon besser.

„Darauf können Sie sich verlassen, unter diesen Umständen sowieso", gab sich Seyfert ein wenig offensiv. Fünf Minuten später war der Sitzungsraum leer.

6

Franz Seyfert vermisste den Kaffeegeruch, als er aufwachte. Bei ihm zu Hause hatte er eine programmierbare und selbstverständlich auch programmierte Kaffeemaschine, die pünktlich um 6.45 Uhr zu blubbern begann, damit er zehn Minuten später den ersten heißen Kaffee des Tages schlürfen konnte. In der Wohnung aber, in der er an diesem Morgen aufwachte, roch es nicht nach Kaffee, sondern nach etwas, das er nach kurzem Nachdenken und mit einem gewissen Widerwillen als Tee identifizierte. Es war keineswegs so, dass er nicht mehr wusste, wie er in dieses Bett gekommen war, nein, im Gegenteil, er erinnerte sich noch an alles, an den gestrigen Abend und an die darauf folgende Nacht, und er bereute nichts. Nur hätte es kein Tee sein müssen, aber man konnte nicht in jeder Hinsicht mit der Frau seines Herzens harmonieren. Gewisse individuelle Unterschiede wären nie zu vermeiden. Solange es sich nur um die Frage „Tee oder Kaffee?" handelte, würde man die sich daraus ergebenden Probleme mit Sicherheit managen können.

Die Entdeckung der Basilika lag eine Woche zurück und diese Woche hatte sein Leben gründlich verändert. Nicht nur, dass er in einem fremden Bett aufgewacht war, – das war ihm früher gelegentlich auch schon passiert – vor allem war er zu einem wichtigen Mann in der Stadt geworden. Wichtig war er für manche immer schon gewesen, für seine Familie, für die Menschen seiner Gemeinde. Aber nun war er innerhalb von einer Woche zu einer Person des öffentlichen Lebens geworden, von der man täglich in der Zeitung las und deren Gesicht man schon einmal im Fernsehen gesehen hatte. Am gestrigen Nachmittag war er bei einer öffentlichen Anhörung von

Experten mit anschließendem Austausch der unterschiedlichen Positionen im Ratssaal gewesen, hatte den Abend in der Tenne verbracht und die Nacht in diesem Bett. Heute Morgen ging es ihm ausgesprochen gut, völlig entspannt. Bei den Gedanken an die ersten Stunden in diesem Bett regte sich wieder der Nervenstrang zwischen Stammhirn und Unterleib. Durch das geöffnete Fenster drangen die Schreie einiger Möwen, die über dem Rhein kreisten, und wenn er sich im Bett aufgerichtet hätte, – wonach ihm im Moment absolut nicht der Sinn stand – hätte er auf jenseits des Flusses die Großbaustelle sehen können. Warum sie sich gerade hier ein Appartement gesucht hatte, auf der anderen Seite, in der rechtsrheinischen großen Großstadt, fast im Ausland also, war ihm nicht ganz plausibel, musste es auch nicht sein.

Bei der gestrigen Anhörung hatte er recht bekommen. Die Experten vom Landesdenkmalamt hatten bestätigt, dass es sich bei den Steinen in der Baugrube um die Grundmauern einer Kirche handelte, einer Kirche in der Bauform einer Basilika, die nach ersten groben Schätzungen auf das Ende des vierten Jahrhunderts zu datieren war. Dies ließe sich aus den Bauformen erschließen, eine genauere Datierung stehe noch aus, sei aber bereits in die Wege geleitet, meinten sie. Bestätigt wurde auch seine Einschätzung, dass es sich dabei um einen Fund von größter historischer Bedeutung handelte, denn für diesen Ort war bisher keine römische Siedlung angenommen worden und eine Basilika deutete auf einen Bischofssitz hin, also hätte die Stadt zu jener Zeit mindestens die Bedeutung eines heute sogenannten Mittelzentrums gehabt. Bis jetzt war man davon ausgegangen, dass die kleine Großstadt etwas älter als einhundertsiebzig Jahre alt und mit den ersten Besiedlungen auf dem Gebiet der heutigen Innenstadt erst einige Jahre zuvor begonnen worden war.

Davor, so hatte man bisher angenommen, hatte es in dieser Gegend nur Bauernhöfe gegeben.

Es war überraschend, dass es zu einer solchen Veranstaltung bereits nach einer Woche kam. Aber Katia Bechstein und die *Rheinpfalz* hielten die Angelegenheit am Kochen, der *Mannheimer Morgen* zog mit. Die Fraktionen im Stadtrat wurden befragt, die Bürgerinnen und Bürger auf der Straße, der Vorsitzende der Interessengemeinschaft „Menschliches Rheinufer" machte täglich mit Leserbriefen oder Pressemeldungen auf sich aufmerksam. Für die am nächsten Wochenende tagende Bezirkssynode des Evangelischen Kirchenbezirks wurde der Fund am Rhein auf die Tagesordnung gesetzt. Bei den Katholiken befasste sich der Dekanatsrat mit der Angelegenheit, äußerte sich jedoch zunächst nicht.

Die Steine auf der Tunnelbaustelle waren für eine Woche *das* Thema und würden es noch einige Zeit bleiben. Man hatte sie wieder freigelegt, die Baustelle aufwendig abgesperrt und in den ersten Tagen für eine ständige Bewachung gesorgt. Nach den Untersuchungen durch das Landesamt für Denkmalpflege baute eine Gerüstbaufirma als Social Sponsoring Projekt ein Gerüst um und über die Grundmauern, sodass der Öffentlichkeit ein Zugang möglich war, ohne dass etwas beschädigt wurde. Der Eintrittspreis von drei Euro ging ohne Abzüge an den Kinderschutzbund, dessen Finanzierung damit auf Jahre hinaus gesichert war.

Denn das Interesse war überwältigend, schon vor Sonnenaufgang bildeten sich Schlangen vor dem Eingang zur Baustelle. Alle wollten diese Steine sehen und dem Gefühl freien Lauf lassen, dass man sich über historischem Boden bewegte, dass die kleine Großstadt in Wirklichkeit viel älter war als bisher angenommen, so alt wie Köln oder Mainz vielleicht, älter jedenfalls als Mannheim oder Düsseldorf. Dieser Fund verlieh der Stadt und ihren Bürgerinnen und Bürgern so etwas wie Würde und Selbstbewusstsein. Man verließ das Gerüst mit aufgerichtetem Körper und erhobenem Haupt, nun war man wer. Geschichte adelt, was auch sonst. Nun müsste man nicht mehr mit gebeugtem Genick den Speyerer Dom oder den zu Köln betreten. Hier lagen Steine, die waren älter als der Kölner Dom und auch älter als der Dom zu Speyer.

Der Oberbürgermeister verstand es, diese Stimmung aufzugreifen. Man wollte im nächsten Jahr das hundertfünfundsiebzigjährige Stadtjubiläum feiern. Das würde man immer noch machen, aber nun mit einem ganz anderen Hintergrund. Einhundertfünfundsiebzig Jahre Gemeinderechte in der Neuzeit, so müsste man es nennen. Wie es in der Antike gewesen war, das könnte man bis dahin vielleicht genauer sagen. Die Einladungsliste müsste verändert werden, nicht nur die Kolleginnen und Kollegen aus den jungen Städten wie Mannheim würde man begrüßen wollen. Nun spielte man in einer Liga mit Straßburg und Basel. Die Presseabteilung hatte die neue Einladungsliste gleich veröffentlicht. Sie war – mit den entsprechenden Kommentaren versehen – auch in der Presse gewürdigt worden.

In der Sitzung des Bauausschusses des Stadtrates in der vorangegangenen Woche hatte der OB eine längere Grundsatzrede gehalten. Man müsste alle anstehenden Neubauten und Generalinstandsetzungen vom architektonischen Aspekt her noch einmal überdenken. Hatte man bisher in der Stadt den Bauhausstil favorisiert oder bei den öffentlichen Gebäuden immer wieder mit Anleihen aus der Industriearchitektur gespielt, sich gleichsam als die Stadt der Ingenieurskunst und der Industrie präsentiert, so müsste in Zukunft der Sandstein als klassisches Baumaterial mehr zum Einsatz kommen, und es müssten formale Parallelen zum altrömischen Baustil herangezogen werden. Einer jungen Stadt dürfte man ihre lange Geschichte ruhig ansehen. Der lang anhaltende Applaus kam aus allen Richtungen des Sitzungsraumes, wenn auch je nach Fraktion mit gewissen Nuancen.

Der Oberbürgermeister war täglich in den Zeitungen zu sehen, meist auf der Baustelle, beim Gespräch mit der Polizei bezüglich der Sicherung des Geländes, mit Volker Schmitt von der Rheinbau AG, neben dem Fahrer des Caterpillar, mit dem Entdecker Franz Seyfert, mit dem Inhaber der Gerüstbaufirma und mit seiner Frau bei einem Wochenendspaziergang zusammen mit Hund Freddy. Der hob sein Bein an einer Ecke des Gerüsts. Schließlich hatte selbst der Ministerpräsident es sich nicht nehmen lassen, diesen exorbitanten Fund persönlich in Augenschein zu nehmen, und man sah den strahlenden OB voller Stolz auf den Fundamenten stehen. Das Fernsehen war in dieser Woche noch zweimal gekommen, um über den Fortgang der Untersuchungen zu berichten. Das Radio hatte alle wichtigen Beteiligten interviewt. Man war in den Medien präsent wie nie zuvor.

Es war eine Woche der kollektiven Euphorie in der kleinen Großstadt, die politischen Unterschiede schienen verschwunden, bei allen stand das Gemeinsame im Vordergrund – und das war dieses Gebilde aus einigen knapp über eintausendsechshundert Jahre alten Steinen auf einer Fläche von zehn auf zwanzig Metern.

Schon nach vierundzwanzig Stunden waren die ersten Spendenaufrufe für den Wiederaufbau „unserer Basilika", wie sie nun hieß, laut geworden, aber es fehlte leider noch ein passendes Konto. Die Gründung eines Fördervereines wurde gefordert wie auch der Neubau eines Museums zur Stadtgeschichte. Die Lehrerinnen und Lehrer, jedenfalls die flexiblen und begeisterungsfähigen unter ihnen, passten ihren Unterricht an. Im Kunstunterricht wurde die Romanik wiederholt, in Religion die Geschichte des Christentums in der Spätantike, im Geschichtsunterricht der Untergang des Römischen Reiches, in Mathematik die Trigonometrie, in Latein wurde Augustin übersetzt, und ein Deutschlehrer tastete sich mit dem Nibelungenlied so nah wie möglich an die Bauzeit „unserer Basilika" heran. In den meisten anderen Fächern gab es Probleme, einen Bezug herzustellen, aber das wurde von den Schülerinnen und Schülern als Erholung empfunden. Die altehrwürdige Kaffeerösterei der kleinen Großstadt brachte nach drei Tagen die „Basilikamischung" heraus und die Bäcker versuchten die Erinnerung an die letzte Preissteigerung durch die gemeinsame Kreation eines „Basilikabrotes" zum Sonderpreis verblassen zu lassen.

Franz Seyfert hatte, was seinen Beruf betraf, den er nach wie vor auszuüben sich bemühte, versucht, seine Pflichten zu tun. Aber zu mehr kam er nicht, zu sehr war er als Gesprächs- und Interviewpartner gefragt. Katia Bechstein ging in ihren Kommentaren nicht gerade zimperlich mit ihm um. Nach wie vor vermutete sie entweder die Absicht der Vertuschung durch ihn, oder aber sie unterstellte, er hätte die Bedeutung des Fundes nicht von Anfang an erkannt und deshalb die Öffentlichkeit erst so spät informiert. Der *Mannheimer Morgen* hatte ihn zum Ausgleich dafür zum Helden des Jahres gekürt. Seyfert sah Katia Bechstein fast täglich, zwangsläufig, aber von der Gemeinsamkeit jenes Abends war nichts mehr zu spüren. Er kam nicht dazu, darum zu trauern, denn auch Liane Lambert sah er jeden Tag, alle zwei Tage morgens beim Joggen, wobei sie nun ein Stück nebeneinanderher liefen, dann wieder bei den zahlreichen Terminen mit dem OB oder der Presse. Es war auch in dieser Hinsicht eine aufregende Woche für ihn, in der es gelang, die Frau näher kennenzulernen, die er vorher bei jedem Joggen zu treffen hoffte, auf deren Rhythmus er sich extra eingestellt hatte, deren Gesicht mit den hohen Wangenknochen und den schmalen Augen ihm manchmal den halben Tag nachgegangen war, deren sportlicher Körper ihn jedes Mal in eine gewisse Erregung versetzt hatte, deren Lächeln ihm wie ein Sonnenstrahl vorgekommen war. Nun hatte er sich auch noch in ihre Stimme verliebt, die dunkel und warm war. All das und besonders diese letzte Nacht hatte ihn über die kollektive Euphorie noch weit hinausgehoben. In diesem Zustand würde er sogar Tee trinken.

7

Doch der Friede und die Euphorie währten nicht lange. Eingeläutet wurde die Schlacht der Argumente und Verleumdungen durch die Ankündigung der Grünen im Rat, sie würden in der nächsten Sitzung beantragen, dass die Reste dieser Kirche entfernt und die Arbeiten am Tunnel wieder aufgenommen würden, schließlich koste jeder Tag, an dem die Arbeit ruhe, der Stadt nur Geld, und außerdem gäbe es genug Kirchen in der Stadt. Man könne ja die Steine an das Landesmuseum übergeben. Man sei von Anfang an gegen diesen kostspieligen Tunnelbau gewesen, das Geld wäre besser in den öffentlichen Personennahverkehr investiert worden, und nun wegen einer Kirche dieses Aufheben zu machen, sei angesichts der Trennung von Kirche und Staat nicht zu vertreten und entspräche einem Denken aus dem vorletzten Jahrhundert.

Qua Amt und aus Überzeugung, ja mit einem unübersehbaren Enthusiasmus hatte Michael Rot-Bäumler sich in dieser Sache positioniert. Er war der Fraktionsvorsitzende der Grünen, ehemaliger Lehrer, arbeitete nun als Geschäftsführer einer Arbeitsloseninitiative, deren Hauptauftraggeber die Stadtverwaltung war. Man hatte einen Betriebswirt gesucht und in dem Berufschullehrer Rot-Bäumler einen Mann gefunden, der sich wortgewandt und argumentationsarm bei der Stadtverwaltung und anderen öffentlichen Auftraggebern für seinen Betrieb einsetzte. Argumente ersetzte er nicht selten durch politischen Druck. Rot-Bäumler war wegen seiner Art allseits unbeliebt, konnte sich aber schon ein paar Jahre an der Spitze seiner Fraktion halten. Die anderen Fraktionsmitglieder, Rot-Bäumler menschlich und intellektuell zum Teil deutlich überlegen, hatten ihre Nischen gefunden, eine sogar als Landtagsabgeordnete, und ließen ihn gewähren, denn man wollte ja anders sein als andere Parteien.

Das Verhältnis Rot-Bäumlers zur Kirche war weder freundlich noch neutral, es war schlichtweg ablehnend. Er war bekennender Konfessionsloser und hatte wiederholt auf Flugblättern für die Abschaffung der Kirchensteuer geworben. In dieser Hinsicht war er allerdings in den letzten Jahren zurückhaltender geworden, seit eine Umfrage ergeben hatte, dass die Grünen nur dann mehr Stimmen erlangen könnten, wenn es ihnen gelänge, auch linke Kirchenmitglieder zu integrieren. Rot-Bäumler hatte seine ekklesiogene Neurose, von der er immer sprach, noch nicht therapieren lassen. Ob es allerdings wirklich eine ekklesiogene Neurose war, die zu seiner aggressiven Konfessionslosigkeit geführt hatte, mochte man bezweifeln. Er war weder von einem Priester verführt worden, noch hatte man ihm im Kindergartenalter die Angst vor der Hölle in die kindliche Seele gepflanzt. Es hatte ihm auch keine feministische Pfarrerin bei seiner pubertären Rollenfindung den Weg zu seiner Identität als Mann versperrt, noch war Sexualität für ihn mit dem Stigma der Gottesferne besetzt. Nein, er hatte sich schlichtweg in der elften Klasse im Fach Religion wegen notorischer Faulheit eine dritte Fünf auf dem Zeugnis eingehandelt, konnte den Religionslehrer aber weder mit fehlenden Argumenten noch mit einer schleimigen Freundlichkeit zum Ändern der Note bewegen, was zur Wiederholung der Klassenstufe und zum Austritt aus der katholischen Kirche und dem Religionsunterricht führte. Seitdem kämpfte er seinen Kampf für seine Gerechtigkeit und Rehabilitation, indem er der Kirche grundsätzlich ihre Existenzberechtigung und erst recht in der öffentlich rechtlichen Form absprach.

Rot-Bäumler war stadtbekannt, zum einen aufgrund seiner Äußerungen im Stadtrat, die wegen ihrer Stilblüten regelmäßig von den beiden Zeitungen wiedergegeben wurden, zum anderen wegen seiner unverwechselbaren Erscheinung. Er war ein kleiner Mann, stark untersetzt mit einem schwerfälligen Gang, der an das Rollen einer Tonne erinnerte. Er hatte schwarz-graue Haare, die seinen Kopf feingekräuselt wie eine kugelförmige Aura umgaben und wirkte so wie ein später Vertreter des Afro-Looks. Seine Haare und seine Körperfülle sorgten dafür, dass er trotz seiner relativ geringen Körperhöhe nie übersehen wurde, und falls dies doch geschah, wusste er sich mit seiner durchdringenden Fistelstimme Gehör zu verschaffen. Wenn er im Stadtrat eine längere Rede hielt, artete dies zu einer Folter für die Gehörgänge der anderen Ratsmitglieder aus.

Rot-Bäumler hatte seine Forderung in einer zweiseitigen Pressemeldung den beiden Tageszeitungen zugestellt und sich darauf gefreut, sein Bild am nächsten Morgen auf der ersten Seite des Lokalteils zu entdecken. Zwar gefiel ihm das Archivfoto, das die *Rheinpfalz* immer wieder verwendete, überhaupt nicht, aber in der Regel war seiner Eitelkeit schon dadurch Genüge getan, dass überhaupt sein Konterfei neben dem Frühstücksei zu liegen kam. Er war am Vortag nicht mehr dazu gekommen, sich mit den anderen Fraktionsmitgliedern abzusprechen, aber sie würden es auch dieses Mal verstehen, dass es besser sei, eine schlechte Presse zu haben, als gar keine Presse.

Und er hatte seine Presse. Bernd Berger, der Vorsitzende der Interessengemeinschaft „Menschliches Rheinufer" reagierte als einer der Ersten – wie immer. In seiner dreiseitigen Pressemeldung bot Berger seinem Kontrahenten Rot-Bäumler unter anderem an, bei den Bewohnern der Südstadt für ein Auto für den bedauernswerten Fraktionsvorsitzenden der Grünen zu sammeln. Er sei sicher, genügend Geld zusammenzubekommen, damit Rot-Bäumlers ewige Klage über die Benachteiligung des ÖPNV aufhöre. Die sei doch letztlich nur die Folge davon, dass Rot-Bäumler, der kein Auto besäße, zu träge sei, mit dem Fahrrad zu fahren. Er schloss die Frage an, ob Rot-Bäumler eigentlich einen Führerschein hätte oder ob er ihm aus einschlägigen Gründen abgenommen worden sei. In diesem Stil ging es weiter, und seine Stellungnahme gipfelte darin, dass er Rot-Bäumler zu einem Zweikampf mit den Fäusten auf den Rheinwiesen aufforderte, falls dieser nicht unverzüglich seine ständigen Angriffe gegen die Bewohner der Südstadt unterlasse. Worin die bestanden, sagte er zwar nicht, aber er hoffte, damit in diesem Stadtteil gepunktet zu haben.

Bernd Berger war ein mittelgroßer und unauffälliger Mann Anfang vierzig, dessen Midlife-Crisis sich ihrem Höhepunkt zubewegte. Seinen Wiedererkennungswert versuchte er durch auffällige Brillenmodelle zu steigern, sodass er mal durch dicke rote Hornringe in Welt schaute, ein anderes Mal über die fassungslosen Glasstreifen einer Lesebrille aus dem Supermarkt, oder aber, und das war seine Lieblingsbrille, durch ein liegendes B mit schmiedeeisernen Bügeln. Er war im Laufe seiner verschlungenen Politkarriere schon Mitglied mehrerer Parteien gewesen, nur die Grünen und die Freien Demokraten waren bisher noch nicht dabei. Er hatte ein untrügliches Gespür dafür, worüber sich die Menschen in der Stadt ärgerten. Das pflegte er anzuprangern, konnte sich jedoch nie zu einer konstruktiven Alternative herablassen. Er war der selbst ernannte Anwalt des Volkes, und weil er sich – unkritisch gegenüber sich selbst – nie scheute, den Mund aufzumachen, wurde er immer wieder zum Vorsitzenden dieses Vereines oder jener Initiative gewählt.

Wenn es keinen freien Posten als Vorsitzenden gab, dann gründete er eben einen Verein, wie zum Beispiel die

Interessengemeinschaft „Menschliches Rheinufer". Diese „Interessengemeinschaft" bestand aus zehn Mitgliedern und hatte sich zum Ziel gesetzt, die Anliegen der Bewohner der Südstadt beim Bau des Tunnels zu vertreten. Zwei der Mitglieder wohnten in der Südstadt, Berger selbst ganz im Westen der Stadt, die anderen waren Mitglieder jener drei anderen Vereinigungen, bei denen er den Vorsitz hatte, und die er gebeten hatte, diese gute Sache zu unterstützen. Sie hatten bei der Vereinsgründung unterschrieben und waren nie wieder aufgetaucht.

Die beiden Mitglieder aus der Südstadt rief Berger regelmäßig an, um ihnen mitzuteilen, was der Verein als Nächstes unternehmen werde. Zu dieser „Interessengemeinschaft" gab es in der Südstadt keine Alternative, und außer dem Rechtspfleger auf dem Amtsgericht wusste keiner so genau, wer eigentlich dazu gehörte. Nur den Vorsitzenden Bernd Berger, den kannte man, denn der machte regelmäßig auf sich aufmerksam. Er war ein angemessener Gegner für Rot-Bäumler, beide verstanden es, sich auf niedrigem Niveau geschickt zu bewegen.

Der Aufschrei in den großen Parteien war ebenfalls unüberhörbar. Die lokalen Radiosender brachten sie schon am selben Tag, die beiden Zeitungen etwas ausführlicher am nächsten. Der Vertreter der CDU sprach von einem Angriff auf die gesamte abendländische Kulturgeschichte, wie es nur aus der Riege der Grünen kommen könnte. Die SPD warf Rot-Bäumler vor, die Interessen der Bevölkerung nicht wahrzunehmen und von einem hohen Ross herunter zum Kahlschlag anzusetzen. Zudem sei es an der Zeit, die Frage zu stellen, wie lange sich die Grünen noch einen solchen Fraktionsvorsitzenden leisten könnten. Das fragten sich die restlichen Mitglieder der Stadtratsfraktion der Grünen im Übrigen auch. Nur von der FPD kamen vorsichtig zustimmende Worte, man müsse tatsächlich eine zügige Fertigstellung des Tunnels im Auge behalten, denn dessen wirtschaftliche Bedeutung sollte auch dem Oberbürgermeister ein Anliegen sein. Für die Grundmauern wünschte man sich jedoch einen angemesseneren Vorschlag als die Deponierung in einem Museum, schließlich handele es sich dabei, auch wenn es eine Kirche sei, um Kulturgut.

Franz Seyfert fühlte sich indessen zunehmend unwohl. Zunächst keineswegs, was das Verhältnis mit Liane Lambert betraf. Sie war seine Traumfrau, sah toll aus, hatte Stil. Es gehört jedoch zur Eigenart von Träumen, dass sie sich gelegentlich unerwartet entwickeln. Bei Liane war er sich manchmal unsicher, ob er nicht etwas in ihr gesehen hatte, was sie nicht war. Er war sich im Klaren darüber, dass kein Mensch so war, wie man ihn sich vorgestellt hatte. Wenn man die ersten Worte wechselte, trafen Vorstellung und Wirklichkeit aufeinander, wobei die Wirklichkeit die Vorstellung in ein Nichts auflösen oder aber wohltuend ergänzen konnte. Wie oft hatte Seyfert erlebt, dass die Attraktivität einer Frau nach ihrem ersten Satz wie ein mühsam aufgebautes Kartenhaus in sich zusammenfiel, und er sich anschließend sagte, dass wohl er es gewesen war, der sich in seinem Wunschdenken dieses Kartenhaus gebaut hatte.

In Liane meinte er, sich nicht getäuscht zu haben. Sie war schön, hatte eine sportliche Figur, war geistreich und konnte humorvoll sein. Sie war eine Frau, mit der ihm nicht langweilig wurde, die ihm das Gefühl gab, interessant für sie zu sein, mit der er sich wohlfühlte. Er bewunderte, mit welchem Engagement und welcher Präzision sie ihren Job machte, fragte sich jedoch immer öfter, was eigentlich ihr Antrieb war. War es der Wunsch, ihre Sache gut zu machen, oder der, Anerkennung zu bekommen? Konnte man das überhaupt auseinanderhalten? Oder ging ihr Blick noch weiter? Arbeitete sie gut und engagiert, weil sich die Anerkennung in einen höher dotierten Job auszahlen sollte? War es Ehrgeiz? Wenn ja, was sollte daran schlimm sein? Ehrgeiz war Seyfert immer etwas verdächtig gewesen. Er fand es wichtig, dass man seine Arbeit gut machte, sich Mühe gab, es jedes Mal ein bisschen besser hinzubekommen als zuvor, selbstkritisch war, sich auf seine Erfolge nichts einbildete und sich nicht auf ihnen ausruhte. Aber Ehrgeiz – schon dieses Wort ließ ihn unruhig werden. Nach Ehre geizen, das konnte kein Grund sein, etwas zu tun. Ehre um der Ehre wegen – das fand er hohl, leer, sinnlos, gefährlich. Man sollte für ein gutes Ziel arbeiten, ein ganz kleines oder ein großes. Aber etwas zu tun, nur um anschließend dafür geehrt zu werden, das konnte schnell auf Abwege führen. Das Streben nach Ehre und Aufmerksamkeit konnte zur Sucht werden und das Leben eines Menschen und seiner Mitmenschen verderben. War beides für Liane zu wichtig? Den Eindruck hatte er schon manchmal. Aber dann waren da wieder ihre Schönheit und ihr Lächeln – und dieses Lächeln konnte nicht lügen.

Unwohl fühlte er sich jedoch zunehmend in der Rolle, die man ihm zuschrieb. Für einen Teil der Medien und viele Menschen war er so etwas wie die menschgewordene Rettung der kleinen Großstadt – der Entdecker der Basilika, der Mann, der der Stadt ihre Geschichte und ihre Würde zurückgegeben hatte. Dieser Hype um die Entdeckung eines geschichtlich sicher sehr interessanten Fundes wurde von zu vielen für die persönliche Profilierung genutzt. Immer wieder versuchte man, ihn dafür einzuspannen. Dabei gab es in seinen Augen Wichtigeres zu tun. Durch die Entdeckung der Basilika hatte es keinen Trauerfall weniger in der Stadt oder in seiner Gemeinde gegeben, hatte kein Kind aus einer der benachteiligten Familien sich einen Schwimmbadbesuch leisten können

Mitten in die Diskussionen hinein kam die Einladung zu einer Sondersitzung des Stadtrates. Das Landesamt für Denkmalpflege schickte eine seiner besten Mitarbeiterinnen. Frau Dr. Renate Sturmhoff galt nicht nur als eine geschickte Archäologin, sondern auch als eine profunde Kennerin der mitteleuropäischen Spätantike. Ihre Doktorarbeit hatte sie über Caesars „De bello gallico" geschrieben, sich dabei besonders seinen Kämpfen mit den germanischen Stämmen an der Rheingrenze gewidmet und bereits im Römischen Museum in Köln und im Historischen Museum in Speyer gearbeitet.

Der OB hatte diese nicht-öffentliche Stadtratssitzung anberaumt, nachdem ihn ein Anruf aus eben diesem Landesamt für Denkmalpflege erreicht hatte. Man hatte Stillschweigen bis zur Pressekonferenz nach der Stadtratssitzung vereinbart und zuvor nur die Dezernenten sowie die Vorsitzenden der beiden Mehrheitsfraktionen und der SPD informiert. Diese saßen mit unbewegten Mienen auf ihren Sesseln, während sich der Rest des Stadtrates in einer gespannten Erwartungshaltung befand. Die Nicht-Öffentlichkeit war mit Zustimmung der Fraktionsvorsitzenden für lediglich drei Personen durchbrochen worden. Etwas verloren saßen Franz Seyfert und seine Dekanin auf den Besucherplätzen. Der katholische Dekan konnte wegen eines Sterbeamtes, das er zu halten hatte, nicht kommen.

Frau Dr. Sturmhoff war eine erfahrene und rhetorisch versierte Frau, deren Präsentationsmethoden alles andere als antiquiert waren. Ihr computerunterstützter Vortrag hatte einen gewissen Unterhaltungswert, der allerdings in krassem Gegensatz zum deprimierenden Inhalt ihrer Mitteilungen stand.

Auf dem Bildschirm erschien zunächst der Grundriss der Basilika als Zeichnung, um dann in eine dreidimensionale Darstellung überzugehen. Anschließend wurde wie von Geisterhand die Kirche auf den Fundamenten wieder aufgebaut, sodass die Stadtratsmitglieder sich die virtuelle Rekonstruktion von allen Seiten anschauen konnten. Nur zur Veranschaulichung folgte ein kurzer Blick in eine andere Basilika aus jener Zeit, um deutlich zu machen, wie die Kirche von innen ausgesehen haben könnte. Dann begaben sich die Zuschauer sozusagen in die Vogelperspektive, sie sahen zunächst nur die Basilika von oben, dann kamen der Rhein und die heutige Stadt in ihren Umrissen hinzu. In Schritten von jeweils hundert Jahren ging die Präsentation in der Zeit zurück. Vor hundert Jahren sah man an der Stelle der Basilika die ersten Gebäude jener Fabrik, die man inzwischen abgerissen hatte. Die Stadt selbst war noch klein, aber es gab durchaus schon einige Straßenzüge. Weitere hundert Jahre zurück sah man dort, wo jetzt die Basilika und die Stadt waren, nur Felder, einen Bauernhof und kleinere Wälder. Beim nächsten Bild ging ein Gemurmel durch den Saal. Dort wo die Fundamente der Basilika sein mussten, war nun der Rhein. Das Gemurmel wurde lauter, als weitere hundert Jahre zurück die Basilika wieder auftauchte und sich plötzlich auf der rechten Rheinseite befand. Unruhe kam auf, die aber gleich wieder abebbte, als das nächste Bild die Basilika wieder unter dem Rhein zeigte und das übernächste wieder linksrheinisch. Die Landschaft bestand aus kleinen Wäldern und Sümpfen, die angedeuteten Gehöfte zu beiden Seiten des Rheines wurde von der Referentin als Vermutungen bezeichnet. Die Präsentation ging weiter die Jahrhunderte zurück, der Rhein veränderte immer wieder seinen Lauf, immer jedoch lag die Basilika auf der richtigen Rheinseite. Spannung kam auf, als man sich dem vierten Jahrhundert näherte, der Bauzeit des Gebäudes. Das letzte Bild war wie ein Schlag ins Gesicht: Es war so, wie man es aufgrund des Verlaufs der Präsentation hatte befürchten müssen – die Gründung der

Basilika hatte ganz offensichtlich auf der anderen Rheinseite stattgefunden. Der Rhein hatte dann seinen Lauf geändert und wieder verändert. Die Basilika war also gar nicht auf der Rheinseite gebaut worden, auf der die kleine Großstadt lag, sondern drüben, auf dem anderen Ufer, dort, wo nun die große Großstadt lag, die bereits zu einem anderen Bundesland gehörte.

Es dauerte ein paar Tage, bis man in der kleinen Großstadt diese Enttäuschung verwunden hatte. Man einigte sich schließlich darauf, dass es nicht von Bedeutung sei, auf welcher Rheinseite die Basilika damals gestanden habe, sondern auf welcher Seite sich die Überreste ihrer Grundmauern heute befänden. Und sie befanden sich just dort, wo in der Gegenwart die kleine Großstadt war. Ein Leserbriefschreiber entwarf sogar die Vision, dass irgendwann einmal, wenn der Rhein wiederum seinen Lauf ändern sollte, die ganze kleine Großstadt auf der anderen Rheinseite zu liegen käme. Der politische Streit nahm daraufhin den bei einem derart emotional hoch besetzten Thema gewöhnlichen Verlauf. Schließlich ging es um die Geschichte und damit die Identität einer ganzen Stadt, auch wenn es eigentlich nur wenige Argumente auszutauschen gab. Letztlich befand man sich in einem Dilemma: Die Fundamente lagen dort, wo eigentlich ein Tunnel sein sollte. Es konnte nur eines dort sein, – aber die meisten wollten beides. So verbarg sich die kollektive Ratlosigkeit hinter verbalem Säbelrasseln und endlosen Debatten über die Priorität von Wirtschaft oder Kultur. Die Religion spielte nur eine untergeordnete Rolle und diente lediglich dazu, mal hier oder mal dort die richtigen Verbündeten mit ins Boot zu bekommen. Die Dekanin und der Dekan hielten sich weise zurück, wohl wissend, dass sub specie aeternitatis auch 1600 Jahre alte Relikte der Kirchengeschichte nur Peanuts waren.

Rot-Bäumler war bereits nach wenigen Tagen aus der Diskussion raus. Mit ihm wollte sich keiner mehr auseinandersetzen, was ihn zu immer schärferen und immer absurderen Pressemitteilungen veranlasste, die jedoch immer weniger abgedruckt wurden. Dies hinterließ in ihm wiederum ein Gefühl zunehmender Ohnmacht. Die SPD wärmte die grundsätzliche Diskussion über den Tunnelbau auf und machte klar, dass man die jetzigen Probleme nicht hätte, wenn man damals ihren Forderungen gefolgt wäre und sich gegen diesen unsinnigen und viel zu teuren Tunnel entschieden hätte.

Die CDU wusste dieses argumentative Eigentor schnell auszuschlachten, indem sie darauf hinwies, dass diese Entdeckung von höchstem geschichtlichen Wert erst durch den Tunnelbau möglich geworden war und fragte, wo man heute wohl wäre, wenn man nach dem Willen der SPD gehandelt hätte. Vielmehr hatte sich die Entscheidung für den Tunnelbau gerade durch den Fund der Basilika als genau die richtige Entscheidung erwiesen, und man forderte die SPD auf, daraus so schnell wie möglich personelle Konsequenzen zu ziehen und die Fraktionsspitze auszuwechseln, denn diese sei für den falschen Kurs der Partei verantwortlich.

Die SPD wartete nur wenige Tage mit dem Gegenschlag, der darin bestand, dem Oberbürgermeister vorzuwerfen, er sei mit der Bewältigung der seit dem Fund entstandenen Situation offenbar überfordert und würde dabei auch von der Ratsmehrheit im Stich gelassen, weshalb eine Neuwahl der einzige Weg aus der Krise und ein Rücktritt des OB der angemessene Schritt wäre.

Das Wählerforum traf sich täglich abwechselnd in den verschiedenen Cafés der kleinen Großstadt, um über die Lage zu beraten und der CDU das Suchen und Finden eines Auswegs zu überlassen. In den letzten Tagen war das im Turm einer im Krieg weitgehend zerstörten Kirche eingerichtete Restaurant zu ihrem Lieblingsort geworden. Hier gab es nicht nur Kaffee, sondern auch gute italienische Kost. Zudem empfanden sie die Treffen in einem alten Kirchturm als der anstehenden Problematik angemessen. Man überlegte mehrfach, ob man Bernd Berger die Mitgliedschaft anbieten sollte, hatte dann aber doch die Befürchtung, er würde demnächst einen Stadtratsplatz beanspruchen.

So plätscherte der Schaukampf der parteipolitischen Lokalmatadore vor sich hin, während andernorts Fakten geschaffen wurden.

8

Die Hektik auf der Großbaustelle am Rhein war seit einigen Tagen einer fast gemütlichen Ruhe gewichen. Am Tunneleingang wurde nicht weitergearbeitet. Er war von einem begehbaren Gerüst überbaut und mit den dort diensttuenden Polizisten hatte man sich angefreundet. Das galt für den Großteil der Arbeiter, der andere Teil von ihnen empfand diese tägliche Gegenwart der Polizei in keiner Weise als angenehm, weshalb sie sich auch nicht in ihrer Nähe sehen ließen.

Auch Baustellenleiter Pichler wäre es lieber gewesen, sie nicht zu sehen. Er war der Einzige auf dieser Baustelle, der wirklich den Überblick hatte, und deshalb ahnte er, dass bei einigen der Männer, die man ihm geschickt hatte, die Papiere nicht stimmten. Das gehörte zum Geschäft, und der Schmitt vom Vorstand selbst hatte ihm, als er danach fragte, wo denn diese Leute herkämen, einmal gesagt, dass es doch wohl gelegentlich besser wäre, nicht alles zu wissen. Dabei lächelte er freundlich und erinnerte daran, dass es für sie beide auch um so etwas wie eine Provision ginge – für Schmitt, wenn der Umsatz vom Unternehmen stimmte, und für ihn, Pichler, wenn die Arbeiten im geplanten Zeitrahmen abgewickelt würden. Der Schmitt schickte ihm immer neue Leute, wenn er sie brauchte. Nur eben fragen sollte er nicht zu viel. So hoffte er, dass die Polizeibeamten da oben an der Absperrung nicht auf die Idee kämen, Fragen zu stellen.

Die Baustelle am Rhein hatte die Ausmaße eines ganzen Stadtviertels, ungefähr anderthalb Kilometer in der Länge und gut fünfhundert Meter in der Breite. Die alten Fabrikanlagen waren bereits abgetragen, eine große Fläche war übrig geblieben, durch die zunächst einmal einer

Schlucht gleich der Platz für die Tunnelröhre geschaffen werden sollte. Dies geschah im Tagebau und zu beiden Seiten dieser Schlucht türmten sich die Berge aus Sand und Geröll. An den Rändern des Geländes, das vom Tunnelbau nicht berührt wurde, hatte man bereits die oberirdischen Straßenzüge abgesteckt und mit dem Aushub für einen großen Bürokomplex und den Fundamenten für eine riesige Appartementanlage begonnen. Sie sollte Wohnen mit Blick auf den Rhein ermöglichen. Es war dies ein kühnes Projekt, nicht ganz ohne wirtschaftliche Risiken, wusste man doch nicht, wie sich der Wohnungsmarkt, die Konjunktur und damit das Angebot an Arbeitsplätzen entwickeln würde. Deshalb waren die Verträge der Investoren mit der Rheinbau AG knallhart. Es durfte keine Verzögerung geben, und aus diesem Grund war dieses alte Kirchengemäuer mehr als hinderlich. Für Pichler hing seine Provision dran, für Volker Schmitt vielleicht sein Job.

Der dunkelgraue Geschäftswagen von Schmitt hielt bereits seit einer Stunde vor dem Container des Baustellenleiters Pichler. Die beiden Männer suchten nach einer Lösung für das anstehende Problem: einer Schmälerung ihres Jahreseinkommens. Da es seit alters her die vornehmste Aufgabe eines Mannes war, für Frau und Kinder zu sorgen, und wenn er solche nicht hatte oder sie ihn aus nur ihm einsichtigen Gründen verlassen hatten, so wie bei Dieter Pichler, dann musste er eben für sich selbst sorgen. Keiner der Jäger und Sammler hatte sich dereinst seine Beute von einem anderen wegnehmen lassen. Den beiden stand ihre Jahresprovision zu, und die Vorstellung, sie nicht zu bekommen, hatte für sie die Qualität der Bedrohung durch den Hungertod, sodass blinde Raffgier ihr Denken bestimmte, wenn auch freilich in deren zivilisierter aber deshalb nicht weniger gieriger Variante. Die beiden hatten ein gemeinsames Problem, und sie beabsichtigten, es durch einen anderen lösen zu lassen. Als Volker Schmitt den Container verließ, war er sich sicher, dass er von diesem Gespräch nichts mehr wissen würde, und Dieter Pichler hatte schon eine Idee, wer für ihn den Kopf hinhalten sollte.

Das Tunnelbauprojekt hatte mit einer großen Schwierigkeit zu kämpfen und das war das Wasser. Die Basis der Tunnelröhre würde nach ihrer Fertigstellung circa zehn Meter unter der mittleren Höhe des Rheinspiegels liegen. In dieser Tiefe befand man sich in der ganzen Rheinebene bereits weit im Grundwasser. Also konnten die Bauarbeiten nur unter ständigem Abpumpen des Wassers erfolgen. Dazu hatte man zwei eindrucksvolle Pumpstationen für das gesamte Viertel errichtet, die Tag und Nacht liefen und die halbe Stadt ununterbrochen mit ihrem sonoren Brummen erfüllten. Sie waren fest installiert, die Ansaugleitung konnte aber an jeden beliebigen Ort der Großbaustelle verlegt werden. Mit einer dieser Pumpen hatte es in den vergangenen Tagen immer wieder Schwierigkeiten gegeben und der Wasserstand in der Baustelle war schon bedrohlich gestiegen.

Volker Schmitt, der sich seit der Entdeckung der Basilika täglich persönlich um diese wichtige Baustelle der Rheinbau AG kümmerte, rief beim Stadtbauamt an und bot an, man würde – selbstverständlich auf Kosten der Rheinbau AG – eine Ansaugstelle in die Nähe der Fundamente der Basilika verlegen, um sicherzugehen, dass an dieser Stelle das Wasser nicht zu hoch steige. Der Rheinbau AG läge viel an diesem wertvollen Fund, und man wollte seinen Beitrag zum Erhalt leisten. Diese Sorgfalt stieß im Rathaus auf offene Ohren und wurde von der Pressestelle als umsichtiges Handeln des Bauträgers in eine Meldung umgesetzt.

Das Neuverlegen der Ansaugrohre dauerte komplette zwei Tage. Man einigte sich mit den Leuten vom Landesamt für Denkmalpflege darauf, dass circa zehn Meter von der Fundstelle entfernt eine Grube ausgehoben wurde, nicht ohne den Aushub sorgfältigst zu untersuchen ohne was zu finden, und dass hier hinein der Ansaugstutzen verlegt wurde, um das Grundwasser an diesem Teil der Baustelle niedrig genug zu halten. Das Rohr mit dem Durchmesser eines Kinderkopfes verlief gut sichtbar auf Trägern gelagert bis zur Pumpstation, und von dort führte ein noch dickeres Rohr direkt ans Rheinufer.

Die Arbeiten wurden neugierig von den sich täglich an der Absperrung einfindenden Schaulustigen beobachtet. Es hatte sich so etwas wie ein „Basilika-Tourismus" entwickelt. Aus einem Umkreis von einhundert Kilometern kamen die Menschen gefahren, um die Steine zu sehen, die es eigentlich gar nicht geben durfte, weil hier doch noch nie Menschen gelebt hatten, weil hier angeblich immer nur unbesiedeltes Sumpfgelände gewesen war. Ein Hähnchengrill hatte sich in unmittelbarer Nähe etabliert und große Hinweistafeln erinnerten an den nächsten Dönerladen und einen Biergarten. Zwei Eisverkäufer mit ihren Kleinbussen stritten sich um den besten Standplatz. Eltern hielten ihre fragend schauenden Kinder über die Absperrung („Guck mal, das ist eine Basilika."). Liebespaare auf der Suche nach ihrer Traukirche warfen auch auf diese hier einen Blick. Skateboardfahrer diskutierten darüber, ob der Anlauf in die Grube hinunter genügen würde, um den Fünfzehnmetersprung über das Kirchenschiff zu machen. Die Angestellten aus den Banken und Verwaltungen ließen sich in ihren Mittagspausen den Hauch von Geschichte um die Nase wehen, und ein selbst ernannter Baustellenführer mit ein wenig zerlumpten Kleidern und einem ganz speziellen Mundgeruch gab unaufgefordert alle zehn Minuten die Geschichte der Entdeckung dieses Fundes und dessen historische Bedeutung zum Besten, wobei er nach jeder Runde mit aufgehaltener

Hand herumging, um die Grundlage für den nächsten Besuch im Biergarten einzusammeln. Im Laufe des Tages wurde seine Redeweise zunehmend lallend und unverständlich, und bei Sonnenuntergang zog er sich mit seiner Plastiktüte auf eine der Bänke am Rheinufer zurück, um in einer traumlosen Alkoholnarkose dem nächsten Tag entgegen zu schlafen.

9

Das Washington-Hotel gehörte zu den ersten Adressen der kleinen Großstadt, und davon gab es nicht viele. Offizielle Gäste der Stadt wurden hier genauso untergebracht wie die Gäste des großen Chemiewerkes. Hier kostete das Schnitzel doppelt so viel wie in den meisten anderen Gaststätten und wurde auch anders genannt. Hier feierte man seine runden Geburtstage, zumindest einmal im Leben. Hierhin wurde man eingeladen, wenn es ein Bundesverdienstkreuz zu feiern gab. Hier wurde nicht gegessen, hier wurde gespeist. Hier residierte das Karnevalsprinzenpaar in den tollen Tagen und hier trafen sich die lokalen Ableger der internationalen Serviceclubs, die der Männer, die keine Frauen aufnahmen, und die der Frauen, in die die Männer gar nicht rein wollten.

Franz Seyfert saß am Tisch des Vorstandes jenes Serviceclubs, der sich vorwiegend aus dem gehobenen Handwerk und den mittelständischen Unternehmen rekrutierte. Hier konnte man nicht die Aufnahme beantragen, hier musste man warten, bis man gefragt wurde. Manche warteten ein Leben lang auf die Anstecknadel fürs Revers und blieben draußen vor der Tür. Man wollte unter sich bleiben und Gutes tun, denn in so einem Club ist man unter Freunden und unter Seinesgleichen, da müssen die politische Farbe stimmen und das Einkommen, der einwandfreie Familienstand und die gesellschaftliche Reputation. Wenn man unter sich war, dann konnte man sich locker geben, achtete aber trotzdem auf Stil, zumindest meistens. Anzügliche Bemerkungen rutschten schon einmal dem einen oder dem anderen heraus, waren aber eigentlich nicht erwünscht, auch wenn man nur unter Männern war. Erst recht nicht, wenn einer der seltenen Gäste im Raum war.

„Diese Einladung hier ist ein Fauxpas." Der Inhaber einer Maschinenfabrik, die Kompressoren für Klimaanlagen herstellte, hatte sich fast ein wenig zu auffällig zum Vorstandstisch umgedreht, ein Mittvierziger mit dem Teint eines Tennisspielers und Skifahrers. Sein dunkelblauer Blazer mit den Messingknöpfen zog unschöne Falten. Er tupfte sich seinen grauen Schnauzer, in dem ein wenig der Spargelcremesuppe hängen geblieben war, mit der Serviette ab und schaute Zustimmung erheischend an seinem Tisch umher. „Unser Präsident wird auch schon ein bisschen senil", fuhr er fort, als er von dem einen oder anderen die Andeutung eines Nickens wahrnahm. „Aber er wollte es ja unbedingt noch einmal machen. War sein siebzigster Geburtstag nicht schon vor drei Jahren?" Er legte den Löffel mit leichtem Zorn in die Suppe und tupfte wieder den Bart ab. „Es wäre langsam Zeit, anderen das Feld zu überlassen."

„Nun lassen Sie dem Alten die Freude. Er braucht auch seine Streicheleinheiten und Aufmerksamkeit." Der dunkelgraue Businessanzug mit Weste gehörte einem Schulleiter, der die Abteilung „Bildung und Kultur" im Club vertrat. „Vielleicht ist der Vortrag unseres Gastes ja ganz interessant. Auf jeden Fall besser, als wenn der Präsident selbst vortragen würde."

Ein süffisantes Lächeln wanderte um den Tisch, und man widmete sich dem Leeren der Teller. Es wollte die gehobene Kunst des Essens mit Stil und der gleichzeitigen Konversation gepflegt werden.

Immer noch kamen einige Mitglieder des Clubs an. Wenn man viel zu tun hatte, konnte man nicht immer pünktlich sein. Wenn man immer pünktlich war, erweckte man den Eindruck, man habe nicht viel zu tun, und wer nicht viel zu tun hatte, der war auch nicht wichtig, und wichtig wollte man sein. Einige hatten bereits den Status des sicheren Wichtigseins erreicht, sie konnten beruhigt pünktlich kommen. Wer hereinkam, schaute als erstes im Speisesaal umher, ließ den Blick über die Tische gleiten, registrierte schnell, wer da war oder auch nicht, nahm die Wimpeln der befreundeten Clubs aus aller Welt, die für die Dauer des Meetings die Wand schmückten, kaum noch wahr, ebenso wenig wie die Bilder aus Washington DC und das bekannte Porträt George Washingtons, die den Anspruch des Hotels auf Internationalität unterstreichen sollten, überprüfte, ob seine Ankunft wahrgenommen wurde und von wem, suchte nach einem freien Platz und überlegte möglichst unauffällig, wessen Gesellschaft er suchen und wessen er meiden wollte, waren sie doch zwar alle Mitglieder eines Clubs und damit zwangsläufig Freunde, aber es musste doch erlaubt sein, individuelle Unterschiede zu machen.

Ein Tisch war immer schon eine halbe Stunde vor Beginn jedes Treffens besetzt. Hier saßen die Altmitglieder, zwei von ihnen hatten den Club mitgegründet. Alle im Alter nicht weit von den Achtzig entfernt, in die eine oder die andere Richtung, hatten sie inzwischen den Zustand seelischer Ausgeglichenheit erreicht. Dies galt zumindest für diese wenigen Stunden ihrer vierzehntägigen Treffen im Club, die ihnen deutlich machten, dass sie es im Leben zu etwas gebracht hatten, was ihnen nur noch der Tod nehmen konnte, wobei sie dieser Gedanke gelegentlich schreckte, wenn der eine oder andere einmal fehlte, wegen Krankheit zum Beispiel oder weil es ihm heute nicht so gut ging. Sie waren es auch, die den Kontakt zu den Mitgliedern herstellten, die gar nicht mehr kommen konnten und von denen man in unregelmäßigen Abständen mit Hilfe eines Kranzes und einer Schleife Abschied nahm.

Franz Seyfert hatte die Küche dieses Restaurants bereits vor drei Tagen genossen. Liane Lambert war es gewesen, die dafür gesorgt hatte, dass er eine Einladung bekam. Ihr Vorschlag war vom OB sofort dankbar angenommen worden. Mit Frau Lambert hatte man offenbar den richtigen Griff getan, eine Frau, die den Überblick und gute Ideen hatte. Die Delegation eines Ausschusses des Europäischen Parlamentes besuchte die kleine Großstadt. Fördermittel standen zur Disposition, eine nachhaltige ganzheitliche Entwicklung der von der Slum- und Ghettobildung bedrohten Großstädte sollte unterstützt werden. Man stand in der Konkurrenz mit anderen europäischen Städten vergleichbarer Größenordnung. Es ging um viel Geld, das man an anderer Stelle einsetzen könnte, wenn diese Fördermittel kämen.

„Halt dir den Abend frei, du wirst ein paar wichtige und interessante Leute kennenlernen." Liane hatte versucht, ihn zu motivieren und es war ihr schließlich gelungen. Erst wollte er nur ihr zum Gefallen hingehen, aber als er dann hörte, mit wem er zusammenkäme, empfand er es als eine gesellschaftliche Beförderung: Der Oberbürgermeister sowieso, die Dezernenten und Fraktionsvorsitzenden, nun ja, der Chef der städtischen Wohnungsbaugesellschaft, der Geschäftsführer der IHK und der Präsident des Arbeitsamtes, die Präsidenten des Amtsgerichtes und des Landgerichtes, der Polizeipräsident, die Landtags- und Bundestagsabgeordneten der Stadt und das zuständige Mitglied des Vorstandes des Chemiewerks. Als Repräsentant von Kirche, Kultur und Geschichte der Stadt hatte man Franz Seyfert eingeladen.

Das hatte dem Oberbürgermeister bei seiner Rede zu Beginn des Treffens ermöglicht, auf die Bedeutung einer ganzheitlichen Entwicklung der Stadt aus der Sicht der Verwaltung hinzuweisen. Man traf sich im großen Sitzungsraum des Rathauses. Das Rathaus war ein Nachkriegsbau, eines der höchsten Gebäude der Stadt, das man im Zuge des wirtschaftlichen Aufschwungs des Chemiewerkes mithilfe der Gewerbesteuereinnahmen erweitert und ausgebaut hatte. Neben dem Ratssaal war dieser Raum einer der schönsten und repräsentativsten. Die Wände mit Tropenhölzern verkleidet – eine Sünde der sechziger Jahre – der große zentrale Tisch auf Messingfüßen, seine Platte mit Walnussholzintarsien versehen, eine Spende des Chemiewerks, die Sessel mit Connolly-Leder bezogen, die Präsentationstechnik diskret versteckt. Hier konnte man wichtige Gäste angemessen empfangen und bewirten.

Der Delegationsleiter war ein ehemaliger französischer Parlamentsabgeordneter aus dem Elsass, den seine Partei zwei Jahre zuvor aus der Schusslinie gezogen hatte, weil er sich im Rahmen einer Maßnahme zur Beschleunigung eines großen Rüstungsauftrages an die französische Flugzeugindustrie für ein paar Momente etwas unvorsichtig benommen hatte, und der daraufhin einige Monate später, als irgendein Journalist von irgendwoher eine vertrauliche Information, die ihn natürlich nie hätte erreichen sollen, erhielt, mit einem Korruptionsvorwurf überzogen und daraufhin zum Abgeordneten im Europäischen Parlament befördert worden war. Dort stieg er zum Fachmann für die Förderung der Stadtentwicklung in der EU auf, ein kleiner Mittfünfziger mit schmalem Gesicht, einer spitzen Nase über einem Schnauzbart und kecken Äuglein hinter den Oxfordringen. Er stellte die anderen Mitglieder der Delegation vor, wies auf die Wichtigkeit der europäischen Zusammenarbeit hin, beschwor die Geister von Adenauer und de Gaulle herauf und erzählte von den beiden letzten Besuchen der Delegation in Marseille und Liverpool, um bei der Frage zu landen, welche denn die bevorzugte Rebsorte dieser Gegend sei.

Da man unter sich und kein potenzieller Wähler in der Nähe war, ersparte man den Abgeordneten des Land- und des Bundestages eine Rede und ließ für das Land einen Staatssekretär reden, einen Mann, dessen langes Berufsleben in einer der höchsten Stufen der Beamtenbesoldung deutliche Spuren hinterlassen hatte, nicht nur in der Glanzlosigkeit seiner von Resten schwarzer Strähnen durchzogener grauen Haare, sondern auch in seinem Rundrücken, der einer Krankengymnastin auf Jahre hinaus ein sicheres Einkommen bescheren sollte, sowie in seiner leisen Stimme mit dem untergründigen Ton tiefsitzender Enttäuschung über die bürokratische Sisyphusarbeit und das jahrelange Bemühen, immer wieder neue politische Vorgesetzte kompetent zu machen. Er ließ es sich nicht nehmen, auf den großen finanziellen Beitrag der Bundesrepublik zu den Kassen der Europäischen Union hinzuweisen, Gelder, die den Ländern fehlten, weshalb man es besonders begrüßte, dass über EU-Fördermittel wie jene, die an diesem Tag zur Diskussion ständen, wieder Geld zurückkäme. Hätte er gesagt, dass es seiner Meinung nach Deutschland ohne die EU besser gehen würde, er wäre nicht deutlicher gewesen.

Das veranlasste die Bundestagsabgeordnete, nun doch ein Bekenntnis zu Europa abzugeben, das sie auch im Namen der Regierung sagen konnte, wie sie betonte, um sich anschließend den Namen des Staatssekretärs für ein Gespräch mit dem Ministerpräsidenten zu notieren.

Ein Mitarbeiter des Stadtplanungsamtes wurde für eine zusammenfassende Darstellung der Stadtbereiche, die die Delegation am Nachmittag besichtigt hatte, hereingerufen. Die Projektionswand am Ende der Längsseite des Raumes fuhr herunter, Laptop und Beamer tauchten aus einem Schrank auf und die Präsentation begann. Zunächst war der Stadtplan im Überblick zu sehen, fokussiert dann auf das Konversionsprojekt am Rheinufer –

hier hatte der OB seinen Mitarbeiter unterbrochen und Pfarrer Seyfert vorgestellt – man kam dann zum nicht weit entfernt gelegenen Innenstadtviertel mit Einfachwohnungen aus den Fünfzigerjahren, versuchte, plausibel zu machen, dass es unumgänglich sei, auch den Rathausvorplatz mit in das Sanierungsgebiet einzubeziehen, und ging schließlich zum Stadtteil mit dem höchsten Migrantenanteil weiter, durch dessen komplette Umgestaltung man sich für die Zukunft eine bessere Durchmischung der Bevölkerung erhoffte.

Auf die Frage des Delegationsmitglieds aus den Niederlanden, einer Frau, die vor ihrer Tätigkeit beim europäischen Parlament jahrelang als Sozialdezernentin gearbeitet hatte, in welchem Stadtteil denn diejenigen untergebracht würden, die man in eine Wohnung einweisen müsse, weil sie ihre Miete nicht würden zahlen können, verwies man vonseiten der kleinen Großstadtverwaltung auf einige Straßenzüge auf der anderen Seite der Autobahn, die aber erst in einem zweiten Schritt saniert werden sollten. Zunächst wollte man sich dort schon aus pädagogischen Gründen gegenüber der Bewohnerschaft mit Investitionen zurückhalten. Es machte keinen Sinn, so sagte einer, zu investieren, wenn vonseiten der Bewohner die Wohnungen nicht gepflegt würden. Die Niederländerin wies darauf hin, dass die EU-Mittel nicht zur Stadtverschönerung gedacht seien, sondern zur Verbesserung der Lebensbedingungen in städtischen Problemvierteln mit dem Ziel, menschenwürdiges Wohnen zu ermöglichen und den sozialen Frieden zu sichern. Aber sie wusste, dass ihre Einspruchsmöglichkeiten gering waren, denn der Bundesrepublik Deutschland stand nun einmal eine bestimmte Summe aus den EU-Fördermitteln zu, und wenn man sich intern auf diese kleine Großstadt geeinigt hatte, würde es schwer sein, deren Förderwürdigkeit infrage zu stellen.

So gab man sich mehr volens als nolens dem Mahle hin, bei dem zugleich die Frage des Delegationsleiters nach der dominierenden Rebsorte und deren gekonntem Ausbau im Fass beantwortet wurde. Man zeigte, was Gutes in den deutschen Landen am Rhein wuchs oder aufgezogen wurde, und wie der erstklassiger Cateringservice des Washington Hotels dies alles zu verarbeiten wusste. Für das Essen verteilte man die Delegationsmitglieder gleichmäßig unter die Repräsentanten der Stadt, damit sie sich gegenseitig die Herzen ausschütten konnten.

„Es ist wirklich ein Problem, die Obdachlosen richtig unterzubringen", hatte der Geschäftsführer der IHK den Faden wieder aufgenommen. „Vor drei Monaten war Schimmel an den Decken in einigen Wohnungen festgestellt worden." Er hatte vorsichtig das Amuse Bouche, eine feine Creme aus Schmalz und Kräutern auf Pumpernickel, mit der Zunge am Gaumen zerdrückt. „Was hat man gemacht? Die Wohnungen wurden für nicht wenig Geld renoviert, die Einzelöfen waren freilich geblieben, und nach wenigen Wochen war in einigen Wohnungen der Schimmel wieder da. Die haben halt nicht gelüftet."

Die Schmalzcreme harmonierte wirklich vorzüglich mit dem Winzersekt aus Gewürztraminerweinen. Der Landtagsabgeordnete gönnte sich eine zweite Portion. Zwar versprach die ausgelegte Speisenfolge noch manch Gutes, aber was man hatte, das hatte man. Danach wandte er sich an die italienische Vertreterin der Delegation zu seiner Linken, eine Frau, bei deren Anblick seine Gedanken abzuschweifen drohten. „Wie entwickelt sich die Sektproduktion in Italien?" Er versuchte, ein wenig von den offiziellen Themen abzukommen, vielleicht könnte man sich auf einer mehr persönlichen Ebene begegnen.

„Die Spanier drohen uns in Deutschland den Rang abzulaufen, Cava scheint hier bei Ihnen ‚in' zu sein." Sie schaute ihn ein wenig schnippisch an. „Unsere Winzer kommen in einigen Regionen in Probleme." Ihre kurzen schwarzen Haare lagen eng an und betonten ihr schmales Gesicht, das von einer reizvollen Strenge war. Es würde schwer sein, ihr ein Lächeln zu entlocken. Eine kommunistische Abgeordnete wie sie würde vermutlich allenfalls mit einem Sozialisten ins Bett gehen, befürchtete der Landtagsabgeordnete.

Der OB überließ ihn seinen offensichtlichen Träumen und sagte zu Seyfert: „Kommen Sie, ich stelle Sie unserer Bundestagsabgeordneten vor."

Gerlinde Obermayers Vorfahren stammten aus Franken. Ihre Familie wohnte jedoch schon seit drei Generationen am Rhein, aber die Aussprache mit rollendem „R" schien genetisch fixiert zu sein. Bei den meisten Menschen erweckte es Vertrauen, vermittelte ein Gefühl bodenständiger Sicherheit und passte zu den Erwartungen, mit denen man einer CDU-Größe begegnete. Mit ihrem Einfluss in der Partei hatte auch Gerlinde Obermayers Körperfülle zugenommen. An ihr kam keiner mehr vorbei, sie konnte Karrieren fördern oder hemmen, Türen öffnen oder zuschlagen.

„Ich möchte dir unseren Pfarrer Seyfert vorstellen", begann der OB. Die beiden hatten zwar bereits am Nachmittag miteinander telefoniert, aber Gerlinde Obermayer spielte ein leichtes Erstaunen vor.

„Schön, Sie kennenzulernen. Sind Sie nicht derjenige, der diesen bedeutenden Fund am Rheinufer gemacht hat? Respekt, solche Leute brauchen wir!"

Seyfert richtet sich unbewusst gerade auf: „Es war mehr ein Zufall", wandte er bescheiden ein.

„Stellen Sie Ihr Licht nicht unter den Scheffel!" Der Oberbürgermeister schlug ihm auf die Schulter, gerade leicht genug, um einen proletarischen Zug an dieser Geste zu vermeiden. „Das ist doch die Sprache, die Sie als Pfarrer verstehen, oder?"

Seyfert fiel zu dieser Bemerkung keine Antwort auf gleichem Niveau ein, aber die MdB wechselte das Thema: „Wann läuft eigentlich die Amtszeit Ihrer Dekanin aus? Ich schätze sie sehr."

„In zwei Jahren, wenn ich richtig rechne." Seyfert würde gleich ahnen, wohin der Hase laufen sollte.

Der OB mischte sich wieder ein: „Eine respektable Frau. Aber die Kirche in unserer Stadt braucht in Zukunft Tatkraft und Ideenreichtum. Wäre das nichts für Sie, Herr Seyfert?"

Eigentlich fühlte sich Seyfert dafür zu jung, aber es sollte schon neunundzwanzigjährige Kandidaten für das Oberbürgermeisteramt gegeben haben, dann könnte er es auch mit Mitte dreißig als Dekan versuchen.

„Ich würde mich freuen, wenn wir einen jungen und verständigen Dekan in unsere Stadt bekämen." MdB Obermayer nahm ein Schluck aus ihrem Glas. „Nächste Woche sehe ich Ihren Kirchenpräsidenten. Ich werde einmal mit ihm reden."

Seyfert hatte das Gefühl, neue Freunde gewonnen zu haben. Liane Lambert kam vorbei und hakte sich bei ihm ein.

„Darf ich Ihnen Herrn Seyfert wieder an seinen Tisch entführen?" Ihre schmalen Augen lächelten charmant. „Nun, wie war das Gespräch mit der Obermayer?", fragte sie, als sie sich wieder gesetzt hatten und sich den weiteren Gängen widmeten.

Den Baudezernenten hatten dieweil die Crevetten des nächsten Ganges zu dem Klagelied inspiriert, dass man in dieser Stadt ohne Unterstützung durch Bund und Land nie zu einem repräsentativen und überregional bedeutenden Bauwerk käme, wie dies zum Beispiel die Oper von Sydney darstelle.

Bei der anschließenden Gemüseschaumcreme philosophierte der Delegationsleiter über die Probleme seines

Heimatlandes mit der unkontrollierten Einwanderung aus Nordafrika. „Sie glauben nicht, wie diese Menschen von den eigenen Leuten ausgebeutet werden und unter was für Umständen sie leben müssen", bemerkte er, während er den Hauch von Cognac in der Suppe erspürte.

Der Zwischengang von Seeteufel im Muschelbett wurde am ganzen Tisch von einer engagierten Diskussion über das Schicksal der osteuropäischen Frauen, die man zur Prostitution in Mitteleuropa zwang, begleitet. Beim Hauptgang von Wildhase an Preiselbeeren mit Königsbohnen einigte man sich dann darauf, dieses Thema gemeinsam im Europäischen Parlament und im Landtag vorzubringen. Vermutlich waren die speisenden Diskutanten durch das Champagnersorbet zwischen den Gängen zu dieser Lösung inspiriert worden. Den Nachtisch von Eis und Flan Espagnole versüßte man sich schließlich mit der gemeinsamen Entrüstung über die immer mehr um sich greifende Kinderpornografie im Internet. Am Ende des Abends war sich der Oberbürgermeister der Förderung durch die EU sicher, und die Delegation ging mit der satten Gewissheit in ihr Hotel zurück, sich ihre Diäten an diesem Tag verdient zu haben, während der Landtagsabgeordnete verträumt der kleinen italienischen Kommunistin hinterher sah.

All dies ging Franz Seyfert beim Treffen des Serviceclubs immer wieder durch den Kopf. Am Tisch des Präsidenten war man bereits mit der Suppe fertig. Dieser Tisch wurde immer als Erster bedient, schließlich saßen hier die Gäste des Clubs – und der Präsident. Der hatte bei Franz Seyfert vor drei Tagen angerufen, seinen Namen genannt. Mehr brauchte er auch nicht, denn man kannte ihn in der kleinen Großstadt, ein bekannter Mäzen, der sein Vermögen mit Immobilien gemacht hatte. Sein Großvater war noch Landwirt gewesen, dessen Äcker an der richtigen

Stelle lagen. Der wandelte sie in Immobilien um, als die Stadt wuchs und wuchs. Sein Sohn und dann sein Enkel pflegten dieses Erbe gut und vermehrten es. Er lud ihn zum nächsten Meeting des Clubs ein. Man würde sich freuen, ihn unter sich zu haben. Ob er nicht von seinem Fund berichten könne und auch ein wenig von seiner Arbeit in dieser so wichtigen Funktion eines Pfarrers. Der Oberkirchenrat Dabringhausen sei ein guter Freund von ihm, der Kirchenpräsident sei mit seinen Kindern zur Schule gegangen, und dem ehemaligen Dekan habe er damals eine größere Spende für die Renovierung seiner Kirche überlassen. Er würde doch sicher ihren Club kennen und nannte ihm einige Namen, das Who is Who des Gewerbes der kleinen Großstadt mit einigen Einsprengseln aus dem Bereich der gehobenen Beamten und außertariflichen Angestellten. Vielleicht wäre es für Seyfert doch einmal ganz interessant, einige der Herren kennenzulernen, meinte er abschließend.

Franz Seyfert war nicht viel Zeit zum Nachdenken geblieben und er hatte zugesagt. Seine Kreise waren das nicht, aber vielleicht waren diese Kreise anderer Ansicht. Ein wenig nervös hatte er am späten Nachmittag vor dem Schrank gestanden und die Bekleidungsfrage zu lösen versucht. Manchmal wünschte er sich Lutherkragen und Gehrock zurück, damit war man als Geistlicher immer korrekt gekleidet, egal in welcher Umgebung, da gab es kein overdressed oder underdressed. Der Papst musste sich auch nie Gedanken machen, welcher Anzug der passende wäre. Da Seyfert jedoch nur einen Anzug besaß, fiel die Wahl letztendlich nicht schwer.

Die Mitglieder des Clubs hatten ihn beim Betreten des Speisesaales des Hotels höflich distanziert gemustert, manches Gesicht hatte er erkannt. Dann kam der Präsident auf ihn zu, begrüßte ihn fast überschwänglich und geleitete ihn zum Vorstandstisch, auf dem die Clubfahne stand. Hier wurde man deutlich höflicher, aufmerksamer und diskreter bedient, als er es bisher gewohnt war, und Seyfert stellte fest, dass ihm das gefiel. Überhaupt gab es an diesen Menschen fast gar nichts auszusetzen, so höflich und verbindlich waren sie zu ihm, nachdem sie erst einmal erfahren hatten, dass er der heutige Gast war. Er begann an seinen Vorurteilen zu zweifeln.

Nach dem Rehrücken und der Mousse folgten der Kaffee und der Vortrag. „Liebe Mitglieder unseres Clubs, ich freue mich, dass Herr Pfarrer Seyfert so spontan zugesagt hat, als ich ihn vor drei Tagen anrief, mit der Bitte, für das heutige Meeting den Vortrag zu übernehmen. Unser Freund Becking war leider unerwartet zu seiner Niederlassung in Spanien gerufen worden, offenbar gibt es dort mal wieder Probleme mit der Bürokratie. Wir wünschen ihm, dass die Dinge schnell ins Laufen kommen." Er nahm das Kopfnicken im Saal zur Kenntnis. „Sie werden Herrn Seyfert kennen, aus der Zeitung oder auch aus dem Fernsehen. Seine Aufmerksamkeit hat unserer Stadt eine wichtige Sehenswürdigkeit erhalten, eine Basilika aus dem vierten Jahrhundert, nicht wahr, Herr Seyfert?" Der Präsident schaute Seyfert fragend an und der gab ihm mit einem stummen, bescheidenen Lächeln recht. „Der Fundort ist Ihnen allen nicht unbekannt. Wir haben über diese Baumaßnahme am Rheinufer wiederholt mit Freund Wagner, dem Oberbürgermeister unserer Stadt, der übrigens heute Abend leider verhindert ist, diskutiert, kontrovers diskutiert, wie ich sagen darf. Nun ja, dieses Thema wollen wir nicht noch einmal grundsätzlich aufgreifen, heute soll es um diese Basilika gehen. Ich bin der Überzeugung, der Vortrag wie auch die Person von Herrn Seyfert werden eine Bereicherung für uns sein. Herr Seyfert, Sie haben das Wort."

Nach seinem Vortrag beantwortete Franz Seyfert gutwillig alle Fragen zum Fund, bis sich schließlich ein Mitglied mit Stirnglatze und auf die Nase gerutschter Brille fragte: „Wir haben das Thema dieser Basilika weitgehend abgearbeitet, denke ich. Herr Seyfert, gestatten Sie auch eine Frage zu Ihrer beruflichen Tätigkeit?!"

Die Stirnglatze war ein in seinen Kreisen anerkannter Fachmann für Arbeitsrecht und arbeitete unterhalb der Vorstandsebene im Personalbereich des großen Chemiewerkes. Er hatte sein nun fast dreißig Jahre währendes Berufsleben damit zugebracht, die Interessen der Werksleitung gegenüber den Arbeitnehmern zu vertreten, hatte es bis in die große Tarifkommission und zu einem Jahresgehalt gebracht, von dem er jedes Jahr einen neuen Porsche und ein neues Eigenheim hätte kaufen können, so er denn gewollt hätte. Seine berufliche Funktion kam seiner akademischen Arroganz gegenüber dem Rest der Bevölkerung entgegen, wie auch seiner Freude an der intellektuellen Auseinandersetzung. Wobei die ihm eigene Einteilung der Welt in Schwarz und Weiß beziehungsweise gut und böse bei der Abspeicherung von Informationen in seinem Gehirn sehr hilfreich war, kam er doch nie in die Verlegenheit, differenziert denken zu müssen, was sein Gedächtnis belastet und seine verbale Kampfkraft geschwächt hätte.

Seyfert, der noch am Rednerpult stand, reagierte auf diese rhetorische Frage nicht und wartete ab, was kommen würde.

„Die Evangelische Kirche, für die Sie ja hier stehen, hat sich in den vergangenen Jahren wiederholt zu wirtschaftlichen Fragen geäußert – ich denke nur an die Denkschrift zu Gemeinwohl und Eigennutz – und dabei immer wieder eine ausgeprägte Unkenntnis der wirtschaftlichen Wirklichkeit bewiesen, was – und diese Bemerkung bitte ich, nun nicht persönlich zu nehmen – bei der Dominanz der Theologen in der Kirche kein Wunder ist, denn Theologen sind nun einmal Theologen und keine Juristen oder Wirtschaftswissenschaftler. Hinzu kommt wohl auch, dass die politische Ausrichtung in Ihrer Kirche nicht ganz ausgewogen ist. Woher rühren diese so grundsätzlichen Vorbehalte gegenüber der Marktwirtschaft, die uns doch immerhin einen bisher noch nie da gewesenen Wohlstand gebracht hat, von dem im Übrigen auch die Kirche und ihre Angestellten profitieren, denn mit ihrem Kirchensteuersystem schöpfen Sie kräftig ab? Hier denke ich, sollte ein Umdenken erfolgen und versucht werden, auch auf anderen Wegen zu Einnahmen zu kommen. Wenn Sie ihren jetzigen Weg weitergehen, werden Sie immer mehr potente Steuerzahler durch Austritt verlieren."

Bei diesen Sätzen ging ein leises Gemurmel durch den Speisesaal, bei dem nicht genau auszumachen war, ob es sich um Zustimmung oder um Missfallen handelte.

Seyfert war deutlich geworden, dass die Fähigkeit zur Selbstreflexion und zu differenziertem Denken mit zunehmendem Einkommen nicht unbedingt stieg, aber er nahm die Herausforderung an.

„Nun, vielleicht einmal zunächst dies: In der Kirche haben so wenig allein die Theologen das Sagen wie in Ihrer Firma die Chemiker, obwohl man für beide eine gewisse Dominanz dieser Berufsgruppen nicht leugnen kann. An der von Ihnen genannten Denkschrift hat übrigens immerhin einer der sogenannten Fünf Wirtschaftsweisen mitgearbeitet." Er ließ die Parade einen Moment lang wirken. „Ich kann in meiner Antwort das weite Feld, das Sie mit Ihrer Frage aufgezeigt haben, heute und hier nicht völlig beackern, vielleicht nur dies eine: Die Kirche geht auf einen Menschen zurück, der unter anderem folgende zwei Sätze gesagt hat – und die haben das Denken der Kirche geprägt: „Was ihr einem dieser meiner geringsten Brüder getan habt, das habt ihr mir getan" – und:

„Es geht eher ein Kamel durch ein Nadelöhr, als dass ein Reicher in das Himmelreich kommt."

„Aber die Kirche muss doch auch ein wenig mit der Zeit gehen!" Es hätte ein Studienrat sein können, der diesen Einwurf machte, so wirkte er in seinem braun karierten Sakko mit brauner Hose und brauner Krawatte. Es war aber der Inhaber einer der größten Buchhandlungen der Stadt, vom Sitzen über den Büchern und Bilanzen dick geworden. Sein Verhältnis zur Kirche war noch von deren staatstragender Funktion in der Kaiserzeit geprägt, wenngleich der jährliche Blick auf seinen Kirchensteuerbescheid in ihm regelmäßig den Hang zum Freidenkertum auslöste. „Sie können den Leuten heute doch nicht einfach mehr mit Bibelsprüchen kommen."

„Allein die Tatsache", antwortete Seyfert, „dass ein Satz schon vor zweitausend Jahren gesagt worden ist, bedeutet noch nicht, dass er nicht mehr stimmt. Bis heute ist noch kein Kamel durch ein Nadelöhr gegangen." Er wollte dem Buchhändler seinen Fluchtweg vor der Wahrheit versperren

Ein anderes Mitglied des Clubs meldet sich, Geschäftsführer einer großen Leiharbeitsfirma, der erst jüngst seine Bewerbung um den Posten des Oberbürgermeisters zurückgezogen hatte, nachdem bekannt worden war, dass seine Firma zum Teil weit unter Tarif bezahlte, was ihm bei seinen ausgiebigen täglichen Besuchen auf dem Golfplatz völlig entgangen zu sein schien. „Ich denke, Ihr Hauptproblem bei der Kirche ist, dass Sie sich nicht genug um Ihre Leute kümmern. Ich zum Beispiel bin noch nie von einem Pfarrer besucht worden. Das letzte Mal habe ich einen Pfarrer gesehen, als wir unsere Kinder in dem Dorf in der Schweiz haben taufen lassen, in dem wir unser Chalet haben."

Seyfert kannte diesen Mann, er wohnte in seiner Gemeinde in der Südstadt, und er hatte ihn bereits mehrfach vergeblich in seiner Gemeindegliederdatei gesucht.

„Sind Sie, Herr Pfarrer Seyfert, nicht der Meinung, dass sich Ihre Kirche in ethischen Fragen wesentlich zu konservativ gibt? Die jüngste Stellungnahme zur Präimplantationsdiagnostik stellt sich gegen jeden wissenschaftlichen und damit wirtschaftlichen Fortschritt unseres Landes!" Der Gebietsleiter eines Pharmaunternehmens hatte auch seine Berührung mit der Kirche gehabt, wenngleich seine Informationen so wenig differenziert waren, wie dies die größte deutsche Tageszeitung ihren Lesern eben vermittelte. Es war erstaunlich, wie viele Akademiker ohne gesellschaftspolitisches Interesse durchs Leben kamen.

Hier allerdings kam nun doch eine breite Widerspruchsfront auf den letzten Redner zu. Bei aller Liebe zum Geld gab es doch ethische Grundsätze, die man nicht aufgeben wolle, und schon gar nicht im Bereich des ungeborenen Lebens, denn dann könnte man auch die Abtreibung freigeben, und man wusste nur zu gut, warum man keine Frauen in den Club aufnahm.

„Sie haben sich prima geschlagen." Nach dem Ende des Meetings kamen einige Mitglieder auf Seyfert zu, die sich nicht gemeldet, sich allenfalls durch gelegentliches Murmeln bemerkbar gemacht hatten. „Einige unserer Mitglieder sind auf die Kirche nicht gut zu sprechen, aber das ist sicher nicht die Mehrheit. Wir hoffen, Sie hatten keinen schlechten Eindruck von uns."

Ein kleiner älterer Man mit einem warmen Ton in der Stimme und freundlichen Augen sagte zu ihm: „Es würde mich freuen, Sie öfter bei uns zusehen. Das darf ich auch im Namen von OB Wagner sagen. Überlegen Sie es sich! Ich könnte Sie für ein Aufnahmeverfahren vorschlagen."

Seyfert bedankte sich höflich: „Das ist ein freundliches Angebot – und ein ehrenvolles dazu." Er würde einen zweiten Anzug brauchen, er würde interessante und weniger interessante Männer kennenlernen, er würde zum Neujahrsempfang des Oberbürgermeisters eingeladen werden. Ob er das wollte? Vielleicht. Als Seyfert das Washington-Hotel verließ, kam ihm dieser Geruch von Connolly-Leder und Wurzelholzintarsien in den Sinn, den er im Wagen des Oberbürgermeisters wahrgenommen hatte.

Die Stirnglatze und der Geschäftsführer der Leiharbeitsfirma waren sich beim anschließenden Bier in der Bar darüber einig, dass es möglicherweise durchaus wichtig sei, auch solche Leute einmal einzuladen, damit man nicht in den Ruf käme, unter sich bleiben zu wollen und arrogant zu sein. Nein, das war man mit Sicherheit nicht, aber es ist nun einmal eine alte Lebenserfahrung, dass nur Gleiches zu Gleichem passt. Warum sollte man unnötig Missstimmungen oder gar Konflikte provozieren, indem man nicht unter sich blieb, schließlich nimmt selbst eine Rockerbande nicht jeden auf.

10

Der Polizeiwagen war unauffällig neben der Abzweigung von der Landstraße geparkt. Die Beamten auf den Frontsitzen wirkten gelangweilt, musterten aber jeden der abbiegenden Wagen genau. Hin und wieder griffen sie zum Mikrofon des Funksprechgerätes und ließen ein Kennzeichen überprüfen. Anderthalb Kilometer weiter, kurz vor dem Ausflugsrestaurant wartete der zweite Wagen. Dort hätte man ein verdächtiges Fahrzeug angehalten und die Insassen überprüft. Es war jedoch nichts ungewöhnlich an diesem Abend. Die meisten Wagen kannten sie, viele konnten sie anhand ihrer Liste überprüfen, dazu kamen ein paar Lieferwagen. Die Musikkapelle war am späten Nachmittag gekommen, um ihre Ausrüstung aufzubauen und zu proben. Die Zulassung von Seyferts Fiesta hätte man ihnen gar nicht mitzuteilen brauchen, er kam zusammen mit Liane Lambert in deren Wagen. An so einem lauen Sommerabend war es in einem Cabrio sowieso viel schöner.

Die Zufahrtsstraße endete auf einem großen, von Weiden und Pappeln gesäumten Parkplatz. Er war schon zur Hälfte gefüllt und Seyfert entdeckte gleich mehrere seiner Traumwagen. Der mit hellem Kies bedeckte Platz ging am anderen Ende in eine Wiese über, die sanft zum Wasser hin abfiel. Seyfert konnte einen Steg mit zwei Ruderbooten erkennen und eine große Liegewiese mit einem Grillplatz. Man hatte diese großzügige Anlage an einem ehemaligen Altrheinarm angelegt. Über dem Wasser schwebte ein leichter abendlicher Dunst, die Luft roch nach Sommerblumen, ab und zu hörte man die letzten Töne des Tages aus einer Vogelkehle und das Aufschlagen der Fische auf die Wasseroberfläche, wenn sie nach einem Insekt gesprungen waren. Alles schien menschenleer. Die Musik kam aus dem großen Gebäude an der rechten Seite, ein lang gestreckter einstöckiger Bau im Stil einer alten Scheune, die gleichmäßig über die Front verteilten quadratischen Fenster mit Sprossen unterteilt, in der Mitte ein Scheunentor, in das die Eingangstür eingearbeitet war, zu beiden Seiten Lampen, die an alte Gaslaternen erinnerten, davor eine Gestalt in der Kleidung eines Oberkellners.

Die beiden schlossen das Verdeck des Wagens und gingen an dem Mann am Eingang vorbei in das Restaurant. Der Durchgang zum großen Saal war mit mehreren Blumengebinden dekoriert, ein freundlicher Helfer nahm ihnen ihre Jacken ab und ein junges Mädchen mit einem Tablett auf den Armen bot ihnen ein Glas Champagner an. Der Blick fiel auf die Tür zum Garten, in dessen Hintergrund das Wasser schimmerte. Die Tische im Saal waren mit weißen Decken versehen, aber nur spärlich dekoriert. Das Leben würde sich draußen auf der großen Wiese hinter dem Restaurant abspielen. Franz Seyfert nahm Liane Lambert an der Hand, und als die beiden aus dem Gebäude heraustraten, öffnete sich der Blick auf das Gelände des Sommerballs. In einer wohlüberlegten Asymmetrie waren Tische über die Fläche verteilt, einige schon besetzt. Direkt am Restaurant war auf niedrigen Podesten eine große Tanzfläche, von bunten Lichterketten umgeben. Dort saß die Band und spielte Hits der Siebziger und Achtziger. Es tanzte noch niemand, und auch das kalte Buffet, das unter einer langen Reihe von Gartenzelten aufgebaut war, schien unberührt zu sein. Die Sonne schickte letzte Strahlen durch die Dämmerung, aus der sich die unzähligen Lampions auf der großen Wiese langsam abzuheben begannen. Der Himmel war wolkenlos, die ersten Sterne erschienen als kleine Punkte im dunkler werdenden Blau.

Seyfert fühlte sich ein wenig desorientiert und überließ Liane die Führung. Die hatte sich bereits umgeschaut und den Tisch entdeckt, an den sie gehörten. Frau Wagner saß dort zusammen mit einer anderen Frau, während die dazugehörigen Männer neben dem Tisch standen und an ihren Champagnergläsern nippten.

Als der Oberbürgermeister die beiden erblickte, ging er zwei Schritte auf sie zu. „Wie schön, dass Sie unserer Einladung gefolgt sind, Herr Seyfert." Die Höflichkeit gebot es, erst Liane Lambert die Hand zu reichen, eine für sie ungewohnte Geste, pflegte man sich doch im Rathaus unter den Mitarbeitern nicht mit Handschlag zu begrüßen.

„Darf ich Ihnen Herrn Professor Lauendorf vorstellen, den Rektor unserer Fachhochschule?" Wagner und Lauendorf wirkten, wie sie da so nebeneinanderstanden, wie Pat und Patachon. Rund und gedrungen der Oberbürgermeister, schlank und hoch aufgeschossen der Professor, seinen schmalen Brustkorb und die hageren Beine unter Anzug und Weste verborgen, das alles in dem dezenten Grau, dem sich auch seine schütteren Haare näherten, mit der schlechten Körperhaltung eines Schreibtischtäters und dem blassen Teint eines Menschen, der keine Zeit hatte, in die Sonne zu gehen. Lauendorf war ein weithin geachteter Mann. Es war ihm gelungen, der Fachhochschule der kleinem Großstadt einen solch guten Ruf zu verschaffen, dass man die Absolventen seiner Hochschule denen anderer Fachhochschulen, ja sogar der meisten Universitäten vorzog. Seit Kurzem wurde darüber spekuliert, ob er nicht demnächst in den Vorstand des großen Chemiewerkes aufrückte.

Seyfert nahm höflich die ihm dargebotenen Hände, bedankte sich für die Einladung, freute sich, die Bekanntschaft zu machen und ging dann zusammen mit Liane an den Tisch, um die beiden Damen zu begrüßen. Der OB

strebte dem Eingang des Geländes zu, um die neu ange-
kommenen Gäste willkommen zu heißen. Die anderen
setzen sich an den Tisch, bestellten ein weiteres Getränk
und waren sich über den wundervollen Sommerabend einig.

„Wir haben leider nicht jedes Jahr solch wunderbares
Wetter." Frau Wagner begann einen Vortrag über Zweck
und Geschichte des Sommerballs, den ihre Freundin Lauendorf mit gelegentlichem Nicken und deren Man mit ab-
wesenden Blicken begleiteten. „Mein Mann hat diesen
Ball eingeführt, sozusagen als sommerliches Pendant
zum Neujahrsempfang. Wissen Sie, im Januar muss man
immer in diesen großen Saal gehen, da ist es nicht wirklich gemütlich, und außerdem werden dort politische Reden erwartet. Hier sind wir unter uns, man kann unge-
zwungen miteinander reden, und wenn das Wetter mit-
spielt, erleben wir einen wunderschönen Sommerabend
bei gutem Essen, Musik und Tanz, mit netten Menschen
und anregenden Gesprächen. Ich führe Sie nachher gerne
ein wenig herum, Herr Seyfert. Frau Lambert, Sie können
auch mitkommen."

Der letzte Satz war mit einem etwas despektierlichen
Unterton gefallen. Liane Lambert wusste, dass sie hier eigentlich nicht hingehörte. Sie war noch nie als Gast auf
diesem Sommerball gewesen. Sie hatte bisher immer nur
geholfen, ihn zu organisieren, war für die erste Stunde
gekommen, um zu sehen, ob alles wie geplant lief, und
ließ dann den Oberbürgermeister mit seinen Gästen alleine. Allerdings hatte sie Rufbereitschaft, falls doch noch
irgendetwas schief gehen sollte. Dann musste sie von zu
Hause kommen, und sei es auch nach Mitternacht, und
die Angelegenheit richten. Heute Abend war sie von diesen Aufgaben entbunden worden, man hatte sie sozusagen als Begleiterin von Franz Seyfert eingeladen, und sie
war der festen Absicht, diesen Abend zu genießen und

sich das durch keine Bemerkung der Frau Oberbürgermeister verderben zu lassen.

Wagner ließ es sich selbstverständlich nicht nehmen, seine Gäste mit einer kurzen Rede zu begrüßen. Heute Abend solle die Politik einmal außen vor bleiben, sagte er, man möge das Essen und die Musik und vor allen Dingen die nette Gesellschaft genießen. Trotzdem, einen Punkt wolle er doch ansprechen – selbstverständlich kam an dieser Stelle die notwendige Kunstpause – seit Wochen beschäftige ihn diese Sache mit der Basilika und dem Tunnelprojekt, sodass er kaum noch an etwas anderes denken könne – der ironische Unterton sorgte nun doch für ein paar Lacher – deshalb setze er für diesen Abend eine Flasche Champagner als Preis für denjenigen aus, der ihm die Lösung des Problems präsentieren könne. Falls dies bis Mitternacht nicht gelänge, würde er die Flasche selber trinken, aus Verzweiflung sozusagen – wieder ein freundliches Lachen von einigen Seiten – alle seine Gäste könnten sich beteiligen, sogar die Vertreter der Opposition, die sich nach dieser Bemerkung ihrerseits um ein unverfängliches Lächeln bemühten. Damit sei die Tanzfläche freigegeben, das Buffet folge in einer halben Stunde.

Liane nahm Franz Seyfert mit einem unwiderstehlichen Lächeln an die Hand und führte ihn zur Tanzfläche. Eine schöne junge Frau und ein nicht minder attraktiver Mann tanzten mit ihren durchtrainierten Beinen in den Abend.

Das kalte Buffet ließ kaum irgendwelche Wünsche offen, von Anchovis bis Zanderfilet, von Ananascreme bis Zitronensorbet, von Antipasti bis Zabaione und von Artischockenherzen bis Zucchinikuchen war alles da. Die Getränke begannen beim Armagnac, endeten aber schon beim Wodka. Der Etat des Repräsentationsbüros des OB war mit diesem Mittsommerfest weit über seine Hälfte ausgeschöpft. Dafür hatte das Who is Who der kleinen Großstadt wieder einmal Gelegenheit, sich selbst zu feiern. Nach den obligaten Tanzrunden mit den Damen Wagner und Lauendorf, dem Champagner und einem trockenen Sherry versuchte Seyfert seinen Teller zu füllen.

„Gestatten Sie, Bauernfeind mein Name." Der Mann, der zusammen mit Seyfert in den Weißbrotkorb griff, war ein sympathisch aussehender Mittfünfziger im karierten Sommerjackett und dunkelblauen Hosen. „Wir haben uns vor ein paar Tagen im Club gesehen, auf jeden Fall habe ich Sie gesehen. Für Sie waren das wohl viele neue Gesichter." Er schob die Salatsammlung auf seinem Teller mit dem Weißbrotstück ein wenig zusammen. „Es hat mir gut gefallen, was Sie da berichtet haben. Auch in der Diskussion waren Sie gut."

„Vielen Dank!" Seyfert versuchte, das Gespräch irgendwie fortzusetzen, was sollte man auf so etwas schon antworten. „Wo haben Sie denn gesessen?"

Bauernfeind hielt nach einem Stück Braten Ausschau. „Ich sitze meistens an dem Tisch mit den anderen Juristen, obwohl das eigentlich nicht sein soll. Es geht in unseren Club gerade darum, andere Berufe kennenzulernen. Aber die Juristen an meinem Tisch arbeiten in der Industrie, während ich am Gericht tätig bin."

In Seyfert stieg eine Ahnung auf, wer Herr Bauernfeind sein könnte. Von einem Vorsitzenden Richter am Landgericht mit diesem Namen hatte er vor ein paar Tagen gelesen. „Das Denken der Juristen ist uns Theologen manchmal recht fremd", versuchte er sich, „obwohl doch viel Ähnlichkeit besteht: Beide müssen wir Texte auslegen, Sie die Gesetzesbücher und wir die Bibel. Beide müssen wir versuchen, sie mit der uns vorfindlichen Wirklichkeit in Deckung zu bringen."

Man plauderte noch eine Weile über die beiden Fakultäten. Als eine attraktive Dreißigjährige an Bauernfeind herantrat, stellte dieser sie als seine Frau vor. Vermutlich nicht die erste, dachte Seyfert. Die beiden machten Anstalten zu gehen. Bauernfeind reichte Seyfert die Hand und schaute ihn nun direkt an: „Ich glaube, ein Theologe täte unserem Club ganz gut. In Oberbürgermeister Wagner haben Sie einen einflussreichen Fürsprecher. Ich würde mich auch freuen. Kommen Sie doch beim nächsten Meeting noch einmal vorbei."

Seyfert überlegte sich gerade, ob er lieber Roastbeef oder Schweinelende nehmen sollte, als Frau Wagner sich bei ihm einhakte. Sie hielt ein halb leeres Champagnerglas in der Hand und sagte: „Kommen Sie, lassen Sie Ihren Teller für ein paar Minuten stehen. Ich möchte Sie einigen Gästen vorstellen." Aus den paar Minuten wurde eine gute dreiviertel Stunde, nach deren Ablauf Seyfert fast alle Hände des Sommerballs geschüttelt hatte. Frau Wagner schien es zu genießen, mit einem verhältnismäßig jungen Man über die Wiese zu ziehen und die Neuerwerbung zu präsentieren. Manche Gesichter kannte er von den Terminen der letzten Tage, aber es waren einige interessante Ehefrauen und Begleiterinnen dabei, die er zum ersten Mal sah. Allesamt gaben sie sich wohl gesittet und selbstbewusst, freuten sich, ihn zu sehen, interessierten sich für das, was er zu sagen hatte, sodass er sich für den Rest des Abends wie in einer großen Familie fühlte. Da soll noch einmal einer sagen, die Reichen und Einflussreichen seien nicht nett. Im Laufe des Präsentationsparcours hatte sich Liane zu den beiden gesellt und es sichtlich genossen. Nun entführte sie ihn wieder aufs Tanzparkett – und alle konnten sie sehen.

Dann nahm sein Hunger überhand und er bat Liane um eine Pause. Sie gingen an ihren Tisch zurück, an dem die Ehepaare Wagner und Lauendorf sich angeregt unterhielten. Während er aß, musste Seyfert noch einmal erzählen, wie er die Überreste der Basilika gefunden und warum er sie so früh datiert hatte. Frau Wagner war den ganzen Abend über dem Champagner treu geblieben und nannte Seyfert nun, während sie an seinen Lippen zu hängen schien, „Meinen kleinen Helden!", was ihr ein Hämatom an dem ihren Mann zugewandten Knie einbrachte. Frau Lauendorf gab sich wesentlich disziplinierter, aber dennoch bat Wagner die beiden Frauen, einmal nachzuschauen, ob die Gäste genügend zu essen und zu trinken hatten. Frau Wagner nahm die Champagnerflasche mit, ließ sich von ihrer Freundin unterhaken und zog los.

Lauendorf rieb sich nachdenklich am Kinn, legte anschließend dasselbe auf beide Hände, während er die Ellenbogen auf dem weißen Gartentisch abstützte, zog die Stirn in Falten und sagte zu Seyfert: „Mir ist da gerade eine Idee gekommen. Bei unseren Studierenden stelle ich in den letzten Jahren eine zunehmende Enge im Denken fest. Die meisten lernen fleißig, was man ihnen vorsetzt, und verstehen es auch. Manche kommen zu eigenständigen Lösungsansätzen, aber ihr ganzes Denken bleibt doch sehr fachorientiert. Was ich vermisse, ist eine breitere Ausrichtung des Lernens und Denkens im Sinne des klassischen Studium Generale, wenn Sie mich verstehen. Sagen Sie mal, Herr Seyfert, hätten Sie nicht Lust, bei uns einen Lehrauftrag zu übernehmen, zu ethischen Fragen vielleicht, oder auch zu historischen?"

Seyfert hatte Lust. Ein Lehrauftrag, auch an einer Fachhochschule, das wäre schon etwas. Nach dem Studium hatte er ernsthaft überlegt, an der Universität weiterzumachen, vielleicht auf eine Professur hinzuarbeiten. Aber er konnte seinen Eltern nicht länger auf der Tasche liegen, und so war er in den Kirchendienst gegangen.

Lauendorf und Seyfert spannen den Gedanken eines Lehrauftrages in aller Vorläufigkeit weiter. „Ich werde noch einmal mit Wagner darüber sprechen", schloss Lauendorf das Gespräch. „Der hat gute Verbindungen zum

Kultusministerium und könnte für Sie ein gutes Wort einlegen, damit wir das auch finanziert bekommen."

Seyfert bedankte sich bei Lauendorf für das Gespräch, nahm Liane bei der Hand und ging mit ihr ans Ufer des Altrheinarmes.

„Es wird dir nicht schwerfallen, Wagner für diese Sache zu gewinnen. Den hast du im Moment ganz auf deiner Seite. Außerdem braucht er dich." Liane Lambert war zu lange im Geschäft, um nicht zu wissen, wie die momentane Interessenlage aussah. Sie gedachte sie für sich zu nutzen. Die Chefin des Repräsentationsbüros würde in zwei Jahren in Rente gehen, dann würde man eine Nachfolgerin brauchen und dafür wäre sie die einzig Richtige.

„Franz, das ist ein wunderschöner Abend, und es ist wunderschön, ihn mit dir zu verbringen." Sie legte sich in seine Arme und streckte ihm ihre Lippen hin. Seyfert küsste sie und dachte an den Lehrauftrag an der Fachhochschule. Er hatte die richtigen Leute kennengelernt, hielt eine tolle Frau in den Armen und dieser Abend war noch lange nicht zu Ende.

Als die beiden zur Wiese mit den Tischen zurückgingen, wären sie beinahe über Richter Bauernfeind gestolpert, der im Schutz eines Holunderstrauchs lag und die Bluse einer Serviererin aufzuknöpfen versuchte. Sie wollten ihn nicht in seiner extremen hormonellen Disposition stören und schlichen leise weiter. Der Platz hatte sich schon ein wenig gelichtet, einige Gäste waren bereits abgefahren, andere versuchten noch verzweifelt, die letzten Platten des Buffets zu räumen und die angebrochenen Flaschen zu leeren, um gegebenenfalls neue zu öffnen.

Nachdem sie das Verdeck des Wagens aufgeklappt hatten, konnten sie während der Fahrt am Himmel den Großen Bären erkennen, der Liane und Franz den Weg nach oben wies.

11

Der Bezirkssynodalvorstand war in den zwei Wochen vor der Tagung der Synode mit Anträgen gleichsam überhäuft worden. Die Fundamente dieser antiken Kirche hatten die moderne aktuelle Kirche durcheinander gebracht. Dies äußerte sich in der den beiden Konfessionen je eigenen Art.

In den katholischen Gemeinden brodelte es im Kirchenvolk, das auf eine akzeptable und richtungsweisende Äußerung des Klerus wartete. Bisher stand nur die enigmatische Aussage des Dekans im Raum, dass man doch bedenken solle, dass die Fundamente jener Kirche am Rheinufer auf geweihtem Boden ständen.

Im Dekanatsrat der Katholiken war es zu einer heftigen Auseinandersetzung um diese Äußerung gekommen. Dessen Vorsitzender schwankte zwischen der Loyalität gegenüber dem geistlichen Amt einerseits und dem gesunden Menschenverstand andererseits. In seinem weltlichen Beruf war er Vorsitzender der Metzgerinnung und Herr über ein mittelständisches Unternehmen mit elf Filialen. Die Sonntagsbraten der katholischen Pfarrhäuser stammten aus seinen Geschäften, die Haushälterinnen der Pfarrer bekamen immer ein Stück Fleischwurst oder einige Scheiben Schinken zusätzlich in die Tüte gesteckt. Beim letzten städtischen Katholikentag bissen über dreitausend Gläubige in seine Fleischkäsebrötchen. Er war nicht nur mit einer imposanten Statur gesegnet, sondern auch mit erstaunlich niedrigen Cholesterinwerten.

Zwar gestand er als gläubiger Christ auch den Vegetariern den Status der Kinder Gottes zu, wenngleich ein wenig widerwillig. Er hatte jedoch für die kämpferische Variante dieser Ernährungspuristen wenig Verständnis und sich wiederholt gegen eine Koalition der CDU mit den Grünen ausgesprochen, weil er diese Partei zu den politischen Gegnern seines Handwerks zählte. Mit seinem Dekan sprach er immer wieder einmal ein ernstes Wort, weil die geistlichen Herren meist nicht auf dem Boden der Realität zu stehen schienen. Als der sich zum Beispiel öffentlich gegen die Durchführung eines verkaufsoffenen Sonntags in der City aussprach und den Begriff „Konsumvergötzung" verwendete, musste er seinen Dekan doch an die letzte große Spende der Händlervereinigung der Innenstadt für den neuen Tabernakel erinnern. Als der Dekan sich im Zuge der BSE-Krise bei einer Umfrage der *Rheinpfalz* in dem Sinne äußerte, dass seiner Meinung nach in den westlichen Staaten sowieso zu viel Fleisch gegessen werde, hatte er mit der Niederlegung des Vorsitzes im Dekanatsrat gedroht. Dann war der Dekan zur Einsicht gekommen und ließ sich wenige Wochen später auf dem Katholikentag mit einem Fleischkäsebrötchen abbilden.

Dieses Mal hatte er wieder zu wenig Gespür für die politische Realität in der kleinen Großstadt aufgebracht. Wie konnte er von geweihtem Boden auf der Tunnelbaustelle sprechen und die alte Ruine damit für unantastbar erklären angesichts der Probleme, die ihre gemeinsame Partei mit diesem Projekt hatte. Man klärte die Angelegenheit im Dekanatsrat und einigte sich darauf, dass er diese Äußerung nicht wiederholen werde.

Das Kirchenvolk rätselte jedoch weiterhin an diesen Worten ihres Dekans herum. Je unüberlegter eine Bemerkung war, umso mehr ließ sich in sie hineininterpretieren. Sahen die einen schon den Wiederaufbau der Basilika vor sich und deren Weihe als zentrales Gebäude *der Kirche* der kleinen Großstadt – wobei in ihrer Terminologie ganz sorgsam nicht zwischen der evangelischen und der katholischen Kirche unterschieden wurde, denn letztlich gab es nur die eine heilige apostolische und eben Katholische Kirche – so verstanden die anderen diesen Hinweis ihres Dekans lediglich in dem Sinne, dass man bei weiteren Bauarbeiten mit dem Abraum sorgfältig umgehen und ihn nicht einfach in den Rhein oder auf eine Mülldeponie kippen sollte. Ansonsten ging man davon aus, dass es wie immer sein werde, dass letztlich der Bischof es richten würde, wenn auch vermutlich nicht im Sinne der Gläubigen.

Die Protestanten dagegen pflegten ihren Individualismus und ihre Gottunmittelbarkeit. In der kleinen Großstadt gab es an die vierzigtausend Evangelische, von denen saßen ungefähr einhundertzwanzig in der Bezirkssynode. Franz Seyfert war den Einladungen zur Synode selten mit spontaner Vorfreude gefolgt. Einer unter hundertzwanzig zu sein, war nicht seine Traumrolle. Zudem empfand er die Diskussionen seiner Schwestern und Brüder im Glauben häufig ermüdend. Dieses Mal war es anders. Man hatte ihn um das Einführungsreferat gebeten. Eine Möglichkeit, sich zu profilieren. Das könnte irgendwann einmal nützlich sein. Die Bezirkssynode war auch für wichtige Wahlen zuständig, für Wahlen in die Ausschüsse, in die Landessynode und nicht zuletzt für die Dekanswahl.

Bei einhundertzwanzig Mitgliedern der Synode konnte man davon ausgehen, dass vor Beginn einer Tagung ungefähr zweihundertvierzig Meinungen zur Diskussion standen. Glücklicherweise war das allgemeine menschliche Laster der Lethargie auch unter dieser Spezies von Christen verbreitet, sodass sich lediglich zwanzig von ihnen mit Anträgen an den Vorsitzenden und den Bezirkssynodalvorstand gewandt hatten.

Man stellte den Antrag, den Oberbürgermeister wegen des Verschweigens dieses Fundes in einer Resolution zu rügen. Antragsteller war ein Presbyter und Stadtrat, der der SPD angehörte. Ein anderer erwartete den Beschluss der Synode, die Grünen wegen ihrer abwertenden Äußerungen zu diesem Relikt aus frühchristlicher Zeit zu exkommunizieren. Der Antragsteller schien nicht zu wissen, dass es zum einen die Exkommunikation in der Evangelischen Kirche nicht gab, und zum anderen von den Grünen sowieso kaum jemand in der Kirche war. Eine andere Synodale stellte den Antrag, man solle fordern, dass die Fundamente abgetragen und im Rhein versenkt würden, denn schließlich handele es sich um eine katholische Kirche, nicht ahnend, dass die Reformation erst über tausend Jahre nach der Vollendung jenes Kirchenbaues stattgefunden hatte. Den Gegenpart bildete der Antrag zum Wiederaufbau der Basilika als Simultankirche im Sinne der Ökumene. Man sollte diese Chance nicht an sich vorbeiziehen lassen, eine Kirche aus der Zeit der ungespaltenen Christenheit gemeinsam zu nutzen, eine Möglichkeit, das Rad der Geschichte quasi um Jahrhunderte zurückzudrehen, zurück zu den Anfängen. Eine weitere Synodalin stellte ebenfalls den Antrag auf Wiederaufbau, allerdings sollte die Zweckbestimmung die einer reinen Frauenkirche sein. Auch sie erinnerte an die Anfänge, an Maria und Martha, Chloe und Lydia und die vielen von der Kirchengeschichtsschreibung verschwiegenen Frauen.

Die zwanzig Anträge ließen sich beim besten Willen nicht unter einen Hut bringen, und es war zu erwarten, dass sich diese Bezirkssynodaltagung vor allem wieder einmal durch ihre leidvolle Länge auszeichnen würde, denn Leiden gehörte zum protestantischen Lebenskonzept. Die Mitarbeit in der Kirche musste offenbar mit Leiden verbunden sein, sonst war sie nichts wert. Nichts wahrhaft Gutes und Reines gibt es, das nicht erlitten wurde – das schien der Wahlspruch dieser Spielart des Christentums zu sein. Der Bezirkssynodalvorstand hatte sich gut vorbereitet, Kompromisse und Zusammenfassungen erstellt und eine Resolution ausgearbeitet, die alle Anliegen aufnehmen sollte.

Die Bezirkssynode traf sich zweimal im Jahr, in der Regel in der kleineren Stadtkirche, die nur noch selten für Gottesdienste genutzt wurde, dafür umso mehr für Tagungen und Konzerte. Sie war eine jener Notkirchen, die man in zerbombten Städten nach dem letzten Krieg erbaut hatte, eine Spende amerikanischer Baptisten und schwedischer Lutheraner zum Ersatz für die von den Engländern in der kleinen Großstadt zusammen mit den meisten Wohnhäusern zerbombten Kirchen der Vorkriegszeit. Man brauchte diese Kirche eigentlich nicht mehr, denn in der Innenstadt waren die Christen beider Konfessionen deutlich in der Minderheit. Man hatte drei Kirchengemeinden mit je einem Kirchengebäude zusammengelegt.

Die Mitglieder der Bezirkssynode trafen nach und nach und überwiegend pünktlich ein. Man trank eine Tasse Kaffee und rauchte noch eine Zigarette, begrüßte bekannte Gesichter und musterte die unbekannten. Die Pfarrerinnen und Pfarrer standen in Gruppen zusammen oder gingen einander aus dem Weg. Man erzählte sich, was in der eigenen Gemeinde so wunderbar funktionierte und verschwieg das, was nicht funktionierte, erzählte von der Begegnung mit irgendeiner bekannten kirchlichen Persönlichkeit oder schimpfte über die Kirchenleitung, freute sich, mit einen Beitrag zur Diskussion in den nächsten Stunden das persönliche Profil oder das der eigenen Kirchengemeinde stärken zu können, und fragte sich, warum man eigentlich zu so etwas wie einer Bezirkssynode gehen müsse, sei doch die wahre Kirche die Gemeinde vor Ort.

Der Kirchenraum glich einem umgedrehten Schiffs-
rumpf, das hohe, mit Holz verkleidete Dach stand auf
Holzträgern, deren Zwischenräume mit Bruchsteinen aus-
gefüllt worden war – was man eben so gehabt hatte nach
dem Krieg. Es gab keine Kirchenbänke, dafür waren Tische in drei langen Reihen in der Längsrichtung des Kir-
chenschiffes aufgestellt, sodass man den Kopf ein wenig
wenden musste, um das Präsidium vorne im Altarraum
sehen zu können. Jedes Mitglied der Synode war bei der
Einladung mit einem schweren Stapel Papier bedacht
worden, dem Haushaltsplan, der Rede der Dekanin und
den zahlreichen Anträgen zum Thema des Tages sowie
den Kompromisspapieren. Bei dieser kirchlichen Papier-
flut war es eigentlich verwunderlich, dass überhaupt noch
jemand in der Kirche Zeit hatte, in der Bibel zu lesen.

Man stimmte sich ein mit „Ein feste Burg ist unser
Gott", ließ gut Ehr, Kind und Weib dahinfahren, übte
sich in Geduld bei den Haushaltsberatungen, fragte wenig
nach, um sich dann dem neuen Hauptthema der Synode
zu widmen: der Basilika. Seyfert ging nach vorne und
hielt sein Einführungsreferat. Es war ein durchaus erhe-
bender Anblick, der sich vom Rednerpult aus vor diesen
über hundert Mitgliedern der Synode bot. Er nahm das
Lächeln und das zustimmende Nicken vieler Synodaler
wahr, bemerkte auch das betont gelangweilte Gesicht eines Kollegen, mit dem er wiederholt in der Pfarrkonfe-
renz wegen Fragen der Reform der Kirche aneinander geraten war – Seyfert war ein engagierter Verfechter einer
Öffnung der Kirche, der Kollege warnte beständig vor
übereilten Veränderungen, die man nur dann vermeiden
könne, wenn man nichts verändere – er sah den Stolz auf
den Gesichtern seiner Presbyter aus der Südstadt und
fühlte sich vom abschließenden Applaus wie von einer
sanften Welle auf seinen Platz zurückgetragen.

Dann fasste die Dekanin die Ereignisse der letzten Tage zusammen. Man hatte sie vor fünf Jahren in dieses Amt gewählt, und sie war erst die zweite Dekanin ihrer Landeskirche gewesen. Frauen hatten es schwer, in Führungspositionen zu kommen, qualifizierte Frauen sowieso. Das hatte sich auch bei dieser Wahl bestätigt, aber es war ihr gelungen, eine gewisse Aura der Harmlosigkeit um sich zu verbreiten, die den Männern die Angst nahm, sich in Zukunft mit einer Frau auseinandersetzen zu müssen, die ihnen ebenbürtig oder gar überlegen war. Vielmehr hatte sie es sowohl geschafft, sich einen guten Stand in ihrem Kirchenbezirk zu erarbeiten, als auch die Allüren kirchenleitender Personen zu übernehmen. Man erkannte sie schon von Weitem an ihrem Rundrücken und an der demütigen Schieflage des Kopfes, sodass sie einem Bogen glich, der durch unbearbeitete Aggressionen bis zum Zerreißen angespannt war, während sie mit einem steifen Lächeln zu Beginn der Synodaltagung die Hände geschüttelt hatte.

In ihrer Rede stellte sie die Rolle von Pfarrer Seyfert heraus – nicht ohne in einen Nebensatz zu bemerken, dass es sie wundere, dass ein Pfarrer noch Zeit zum Joggen habe –, fühlte sich verpflichtet, auf die Bedeutung dieses Fundes für die Geschichte und das Selbstbewusstsein der kleinen Großstadt hinzuweisen, um dann klar zu machen, dass die Geschichte der Kirche nicht erst 1517 begonnen habe, sondern diese Fundamente zum gemeinsamen Erbe beider Konfessionen gehörten. Man müsse nun klug überlegen, was zu tun sei. Ein Wiederaufbau aus kirchlichen Mitteln sei nicht möglich, zu sehr hätte die jüngste Steuerreform sich belastend auf das Kirchensteueraufkommen ausgewirkt. Andererseits könne man sich auch unter finanziellen Aspekten nicht ganz aus der Affäre ziehen, aber vielleicht könne dabei die Landeskirche einspringen. Sie bat die Synodalen um eine sachliche

Diskussion mit wohlüberlegten Argumenten und die zwanzig Antragsteller, ihre Anträge noch einmal zu überdenken und gegebenenfalls zurückzuziehen. Man sollte an diesem Tag lediglich zu einer allgemeinen Äußerung kommen, jegliche parteipolitischen oder ökumenefeindlichen Untertöne vermeiden und die Entwicklung der Dinge abwarten. Die Dekanin spielte gekonnt auf der Klaviatur kirchenleitender Rhetorik und suchte die Mehrheit in der Vieldeutigkeit und Unbestimmtheit. Darin glich die Kirche einer Volkspartei, dass sie versuchte, alle Küchlein unter ihren schützenden Flügeln zu sammeln, ohne sich bewusst zu sein, dass Protestanten per definitionem Nestflüchter waren. Dennoch gelang es ihr, eine gewisse Linie vorzugeben. Im Laufe der Sitzung wurden einige der eingebrachten Anträge zurückgezogen, weil man ihr Anliegen in einem anderen Antrag im Großen und Ganzen aufgenommen sah, ohne zu ahnen, dass dieser kurz darauf auch zurückgenommen wurde.

Dennoch blieben einige zäh. So standen für eine Weile der Antrag auf Versenken der Steine im Rhein und der zum Wiederaufbau der Kirche in der Diskussion gegeneinander. Der Antrag zur Versenkung im Rhein war von einem jungen Mann gestellt worden, der als Monteur in der Chemiefabrik arbeitete. Er hatte zuvor alle zwanzig Minuten den Raum verlassen, um eine Zigarette zu rauchen, und litt bereits wieder unter den ersten Entzugserscheinungen. Seiner Meinung nach wurde in der Kirche grundsätzlich zu wenig für die Jugend getan, es wurde viel zu viel Geld für die Kirchenheizungen ausgegeben, abgesehen davon, dass die Pfarrer zu gut bezahlt würden. Das letzte Argument hatte er bereits seit Jahren wiederholt und mit viel Nachdruck vorgebracht, wobei seine Vehemenz etwas nachgelassen hatte, seit man ihm vorgerechnet hatte, dass ein Facharbeiter in der Chemieindustrie mehr verdiente als ein Pfarrer, aber weniger arbeiten musste. Jedoch allein das Wort Kirche, sofern es sich auf das Gebäude bezog, war dazu geeignet, seinen Blutdruck zu erhöhen, konzentrierten sich darin doch alle seine unbearbeiteten spätpubertären Ablösungskonflikte.

Dieser Antrag erhielt bedeutende Unterstützung von der Diakonie-Lobby und den Pfarrerinnen im Schuldienst, die einen Wiederaufbau für die reine Geldverschwendung hielten. Damit würde kein junger Mensch der Kirche zugeführt und keinem der Geringsten unter den Brüdern und Schwestern wäre geholfen. Hier witterte eine Sozialpädagogin, die in einem Vorort als Bürgermeisterin für die SPD kandidierte, ihre Chance. Sie war mit einem Rechtsanwalt verheiratet, und dessen gut gehende Kanzlei erlaubte es ihr, nur halbtags arbeiten zu gehen. Seit Jahren war sie eine glühende und wortreiche Verfechterin des Jobsharing, mit dem man ihrer Meinung nach die Arbeitslosigkeit erfolgreich bekämpfen könne. Sie scheute sich nicht, hin und wieder auf ihr persönliches Beispiel hinzuweisen. Sie appellierte an das soziale Gewissen der Synodalen und stellte klar, dass bei diesem Tunnelprojekt das Geld sowieso an der falschen Stelle ausgegeben werde. Diese letzte Bemerkung stieß bei den CDU-Wählern unter den Synodalen auf intensives Stirnrunzeln und warf noch einmal die Frage auf, ob die Einführung der Frauenordination wirklich die richtige Entscheidung gewesen sei.

Einer der professionellen Bedenkenträger wandte ein, dass dann möglicherweise unwiederbringliche Dokumente der Geschichte verloren gingen. Er hatte sich mit einem sorgenvollen Gesicht erhoben und langsam gesprochen. Es war ein junger Mann von vielleicht Ende dreißig, den aber die allenthalben spürbaren Veränderungen in der Kirche dazu veranlasst hatten, der Vergangenheit eine größere Bedeutung zuzumessen als der Gegenwart, dem die Gewissheit dessen, was gewesen war, tausendmal lieber war als die Ungewissheit dessen, was noch kommen könnte. Seine massige Gestalt verlieh ihm eine gewisse Würde, war jedoch nur die Folge eines nicht unbeträchtlichen Übergewichts. Es sei nicht erstaunlich, so meinte er, dass angesichts der vielen fragwürdigen Wege, die derzeit in der Kirche gegangen würden, angesichts dieser problematischen Bemühungen um Marketing und Öffentlichkeitsarbeit, mit denen man sich völlig dem Zeitgeist auslieferte, angesichts dieser Entwicklung sei es nicht erstaunlich, dass eine Kollegin ernsthaft diesen absurden Gedanken unterstützte, die Steine im Rhein zu versenken und damit Geschichte zu vernichten. Er bekam wie immer seinen Applaus von denen, die allen applaudierten.

Aus der Ecke für die Bewahrung der Schöpfung kam der Einwand, dass man dem Rhein nichts Gutes tue, wenn man ihn mit Steinen zuschütte – und erst recht nicht, wenn es sich um geweihte Erde handele, gab ein Witzbold zu bedenken. Einer warf ungeduldig ein, dass er gar nicht verstände, warum man so lange und so lebhaft über ein Thema diskutiere, das die Synode gar nichts anginge, weil es sich um eine katholische Kirche handele, während zur gleichen Zeit die amerikanische Aggression in der Dritten Welt unvermindert weiter ginge. Dieser Mann, ein Gymnasiallehrer in ausgewaschenen Bluejeans und T-Shirt, Vollbart und Sandalen, eigentlich der ideale Kandidat für einen Jesusdarsteller in Oberammergau, im Alltag aber eines jener in der Besoldungsgruppe A 14 angelangten Relikte der späten sechziger Jahre, hatte auf den ersten fünf Tagungen der Kreissynode jeweils eine Resolution zur Abstimmung vorgelegt, mal in Bezug auf die amerikanische Aggression im Vorderen Orient, mal in Afrika, mal im fernen Osten und mal in der Karibik oder auch weltweit, von denen er die ersten beiden mit einer dünnen Mehrheit durchbekam, bis ihn das offenbarwerdende Gesetz der Serie eines Großteils seiner Glaubwürdigkeit beraubte. Geblieben war ihm das höfliche Zuhören der Mitsynodalen, deren Geduldsfaden jedoch immer kürzer wurde.

Es zeigte sich nach einer Weile, dass der Antrag auf Versenken im Rhein keine Mehrheit finden würde, und man wandte sich dem Antrag zum Wiederaufbau zu. Der professionelle Bedenkenträger bemerkte, dass bei aller Notwendigkeit des Rückblicks in die Geschichte die dazu notwendigen Mittel im Moment nicht vorhanden seien, wobei ihm keiner widersprach, aber jeder sich fragte, ob diese Bemerkung die Luft wert gewesen war, die er für sie verbraucht hatte. Ein Wiederaufbau erschien den meisten als ein guter Umgang mit den alten Zeugnissen der Kirchengeschichte, jedoch wandte einer ein, man solle sich dieses Mal aber nicht wieder von den Katholiken über den Tisch ziehen lassen, also die Hälfte bezahlen und hinterher den katholischen Bischof die Kirche einweihen lassen. Dieser Redner erntete zwar keinen Applaus, aber umso mehr stille Zustimmung, war doch das ökumenische Gespräch in der kleinen Großstadt ins Stocken geraten, nachdem man sich lange Zeit aufeinander zu bewegt hatte – bis die Protestanten auf die unüberwindbare Mauer des katholischen Amtsverständnisses stießen, die ein gemeinsames Abendmahl verhinderte und sie zu Christen zweiter Klasse machte.

Die Stimmung verdichtete sich zusehends und der Vorsitzende schritt zur Abstimmung – er war gerade beim Auszählen der Stimmen –, als ein Mitglied der Synode beide Arme hob, das Zeichen für einen Antrag zur Geschäftsordnung, der in jedem Fall sofort berücksichtigt werden musste. Woraufhin der Vorsitzende das Auszählen der gestreckten Arme unterbrach, dem Zweiarmigen das Wort erteilte, das dieser freilich nicht für einen Geschäftsordnungsantrag nutzte, sondern lediglich für die

Frage: „Und was wird aus dem Tunnel, wenn die alte Kirche wieder aufgebaut wird?"

Ein unüberhörbares Raunen ging durch den Raum, wobei es sich genau genommen um zwei Raunen handelte. Da war zunächst das Raunen der Befürworter des Aufbaus, die sich schon gefreut hatten, dass diese Frage bisher noch nicht gestellt worden war, und nun enttäuscht waren. Dann war da das Raunen jener, die eigentlich bereit waren, einem Wiederaufbau zuzustimmen, aber die Problematik mit dem Tunnel nicht im Blick gehabt hatten. Aus dem Raunen wurde ein Gemurmel und schließlich eine lautstarke Diskussion an den Tischen. Die Tagung drohte aus den Fugen zu geraten, der Vorsitzende befürchtete ein Chaos und vor allem, dass man ohne einen Beschluss auseinander gehen würde. Aber eine Bezirkssynode ohne einen Beschluss, das wäre undenkbar. Dann lieber ein falscher Beschluss als gar kein Beschluss.

Der Synodalvorstand unterbrach die Sitzung für ein paar Minuten, während der der Tumult im Kirchenraum immer größer wurde. Ein paar verließen den Raum mit einer Zigarette im Mund, um den Nikotinspiegel auszugleichen. Andere füllten ihre Gläser auf. In einer Ecke standen zwei Krankenhauspfarrer zusammen und gaben ihrer Entrüstung Ausdruck, dass die Kirche sich viel zu viel ums Geld kümmere. Ein CDU-Stadtrat hatte sich eine SPD-Stadträtin gesucht, um einander unter beständigem Lächeln verbale Spitzen ins Gesicht zu katapultieren. Zwei alte Damen schüttelten verständnislos ihre Köpfe. Die Dekanin war froh, dass sie nicht den Vorsitz hatte, ihr Stellvertreter flirtete mit einer jungen Presbyterin, ein Vertreter des gehobenen Managements der Chemiefabrik schüttelte immer wieder entsetzt seinen Kopf über diese Form der Tagungsleitung, ein älterer Herr blätterte gedankenverloren in einem Gesangbuch, zwei junge Frauen erzählten sich die neusten Männerwitze und der

Bedenkenträger belaberte einen jungen Kollegen, der neu in den Kirchenbezirk gekommen war.

Der Synodalvorstand wirkte angestrengt, als er die Synode wieder zusammenrief. Der Vorsitzende machte einen Kompromissvorschlag, dem man sich ohne Diskussion unter lokalem Murren in einigen Ecken des Raumes in aller evangelischer Liberalität anschloss, nämlich sich grundsätzlich für einen Wiederaufbau auszusprechen, falls dies möglich wäre, die Details aber der Dekanin überlasse. Wohl wissend um diese Bankrotterklärung innerkirchlicher Demokratie und mit den letzten Resten masochistischen Untertanengehorsams es sogar genießend stimmte die Bezirkssynode diesem Vorschlag zu, gab das Heft aus der Hand und war erfreut darüber, nach dem Schlusslied nach Hause gehen zu dürfen – in dem Bewusstsein, dass man seinen Protestantismus wieder einmal in langatmigen Diskussionen profiliert dargestellt hatte.

Seyfert hatte während all der Diskussionen geschwiegen und sich in der Pause an eine alte Presbyterin aus seiner Gemeinde gehalten. Er war in den letzten Tagen zu oft in der Zeitung abgebildet worden und wusste, dass einige seiner Kollegen und auch der Presbyterinnen und Presbyter genug damit zu tun hatten, ihren Neid zu bearbeiten. In seinen Kreisen war eine gewisse Profilierungssucht als Folge mangelnden Selbstbewusstseins verbreitet, nur gestand man sie sich nicht zu. Da wirkte über Jahrhunderte hinweg die alte pietistische Mahnung zur Demut nach. Er wollte nicht die Projektionswand für Aggressionen infolge dieser selbst auferlegter Zerknirschung abgeben, also lieferte er auch keine Anhaltspunkte. Außerdem galt in der Kirche die alte Regel, dass nur der es zu etwas bringen konnte, der seinen Kopf nicht zu weit und nicht zu oft aus dem Fenster streckte. So vergrub er sich nach Schluss der Tagung in sein Arbeitszimmer in

der Hoffnung, eine anständige Predigt zustande zu bekommen. Er wurde das Gefühl nicht los, dass dieser ganze Trubel um ihn und die Basilika ihm nicht guttat.

12

Es war der schönste Juni seit Jahren, warm, noch nicht diese drückende Hitze des August und eine wohltuende Frische in der Luft, denn die Vegetation stand in voller Kraft und pumpte täglich Tonnen von Sauerstoff die Atmosphäre. In Lianes Cabrio konnten sie diese Luft genießen. Ihr Ziel war ein Dorf an der Bergstraße. Sie suchten sich Wege neben den großen Bundesstraßen, fuhren hinauf in den Odenwald und hielten an einem Platz mit einer wunderbaren Aussicht auf die abendliche Rheinebene. Da saßen sie und tranken diese Flasche leichten kühlen Proseccos, den er am Morgen für sie gekauft hatte, weil sie dieses Getränk toll fand.

Wie aus einem Heißluftballon betrachteten sie Straßen und Autos, Dörfer und Züge. Menschen konnten sie keine erkennen und den Rhein in der Mitte der Ebene nur erahnen. In der Luft lag der Juniduft, der von den Wiesen unten im Tal aufstieg. Sie versuchten die Dörfer und Städte unter sich zu identifizieren, hielten dem penetranten Abendgesang der Amsel stand, waren sich einig, dass man im Urlaub eigentlich gar nicht wegfahren müsse, sahen die Sonne am anderen Ende der Ebene hinter der Hardt versinken und fuhren dann hinunter zu einer urigen Weinstube, die stolz darauf war, dass man dort nur badischen Wein kannte.

Sie waren glücklich beim Essen, so schien es ihm zumindest, der Wein vertrug sich gut mit dem Prosecco und verlieh ihrer Liebe Flügel. Die Gedanken begannen die Zukunft zu erobern, für Seyfert eine gemeinsame Zukunft mit dieser Frau, die ihm manchmal fremd erschien, die er aber begehrte und die sich ihm wie aus einer anderen Welt zuzuneigen schien.

Liane wurde plötzlich ernst, als habe sie große Sorgen. Seyfert konnte es schon immer schlecht vertragen, wenn eine Frau, die er liebte, mit einem sorgenvollen Gesicht vor ihm saß. Dann ließ ihn sein Beschützerinstinkt alle Errungenschaften der Emanzipation und allen Glauben an die Stärke der Frauen vergessen, und er hatte dieses unbändige Gefühl, helfen und die Welt wieder ins Lot bringen zu müssen. Das brachte schon so mancher Frau willkommene Hilfe und ihm immer wieder Probleme. Anderen war es gar nicht recht, einem so übermächtigen Helfersyndrom ausgesetzt zu sein. Sie erwarteten von einem Mann, dass er zunächst einmal einfach zuhören konnte, ohne gleich etwas tun zu müssen. Mit der Zeit hatte Seyfert gelernt, seinem eigenen spontanen Impuls kritisch gegenüber zu stehen, aber als er Lianes Gesicht sah, zuckte er doch innerlich zusammen.

„Kann ich dich um einen Gefallen bitten?", fing sie an.

„Aber gerne, selbstverständlich." Er war gespannt, was kommen würde.

„Es ist aber wichtig, dass du nichts davon weitersagst."

Fast fühlte er sich ein wenig verletzt. Vertraute sie ihm nicht? „Du weißt, dass ich schweigen kann."

„Ja, deshalb denke ich auch, dass du der Richtige bist. Weil ich dir vertraue." Dann schob sie nach: „Und weil ich dich liebe."

Das war viel. Das kam überraschend. Mit diesem Wort war Liane in all ihrer Sachlichkeit und Professionalität sparsam gewesen. Ob sie es überhaupt schon einmal zu ihm gesagt hatte?

„Der OB hat eine Lösung für das Problem mit der Basilika gefunden, eine Lösung, mit der wohl alle in seiner Partei einverstanden sein werden. Aber sie kostet Geld, viel Geld. Deshalb braucht er die Opposition mit im Boot. Mit dem Wählerforum allein ist das nicht zu machen, die sind nicht verlässlich, im letzten Moment fallen die um." Liane war ganz die zukünftige Chefin des Repräsentationsbüros, sachlich, logisch, konsequent, hart.

„Morgen trifft er sich mit dem Fraktionsvorsitzenden der SPD. Der wird dann Rücksprache nehmen müssen mit der Fraktion, zumindest mit einigen. Der OB ist sicher, dass er die SPD auf seine Seite bekommt. Es sind in der nächsten Zeit wieder einige Posten zu vergeben, und da macht es sich auch nach außen hin gut, wenn auf Proporz geachtet wird."

„Okay, und wozu brauchst du mich – außer zum Schweigen?"

„Es besteht nur eine Gefahr: Die rothaarige Zimtzicke von der *Rheinpfalz* könnte etwas herausbekommen, die hat ihre Ohren überall und ist echt fit. Aber wenn auch nur ein Wort in der Zeitung erscheint, bevor die Angelegenheit unter Dach und Fach ist, dann klappt gar nichts."

Seyfert musste einen Moment nachdenken, wen Liane mit der rothaarigen Zimtzicke meinte. Als es ihm dann klar wurde, versetzte es ihm einen kleinen Stich in der Brust. Er war über sich selbst erstaunt. Katia Bechstein hatte in den vergangenen Wochen kein gutes Haar an ihm gelassen. Wenn sie ihn verschwiegen hatte, so war dies noch der freundlichste Umgang mit ihm. Als er Liane so über sie reden hörte, war es ihm alles andere als recht.

Er besann sich einen Augenblick. „Und was soll ich machen?"

„Du sollst ganz einfach eine falsche Fährte legen. Du sollst sie anrufen und ihr unter dem Siegel der Verschwiegenheit oder auch mit dem Brustton der Empörung eine Geschichte erzählen, auf die sie reinfällt, die sie am nächsten Tag bringt, mit der sie dann unglaubwürdig wird. Sie ist dir immer noch böse, dass du ihr nicht gleich am ersten Tag gesagt hast, was du wusstest. Nun, das könntest du wieder gut machen. Du rufst sie an und sagst, dass es dir leidtäte, dass du ihr damals nichts gesagt hättest, aber du seist eben zum Schweigen verpflichtet worden. Nun aber hättest du Informationen, bei denen du an kein Versprechen gebunden seist."

„Was soll ich ihr erzählen?" Seyferts Stimme war kühler geworden und passte gar nicht mehr zu diesem warmen, bisher so romantischen Abend.

„Zum Beispiel dies, dass der OB plane, die Fundamente dieser alten Kirche entfernen zu lassen, dass er sich schon mit der Rheinbau AG geeinigt habe, dass er bereits Gespräche mit allen Fraktionen aufgenommen habe und auf große Zustimmung gestoßen sei."

„Bist du dir sicher, dass sie dann nicht recherchieren wird?"

„Soll sie doch, sie wird nichts herausbekommen. Alle werden leugnen, dass es stimmt. Das wird sie als Bestätigung deiner Informationen ansehen. Sie wird das Gefühl haben, auf eine Mauer des Schweigens gestoßen zu sein, und das wird ihren journalistischen Ehrgeiz anspornen. Sie wird die Sache bringen, vielleicht sogar groß aufmachen, um die angebliche Front des Schweigens zu brechen – und sie wird auf die Nase fallen, wenn zwei, drei Tage später die Wahrheit an den Tag kommt. Dem Chefredakteur wird nichts anderes übrig bleiben, als sie bestenfalls zu versetzen."

Franz Seyfert fühlte sich wie vor dem Kopf gestoßen, und er musste noch nicht einmal lügen, als er sagte, im Moment sei ihm entsetzlich schlecht geworden und er werde es sich überlegen. Nur von der Vermutung, die er äußerte, als er sagte, das Essen sei vielleicht zu fett gewesen, wusste er, dass es nicht stimmte. Er fühlte sich wie benommen. Eigentlich wollte er ihr jetzt und sofort sagen, wie ihn das anwiderte, was sie da von ihm erwartete.

Aber er bekam den Unterschied zwischen der Liane, in die er verliebt war, und der Liane, die er jetzt kennengelernt hatte, nicht in den Kopf. Er hatte ihre Stärke und Zielstrebigkeit bewundert, Eigenschaften, die er an Frauen liebte, Eigenschaften, die auch Katia Bechstein besaß. Jedoch mit dieser Fähigkeit zur Intrige hatte er nicht gerechnet. Es würde ihr nichts ausmachen, die Karriere oder sogar die berufliche Existenz einer Anderen zunichtezumachen, nur um sich den Oberbürgermeister zu verpflichten, damit ihr der Aufstieg zur Chefin der Repräsentanz sicher sei.

Es fiel ihm in seiner Verwirrung schwer, die nächste Stunde, bis sie ihn vor seiner Haustür abgesetzt hatte, durchzuhalten, freundlich zu sein, ihren Abschiedskuss zu erwidern, auf ihr Drängen hin zu wiederholen, dass er sich morgen bei ihr melden werde, dass sie sich auf ihn verlassen könne und er es nicht vergessen würde, sie anzurufen.

Zu Hause versuchte er, mit allen Mitteln einen klaren Kopf zu bekommen, erst mit einem Schnaps gegen das Unwohlsein, dann mit einem Espresso gegen die Schwäche – mit dem Effekt, dass in dieser Nacht der Schlaf fast gänzlich ausfiel. Es fiel ihm genauso schwer, einen klaren Gedanken zu fassen, wie zu schlafen.

Erst wälzte er sich im Bett hin und her, dann setzte er sich ins Wohnzimmer und begann zu frieren. Liane wollte ihn einspannen in ein Komplott des Oberbürgermeisters, das nur das eine Ziel haben konnte: Dessen Kopf zu retten nach all den Angriffen der letzten Wochen. Vielleicht war der Plan gar nicht so schlecht – er hatte ganz vergessen, danach zu fragen, was der OB eigentlich vorhatte – aber er sollte Katia Bechstein reinreiten, damit es gelänge. Warum erwartete Liane das von ihm? War ihr der mögliche neue Job so wichtig? Oder hatte sie etwas gegen „diese rothaarige Zimtzicke"? Mit Sicherheit!

Konnte er ihr noch trauen, hatte er ihr die ganze Zeit über vertrauen können? Heute Abend hatte sie zum ersten Mal diesen Satz zu ihm gesagt: „Und weil ich dich liebe." Waren diese Worte, die ihn so tief getroffen hatten, nur ein Puzzleteil in ihrem Plan gewesen? Hatte sie dieses „ich liebe dich" ganz planmäßig eingesetzt, um ihn für ihre Ziele zu gewinnen?

Franz Seyfert fand keine klare Antwort, vielleicht auch deshalb nicht, weil es keine klare Antwort gab. Wie viel tat ein Mensch, wenn er sich einem lange erträumten Ziel nahe sah, wie sehr waren unsere Gefühle beeinflusst durch die Situation, in der wir uns befanden, wie leicht rutschte das Wort „Liebe" heraus in der Euphorie der Erwartung? Franz konnte Liane nicht böse sein, aber er konnte auch nicht wieder zu ihr zurück. Zu sehr hatte der Abschiedskuss nach Lüge geschmeckt und geschmerzt, zu sehr merkte er, dass er nicht bereit war, Katia Bechstein dieses Unrecht anzutun, das man von ihm erwartete.

Er rief Liane am nächsten Mittag an. Voll freudiger Erwartung begrüßte sie ihn.

13

Sie war noch nie so wütend gewesen, und am meisten ärgerte es sie, dass dieser Scheißkerl ihr nicht gleichgültig war, nicht gleichgültig gewesen war. Sie verstand sich selbst nicht mehr. Was hatte sie an dem finden können? Weder hatte er einen Knackarsch noch einen Waschbrettbauch, allenfalls ein paar hübsche Augen, aber die hatte genau genommen wohl mindestens jeder zweite Mann, der ihr über den Weg lief. Weshalb es also keinen verständlichen Grund gab, warum sie sich gerade an den hängen sollte. Womit sie ihn auch bereits zu vergessen gedachte, wenn er sie nicht so geärgert und in ihrer Berufsehre gekränkt hätte. Denn sie hatte es geahnt, dass er etwas wusste, und sie hatte versucht, es herauszubekommen, und eigentlich hätte er es ihr sagen müssen. Dann hatte sie am Abend auch noch Wein mit ihm getrunken und ihren Kopf auf seinen Arm gelegt. Sie hätte ihn vernaschen und ablegen sollen, etwas anderes hatte der Kerl nicht verdient. Aber dazu war sie nicht mehr gekommen vor lauter Müdigkeit. Am nächsten Tag saß er da vorne in einer Reihe mit dem Oberbürgermeister und plauderte frei von der Leber weg, was er so alles entdeckt hatte. Katia Bechstein hatte sich verschiedene mögliche Mordszenarien ausgedacht. Franz Seyfert war in ihrer Phantasie in den letzten Tagen schon so manchen Tod gestorben.

„Frau Bechstein, es würde mir schwerfallen, aber wenn Sie in den nächsten Tagen keinen anderen Stil an den Tag legen, muss ich Ihnen die Sache mit dem Fund am Rheinufer abnehmen." Der Leiter der Lokalredaktion war zu ihr gekommen, als kein anderer Kollege im Raum war. „Wir müssen kritische Berichterstattung betreiben und wir sind auf keinen Fall das Sprachrohr der Stadtverwaltung oder gar einer Partei. Aber wir müssen auch auf unsere Leserschaft, oder genauer gesagt, auf unsere Abonnenten Rücksicht nehmen. Dieser Fund am Rheinufer ist eindeutig positiv emotional besetzt. Da können Sie nicht versuchen, den Pfarrer, der die Steine entdeckt hat, als eine zwielichtige Gestalt hinzustellen. Die Leute sind für diese Basilika oder was auch immer das sein mag, sie lieben sie, dann können wir nicht dagegen sein. Das leuchtet Ihnen doch ein, oder?"

Rainer Weber, der Leiter der Lokalredaktion, hatte die *Rheinpfalz* in der kleinen Großstadt in den letzten beiden Jahren um einige tausend Abonnenten nach vorne gebracht. Das war ihm gelungen, weil er ein Gespür für die wichtigen und richtigen Geschichten hatte und weil er mit seinen Redakteuren umzugehen wusste. Er motivierte sie und gängelte sie nicht, er versuchte ihnen immer wieder klar zu machen, was er unter einer guten Lokalberichterstattung verstand und machte es in seinen eigenen Artikeln vor. Wenn er regulierend eingriff wie heute bei Katia Bechstein, dann musste jemand den Kontakt zum gemeinsamen Geist des Redaktionsteams aus irgendeinem Grund verloren haben.

Das war mehr als deutlich gewesen. Sie hatte es akzeptiert, denn in den klaren Minuten in den letzten Tagen hatte sie sich selbst nicht mehr getraut. Die Sachlage war klar, darüber war man sich auch in der Redaktionskonferenz einig gewesen. Mit dem Fund dieser Fundamente hatte der Oberbürgermeister ein Problem und nicht nur er. Der Tunnelbau war eine heikle Angelegenheit, mit knapper Mehrheit beschlossen, da durfte es keine Pannen geben. Die Geschichtslosigkeit der kleinen Großstadt, die permanenten unterschwelligen oder auch offen ausgesprochenen Minderwertigkeitskomplexe gegenüber den anderen Städten am Rhein, die eine längere, bis in die Antike zurückgehende Geschichte vorzuweisen hatten, war das andere Problem. Es war möglicherweise sogar das Hauptproblem dieser Stadt, denn mit ihrem Namen verband man nichts außer Chemie. Eine Chemiestadt, was konnte daran schön sein? Wie konnte hier Kultur entstehen, wie konnte man Bürgertum binden, wie Investoren hierher locken, Investoren, die nichts mit der Chemieindustrie zu tun hatten, von derem wirtschaftlichen Monopol man viel zu abhängig war?

Wenn diese Steine im Sand nun aus der kleinen Großstadt eine Stadt mit Geschichte machten – das wäre so, als wenn man eine Promenadenmischung zum Rassehund erklärte. Deshalb brauchte man diese Steine, deshalb durften sie nicht verschwinden. Aber nicht der Oberbürgermeister hatte die Steine gefunden, der Retter der Stadt war ein anderer, und der OB musste aufpassen, dass er nicht über diesen Retter stolperte, dass die Opposition ihm daraus nicht eine Falle baute.

Die *Rheinpfalz* hatte sich der Sache angenommen und das Thema warmgehalten, obwohl das kaum nötig war. Die Menschen fanden die ganze Angelegenheit toll. Da baute man einen Tunnel und fand eine alte Kirche, die aber wiederum so alt war, dass man sie mit der jetzigen Kirche nicht direkt in Zusammenhang bringen musste. Nein, sie war einfach ein altes Gebäude, mit dem man romantische Vorstellungen verbinden konnte, so etwas wie Dinosaurierknochen oder das Wrack eines U-Bootes, einfach etwas, das man sich anschauen, das man den Kindern zeigen konnte. Katia Bechstein hatte eine Telefonhotline geschaltet zu der Frage: Soll die Kirche wieder aufgebaut werden? Man hatte einen Wettbewerb für einen Namen ausgeschrieben. Sie hatte Prominente der kleinen Großstadt interviewt, was ihrer Meinung nach geschehen sollte. Alle hatte sie gefragt, nur nicht Franz Seyfert. Den verschwieg sie oder sie stellte zwischen den Zeilen die Frage, ob er es letztlich gewesen sei, der die

Fundamente wieder hatte verschwinden lassen wollen, vielleicht weil es sich um eine katholische Kirche handelte.

Dieser Schieflage ihrer Berichterstattung wusste die Konkurrenz vom *Mannheimer Morgen* bestens zu parieren, und beim Straßenverkauf überstieg die Nachfrage das Angebot. Hier kam Seyfert so ausführlich zu Wort, dass er sich bald ständig wiederholte, was die Leute nicht daran hinderte, Geld auszugeben, um etwas zu lesen, was sie schon vor zwei Tagen gelesen hatten. Während auf den Fotos in der Rheinpfalz Seyfert meistens vom Oberbürgermeister oder einer anderen Person zumindest halb, wenn nicht ganz verdeckt war, brachte die Morgenpost Fotos von Seyfert an der Baustelle, im Fernsehstudio, beim Stadtvorstand, im Kindergarten seiner Gemeinde, auf der Kanzel und beim Joggen. Auf einem Bild saß er neben Liane Lambert in einem Biergarten, und mehrere Leser riefen an, um zu erfahren, wer denn die Frau an seiner Seite sei.

Die Möglichkeiten, an Informationen zu kommen, hingen für eine Journalistin sehr stark von der jeweiligen politischen Konstellation ab. War die Konkurrenzsituation zwischen Mehrheitskoalition und Opposition ausgeprägt und die Opposition personell gut besetzt, dann ersparte das bereits eine Menge an Recherche. Die Opposition selbst suchte nach allen Haaren in der Suppe und lieferte sie täglich in Form von Pressemitteilungen oder gesteuerten Leserbriefen frei Haus. War die Konkurrenzsituation zwar klar, die Opposition aber bezüglich der handelnden Personen etwas schwach, dann gab es von dieser Seite kaum Stellungnahmen oder sie waren aussagelos oder fehlerhaft.

Die Situation in der kleinen Großstadt war in dieser Hinsicht von einer stabilen demokratischen Gesundheit.

Die Mehrheit der CDU war eindeutig, schon über Jahre hinweg, hatte lediglich in den letzten zehn Jahren nachgelassen, sodass es zu einer Koalition mit dem Wählerforum gekommen war. Die SPD war in ihrer Oppositionsrolle geübt, allerdings im Laufe der langen Zeit etwas müde geworden, hatte sich personell immer wieder erneuern können und wurde im Wesentlichen durch eine antibürgerliche und antikirchliche Hintergrundtendenz lebendig gehalten, wenn auch Wähler und politisch Engagierte bereits selbst bürgerlich geworden waren und mit der Opposition zur Kirche kein Staat mehr zu machen war – vielleicht, weil die sich gewandelt hatte und die überlieferte Polemik nicht mehr traf, oder aber, weil viel zu viele ihr gleichgültig gegenüber standen. Insofern war die journalistische Situation über viele Jahre konstant und angenehm gewesen. Die CDU war an der Macht, die SPD in der Opposition, und wenn man als Journalistin zu beiden Seiten Kontakte unterhielt, war man immer gut informiert. Da niemand in seinen Kommentaren immer ausgewogen und neutral sein konnte, gab es gelegentlich Verstimmungen, aber die Parteien waren auf die Zeitungen angewiesen, sodass sie sich immer wieder schnell einander annäherten.

Seit einigen Tagen aber hatte sich etwas verändert. Katia Bechstein hatte es mit der ihr eigenen Sensibilität schnell erspürt. Man hatte ein heißes Thema, mit dem die Opposition dem Oberbürgermeister und seiner Partei einen heftigen Schlag hätte versetzen können, aber von der Opposition kam nichts mehr. Bei den anderen Gruppierungen hatte sich nichts verändert. Das Wählerforum hatte sich noch nie sinnvoll geäußert. Bernd Berger überschüttete Redaktionen und Öffentlichkeit in gewohnter Manier mit populistischen oder unsinnigen Äußerungen. Michael Rot-Bäumler verfing sich täglich tiefer in die Netze seiner Totalopposition. Nur bei der SPD schien seit ein paar Tagen das Schweigen im Walde angesagt zu sein. Das war ein Zeichen, dass sich etwas tat. Wenn die Opposition ihre oppositionelle Haltung aufgab, war sie auf dem besten Wege, die Seiten zu wechseln, und zwar mit begründeter Hoffnung auf Erfolg.

Katia Bechstein brachte es am nächsten Morgen in die Redaktionskonferenz ein. Kollege Meerbaum, der auf seinem Lokalredaktionssessel alt, aber nicht besser geworden war, nach Ausflügen ins Feuilleton (dort hatte er Günther Grass als Newcomer der deutschen Literaturszene gefeiert) und auf die Gartenseite (seine Tipps zur Schädlingsbekämpfung hatten vermutlich Millionen von Honigbienen den Tod gebracht) war er wieder ins Lokale zurückgekommen, hatte über Jahre bereitwillig den Umbruch gemacht, und als dies nicht mehr so viel Arbeitszeit erforderte, hatte man ihm die Gastronomieseite und die Vereinsberichterstattung anvertraut. Meerbaum war der Ansicht, dass das Schweigen bei der SPD vermutlich auf eine kollektive Sommergrippe der Verantwortlichen zurückzuführen sei. Arndt Haustein, sein Kürzel war „aha", ließ vor allen Dingen den Chefredakteur immer wieder aufhorchen, der in ihm einen hoffnungsvollen Jungredakteur sah, den man der *Frankfurter Allgemeinen* hatte abspenstig machen können, nachdem dessen Liaison mit der Tochter eines der Herausgeber der *Frankfurter* in die Brüche gegangen war, als er zuvor auf dem Bundespresseball den Herausgeber der *Rheinpfalz* und sein Töchterlein kennengelernt hatte. „Aha" war der Ansicht, man dürfe so etwas nicht überbewerten, in allem gäbe es Schwankungen und die Kollegin sei vielleicht doch etwas übersichtig (was diese den Begriff „Lackaffe" auf ihren Stenoblock notieren ließ). Die beiden anderen Kolleginnen und der Redaktionsleiter stimmten jedoch Katia Bechstein zu, und so kam man überein, dass sie sich zusammen mit Rainer Weber der Sache annehmen sollte.

146

Katia Bechstein hatte mit ihrer Tante telefoniert und am Abend das Rezept für die Hefeklöße in den Händen gehabt. Es war ein Abend zwischen Euphorie und Depression. Kochen war nicht ihre Sache, Backen schon eher, aber Hefeklöße stellten die höheren Weihen der Küchenkunst dar, weshalb es ihr erst im dritten Anlauf gelang, ein paar anständige Teigbälle fertig zu stellen. Alle anderen waren gefallen und innen klitschig gewesen oder beim Aufgehen so gerissen, dass sie allen ästhetischen Ansprüchen widersprachen. Darüber wurde es Mitternacht und es hatte einer Flasche einfachen Barolos den Inhalt gekostet. Aber dann lagen zwei wohlgeformte Dampfnudeln nach schlesischer Art in ihrem Kühlschrank und warteten auf ihren Ausflug am nächsten Tag. Der führte sie in die Südstadt und zauberte ein Lächeln auf das Gesicht von Frau Sonntag, als sie Katia Bechstein mit dem kleinen Alupäckchen vor der Tür stehen sah.

Der Übergabe der Hefeklöße folgte zwangsläufig die Einladung zu Kaffee und Likör, der sich Katia Bechstein durch den nur wenig überzeugend vorgebrachten Hinweis, die Arbeit in der Redaktion warte auf sie, nicht entziehen konnte und auch gar nicht wollte. Ein Pläuschchen unter Frauen war genau das, was Frau Sonntag an diesem Vormittag gefehlt und auf das Katia Bechstein gehofft hatte. Frau Sonntag erzählte und erzählte – von ihrer langen persönlichen Geschichte mit Dampfnudeln, die ihre Kinder so gerne gegessen hatten, die auch ihr Mann so gerne mochte, der aber nie zu Hause gewesen war, der auch in den letzten Tagen wieder oft erst spät nach Hause gekommen sei, weil da irgendetwas passierte. Sie wusste nicht was, nur dass ihr Mann von einem großen Krach mit Gerhard Lohmeyer, einem alten Urgestein der CDU, gesprochen habe, und er nicht so recht wüsste, wie er sich entscheiden solle. Eigentlich genügte das schon als Information, aber erstens sollte man als Journalistin den Informanten nie das Gefühl geben, es gehe nur um Informationen, und andererseits genoss es Katia Bechstein, sich mit dieser älteren Frau zu unterhalten, die bei all den Kompromissen, die das Leben von ihr abverlangte, nie ihr Rückgrat verloren hatte.

„Gerhard Lohmeyer, Steuerberater" – das Messingschild neben der Eingangstür der Jugendstilvilla in der Südstadt war mindestens vierzig Jahre alt. Dessen Patina wies auf viel Erfahrung hin und ließ zugleich den Zweifel aufkommen, ob der Gewerbetreibende in diesem Haus bereits die jüngste Steuerreform in die von ihm erstellten Erklärungen eingearbeitet hatte. Dieser Zweifel war unberechtigt, denn die Mandanten Lohmeyers hatten nie Grund zur Klage. In der Regel gelang es ihm, mehr herauszuholen als andere, zunächst einmal einfach deshalb, weil er ein alter, gewitzter Fuchs mit einem untrüglichen Spürsinn für steuerliche Schlupflöcher war, und dann, weil er als Bundestagsabgeordneter die letzten fünf Steuerreformen mitgestaltet hatte. Außerdem kannte er den Leiter des örtlichen Finanzamtes gut, und wenn an irgendeinem Punkt Auslegungszweifel bestanden, sicherte er sich vorher mithilfe einer verbindlichen Auskunft ab, deren Inhalt er in den Verhandlungen zugunsten seines Mandanten zu beeinflussen versuchte. Lohmeyer war ein sympathischer, eloquenter und umgänglicher Mensch, dem es durch seine kompetente wie joviale Art immer schnell gelang, die Sympathien auf seine Seite zu ziehen. Zugleich strahlte er eine gewisse Philanthropie aus, die ihn vertrauenswürdig erscheinen ließ.

Insofern wäre er der seltene Fall eines allseits beliebten Menschen gewesen, wenn er nicht an einem Punkt von einer für viele unverständlichen Härte gewesen wäre. Er war Mitglied der CDU und das schon seit mehr als vierzig Jahren, hatte für sie im Stadtrat und später im Bundestag gesessen, hatte den einen Kanzler gestürzt und den anderen gekürt, hatte Koalitionen auf den Weg geholfen und wichtige Gesetze mitgestaltet. Aber er hatte nie Verständnis dafür gehabt, wie man bei der SPD sein konnte, und hatte vor allem ein persönliches Horrorszenario: eine Große Koalition. Dieses Schreckensbild motivierte ihn immer wieder, seiner Partei entweder zu möglichst guten Ergebnissen oder aber gewagten Koalitionen mit anderen Parteien zu verhelfen.

Die an einem Punkt schroffe Haltung eines sonst so liebenswerten Menschen war selbst vielen seiner Parteifreunde unverständlich, denn nur wenige wussten um den biographischen Hintergrund. Die grundlegend ablehnende Haltung gegen alle Parteien mit einem „S" im Namen ging auf ein Ereignis in der Weimarer Zeit zurück, als nach einer Demonstration der Sozialistischen Arbeiterjugend einige von deren Mitgliedern in einer Kneipe der damals noch kleineren Großstadt Bier und Schnaps zu sehr zusprachen und anschließend grölend und Steine werfend durch die Südstadt zogen. Wobei einer dieser Steine durch die Butzenscheiben jener Jugendstilvilla flog, in der sich heute das Steuerberatungsbüro von Gerhard Lohmeyer befand, und einen Jungen, der durch die spätere Geburt Gerhard Lohmeyers zu dessen Onkel werden sollte, so unglücklich am Rücken traf, dass er fortan querschnittsgelähmt war, was die Familie für lange Zeit aus der Bahn warf und den Vater Lohmeyers für sein Leben prägte, sodass sich in den Köpfen dieser Familie Sozialismus und Sozialdemokratie mit der Erfahrung von Gewalt verband und ihrer Ablehnung dieser politischer Richtung einen unausrottbaren, irrationalen Zug verlieh.

Gerhard Lohmeyer hatte viel erreicht und er war damit mehr als zufrieden. Deshalb waren es weder Neid noch Unzufriedenheit mit der eigenen Situation, die ihn den Widerstand gegen eine Große Koalition in aller Deutlichkeit ankündigen ließ. Es war eben diese unbearbeitete Ablehnung all dessen, was ein „S" im Namen trug, die ihm eine Große Koalition im Stadtrat seiner Heimatstadt als Zerstörung seines Lebenswerkes erscheinen ließ. Er sah sich deshalb weder an Parteidisziplin noch an irgendwelche Absprachen zur Geheimhaltung gebunden und begrüßte die Ankündigung des Besuchs von Katia Bechstein, denn das ersparte es ihm, den ersten Schritt zu tun.

14

Franz Seyfert joggte morgens wieder allein den Rhein entlang. Er hatte außerdem seinen Rhythmus geändert, um genau das zu vermeiden, was er zuvor hatte erreichen wollen. Er wollte Liane Lambert nicht treffen, er wollte allein laufen, die frische Morgenluft genießen, das Tuckern der Schubkähne auf dem Rhein und das Kreischen der Möwen zwischen dem Geschnatter der Gänse hören. Er wollte allein sein und wieder zu sich finden.

Am Tag nach dem Ausflug an die Bergstraße hatte er sie angerufen: „Ich habe mich entschieden. Es tut mir leid, ich kann das nicht tun. Und noch eines: Ich denke, wir sollten uns eine Weile nicht sehen."

„Wirst du über die Sache schweigen?", war ihre Antwort, und er war sich nicht sicher, ob er in ihrer Stimme ein Bedauern hörte.

„Wenn ihr Katia Bechstein nicht in die Sache hineinzieht, werde ich schweigen."

„Was findest du nur an dieser Frau?", kam es zurück. Der Hörer wurde aufgelegt.

Viel war mit ihm in den nächsten beiden Tagen nicht anzufangen. Er machte seine Arbeit, holte manches nach, was liegen geblieben war, und zog sich in das Schneckenhaus seiner Enttäuschung zurück. Es war ein Gefühl der Einsamkeit, zu dem sich seine Enttäuschung verdichtete. Es fraß sich in seinen Bauch und nahm ihm allen Appetit und alle Freude. Zum Glück gab es die Pflicht, die getan werden musste. Zum Glück gab es die Menschen, die von ihrem Pfarrer etwas erwarteten.

Er hielt den Mund, in doppelter Hinsicht. Weder steckte er Katia Bechstein etwas, noch lockte er sie auf eine falsche Fährte. Er suchte einfach keinen Kontakt zu ihr, so schwer ihm das auch fiel. Dennoch, die Befürchtungen des OB waren berechtigt gewesen, es trat das ein, was er vermeiden wollte. Zwei Tage nach dem konspirativen Gespräch an der Bergstraße titelte die Rheinpfalz: "Große Koalition im Rathaus. Michael Holtzmann soll neuer Baudezernent werden". Katia Bechstein hatte ganze Arbeit getan. Mit diesem Artikel mischte sie die kleine Großstadt noch wesentlich mehr auf als er durch seine Entdeckung der Basilika. Nichts interessierte die Leute mehr als Personalveränderungen. Denn bis zu diesem Tag war der Zahnarzt des Wählerforums als Kandidat für diesen Posten gehandelt worden.

Dem Koalitionspartner stand ein Dezernat zu, das Wählerforum hielt dies für eine der goldenen Regeln der Demokratie. Fragen nach der Qualifikation waren mindestens sekundär, wenn nicht tertiär oder was auch immer. Außerdem: Ein Zahnarzt, der einen beschädigten Zahn wieder aufbauen konnte, musste einfach über die notwendigen Kenntnisse zur Führung eines Dezernates für Bauangelegenheiten verfügen. Schließlich war in der Geschichte der Bundesrepublik bereits einmal ein und dieselbe Person zunächst Verteidigungsminister, dann Finanzminister und später fast Außenminister geworden. Zudem gab es einige Mandatsträger, die keine abgeschlossene Berufsausbildung hatten. So hatte sich die Erkenntnis durchgesetzt, dass das richtige Parteibuch die jeweils wichtigste Qualifikation sei. Alle waren sich sicher, dass der Zahnarzt des Wählerforums in Zukunft die ersten Spatenstiche vorzunehmen hatte. So war er von einem Karikaturisten bereits beim ersten Spatenstich mit Operationsspiegel und Zahnarztbohrer abgebildet worden.

Als die Frau des Zahnarztes in die Praxis eilte, um ihrem Mann die Überschrift des Zeitungsartikels vorzulesen, fiel diesem der Bohrer aus der Hand. Die restlichen Termine für den Vormittag wurden wegen Unpässlichkeit abgesetzt und das Wählerforum ersetzte daraufhin spontan das übliche Kaffeetrinken am Nachmittag durch ein gemeinsames Frühstück.

Man würde sich das nicht bieten lassen, klang es unisono aus den mit einem Brei von Brötchen und Kaffee gefüllten Mündern der drei Stadtratsmitglieder. Falls diese Zeitungsmeldung stimmte, würde es den Bruch der Koalition bedeuten.

„Es wäre das Ende der Regierbarkeit dieser Stadt", sagte der Zahnarzt.

„Oder der Beginn einer neuen Koalition", wandte die Lehrerin ein und hatte den Nagel auf den Kopf getroffen. Diese Erkenntnis verbreitete eine zutiefst depressive Stimmung am Frühstückstisch. Die Lehrerin sah ihren Job als Fachbereichsleiterin Kultur auf Nimmerwiedersehen dahinschwinden, der Zahnarzt seinen Dezernentenposten und der Rentner die gemeinsamen Nachmittage im Café. Innerhalb weniger Sekunden brachen Lebensträume zusammen.

Die drei ließen sich eine Zeitung bringen und begannen den Artikel als Ganzen zu lesen. Wer weiß, woher die Bechstein dieses Mal ihre Informationen hatte. Aber der Artikel war gut geschrieben. „Das Stühlerücken im Stadtrat und im Rathaus scheint begonnen zu haben. OB Wagner sieht keinen anderen Ausweg aus den Schwierigkeiten beim Tunnelbau, als eine gemeinsame Lösung mit der SPD. Wie diese aussehen soll, konnten wir gestern in Erfahrung bringen. Der OB will sowohl die Grundmauer der Basilika erhalten, als auch das wegen seiner hohen Kosten lange umstrittene Tunnelprojekt verwirklichen. Nach unseren Informationen soll der Tunnel nun in einer Kurve um die Fundstelle herumgelegt werden, die Fundstelle selbst wird mit einer Halle überbaut. Die Baukosten für den Tunnel würden sich damit um circa fünfzig Prozent erhöhen. In Gesprächen mit der SPD hat sich Wagner um deren Einverständnis bemüht. Man hat sich offenbar einigen können, wobei erneut die Frage der Besetzung der Position des Baudezernenten zur Sprache gekommen sein soll. Für diesen war bisher ein Vertreter des Wählerforums vorgesehen. Nun ist offenbar Michael Holtzmann, der Sprecher der SPD im Bauausschuss im Gespräch. Holtzmann arbeitet seit zwanzig Jahren freiberuflich als Architekt und gilt als qualifizierter Fachmann."

Der Artikel wurde um einen kleinen Kommentar ergänzt: „OB Wagner will die Quadratur des Kreises. Er will den Tunnel und den Erhalt der Basilika. Das wird teuer und das weiß er. Bei einer solch schwierigen Entscheidung kann er sich nicht auf das oft zerstrittene und in Abstimmungen unzuverlässige Wählerforum stützen. Er muss den Gang nach Canossa gehen und mit der SPD zusammenarbeiten. Auch das hat seinen Preis: einen Posten im Stadtvorstand. Holtzmann wäre keine schlechte Wahl, ein qualifizierter Nachfolger für den jetzigen Baudezernenten Zabel, dessen Amtszeit bald ausläuft. Holtzmanns Wahl zum Baudezernenten bedeutet faktisch eine Große Koalition im Stadtrat. Große Koalitionen aber läuten oft einen politischen Wechsel ein. Auch das weiß OB Wagner. Er hat – und das muss man ihm abnehmen – das Wohl der Stadt im Auge. Politisch spielt er auf Risiko. Die Frage ist: Wie wird das Wählerforum reagieren?"

Genau vor dieser Frage saßen die drei in ihrem Café und wussten keine Antwort. Wenn das stimmte, dann bedeutete dies das Aus für ihre Koalition, und wenn es tatsächlich zu einer Koalition mit der SPD käme, dann wäre ihre Macht am Ende. Während sie im Bewusstsein ihrer Ohnmacht gemeinsam auf ihre Kaffeetassen starrten, trat der persönliche Referent des OB durch die Tür, ging nach einigen orientierenden Blicken auf die Drei zu und bat sie höflich ins Rathaus. Man hatte eine geschlagene Stunde gebraucht, um herauszufinden, in welchem Gastronomiebetrieb die Drei an diesem Tag ihre Aufwandsentschädigungen umsetzten.

Liane Lambert sah an diesem Morgen gar nicht gut aus. Nach der Lektüre der Rheinpfalz war ihr nach Joggen nicht mehr zumute gewesen. Die Haare standen ihr zu Berge. Sie hatte vergebens versucht, eine Façon in ihren blonden Kurzhaarschnitt zu bekommen. Kaum hatte sie ihr Büro betreten, ließ der Oberbürgermeister sie in sein Zimmer kommen und schaute sie nach einen scharfen „Guten Morgen!" nur fragend an.

„Er hat mir versprochen zu schweigen – und drauf können wir uns verlassen."

„Sind Sie da sicher? Ein Pfarrer pinkelt sicher gerne auch einmal einem Oberbürgermeister ans Bein. Vielleicht hat ihm auch jemand was dafür gegeben."

Liane Lambert musste angesichts dieser Wortwahl an sich halten, aber sie war es schon gewohnt, dass der politische Ton außer Reichweite von Mikrofonen und öffentlichen Ohren alles andere als zartfühlend war. Trotz ihrer Enttäuschung über das letzte Telefonat war sie sich sicher, dass Franz Seyfert Wort hielt. „Ich denke, Sie werden woanders suchen müssen. Wer hätte von der Sache einen Vorteil?"

Diese Frage interessierte den OB auch brennend, aber er hatte keine Zeit, darüber nachzudenken. Als erstes müsste er mit der SPD sprechen, um sich auf ein gemeinsames Vorgehen zu verständigen, dann mit dem Wählerforum, um die ruhig zu stellen – falls das mit diesen drei Chaoten überhaupt möglich wäre.

Mit der SPD einigte man sich, dass man bis zum frühen Nachmittag nicht erreichbar sei und sich um elf Uhr zu einer Krisensitzung treffe. Das Gespräch mit den Drei vom Wählerforum verlief kurz, hart, aber fair. Die Koalitionsdisziplin sei in der Vergangenheit vom Wählerforum oft genug verletzt worden, begann Wagner seine kurze Rede. In diesem Falle handele es sich wegen der enormen finanziellen Auswirkungen um eine Entscheidung, die Standfestigkeit und politische Erfahrung benötige. Beides sei vom Wählerforum nicht zu erwarten. Deshalb habe er die Gespräche mit der SPD aufgenommen. Diese sollten am nächsten Tag abgeschlossen werden. Dann wäre auch das Wählerforum informiert worden. Im Übrigen erwarte er jetzt Solidarität im Hinblick auf die recht gut miteinander verbrachten Jahre. Der Posten des Baudezernenten gehe jetzt wohl an die SPD, aber wenn das Wählerforum sich in den nächsten Tagen korrekt verhalte, dann könne man noch einmal über den der Fachbereichsleiterin für Kultur miteinander ins Gespräch kommen.

Die Drei standen da wie begossene Pudel, lediglich bei der Lehrerin war ein leichter Hoffnungsschimmer in den Augenwinkeln zu vernehmen. Im Fahrstuhl versuchte sie ihren beiden Parteifreunden klar zu machen, dass der Zahnarzt einen einträglichen Job und der Rentner eine gute Versorgung habe, weshalb man ihr die Fachbereichsleitung ruhig gönnen solle – vor allem angesichts der Tatsache, dass der politische Zug nun wohl endgültig abgefahren sei.

Michael Rot-Bäumler jubelte beim Lesen dieser Zeitungsmeldung. All seine Urteile – und Vorurteile – hatten sich bestätigt. Die wechselseitige Opposition der beiden großen Volksparteien war nur eine Scheinopposition. Wenn es darauf ankomme, Farbe zu bekennen, dann waren die Schwarzen nicht schwarz und die Roten nicht rot. Nun gelte es zu zeigen, dass die Grünen immer noch grün sind. Seine Partei, so begann er die Pressemeldung, wisse nach wie vor, wo sie stehe, und das sei auf der Seite der Interessen der Bürger und der Umwelt. Was man in den letzten Tagen im Rathaus ausgeklüngelt habe, sei aber weder im Interesse der Bürger noch in dem der Umwelt. Vielmehr würden hier Unsummen für ein paar alte Steine herausgeworfen. Für den Tunnelbau würde nun noch mehr Landschaft verbraucht als geplant und das sei bereits zu viel gewesen. Seine Partei fordere eine komplette Neukonzeption für die Rheinüberquerung. Noch sei es nicht zu spät, noch könne man mit der nötigen Flexibilität zu neuen kreativen Lösungen kommen. Seine Partei stände bereit, im Interesse der Bürger eine Koalition der Vernunft im Ratssaal mitzutragen.

Als er seine Pressemeldung noch einmal durchlas, war er stolz auf sich. So gut war er noch nie gewesen. Diese Sätze müssten ihn eigentlich für den Bundestag qualifizieren. Auch ein Außenminister konnte so etwas nicht besser formulieren. Es sollte gelingen, eine Neuwahl zum Stadtrat zu erreichen, das Wählerforum herauszudrängen und mit der SPD eine Koalition zu bilden, die dem OB dann das Leben schwer machen würde. Und er, Michael Rot-Bäumler, würde zunächst die Fachbereichsleitung Kultur und später ein frei werdendes Dezernat übernehmen. Man müsste nur die SPD davon überzeugen, dass es auch ohne die CDU ginge, sogar besser ginge. Als er versuchte, den Fraktionsvorsitzenden der SPD zu erreichen, stellte sich heraus, dass der bis zum Nachmittag nicht erreichbar war.

Balduin Sonntag war über die Vorgänge im Rathaus nicht informiert worden. Seit seinem Fauxpas beim Fanfarenzug galt er als Sicherheitsrisiko. Als Ortsvorsteher war er unersetzlich, außerdem hatte er sich über viele Jahre Verdienste für die Partei erworben. Aber wer konnte ausschließen, dass er noch einmal der alten Weisheit „in vino veritas" recht geben würde. Also blieb er außen vor und das war ihm ganz recht so. Denn zum einen war dies seine letzte Amtszeit und er brauchte nicht ständig Erfolge vorweisen. Zum anderen war er dadurch wesentlich freier in seinem Reden und Handeln, bis hin zu der Freiheit, nichts zu sagen und nichts zu tun. Mit einer großen Koalition im Rathaus würde allerdings sein Lebenswerk zerstört. Ein Leben lang hatte er dafür gekämpft, dass man mit den Sozis keine gemeinsame Sache machte. Wenn der Wagner nun aus bloßem Selbsterhaltungstrieb heraus eine andere Linie fahren wollte, dann aber ohne ihn. Eine große Koalition war eines gestandenen CDU-Politikers unwürdig. Kiesinger hatte einmal diesen Fehler gemacht und er hatte es gebüßt. Dann lieber mit Anstand gehen oder aber politisch geschickter agieren. Dann lieber eine Koalition mit den Grünen, auch die waren käuflich. Mit dem richtigen Posten konnte man selbst so einen wie den Rot-Bäumler zum Schweigen bekommen. Also doch die Basilika beiseite räumen. Er würde einmal mit dem Dekan und dem Bischof sprechen. Wenn der Bischof sein Plazet gäbe, dann müsste das politisch und gesellschaftlich umsetzbar sein. Er war sich seiner Sache sicher: Der Bischof würde es lieber in Kauf nehmen, dass man diese Basilika zerstörte als dass es zu einer großen Koalition mit den Sozis käme.

Bernd Berger las die Zeitung an seinem Arbeitsplatz bei den Stadtwerken. Wie oft hatte er an diesem Schreibtisch gesessen und davon geträumt, den Job drei Stockwerke über ihm zu übernehmen? Die Leitung der Stadtwerke war, wenn man es realistisch betrachtete, ein politischer Job. Sicher musste man Fachmann für dieses Aufgabengebiet sein, irgendwie, und das war er ja auch, irgendwie. Aber es war wichtig, dass man zum Zeitpunkt der Neubesetzung der richtigen Partei angehörte, nämlich der Mehrheitspartei im Rathaus. Das war nun über viele Jahre hinweg die CDU. Da war er auch schon einmal

Mitglied gewesen. Nun würde die SPD an Einfluss gewinnen, auch da war er einmal Mitglied. Im Moment war er parteilos, aber das könnte man ja ändern. Hauptsache war, dass er für diesen Job qualifiziert war, und das war er seiner Meinung nach. Außerdem hatte er mit der Gründung der Interessengemeinschaft „Menschliches Rheinufer" strategisch auf das richtige Pferd gesetzt. Er hatte sich zum Fürsprecher der Interessen der Menschen in der Südstadt gemacht. Der dortige Tunnelbau würde nun über die politische Zukunft in der kleinen Großstadt entscheiden. Da müsste etwas für ihn drin sein. Aber was — und wie?

Nach einigem Nachdenken wurde ihm klar, dass er nur eine Möglichkeit hatte. Angenommen die Koalition von CDU und SPD hielte, dann würde man ihn nicht mehr brauchen. Käme es zu einer Auflösung des Stadtrates und einer Neuwahl, wären die Mehrheiten unsicher und er wüsste nicht, in welche der beiden großen Parteien er schnell wieder eintreten sollte. Für die Grünen war er sich zu fein, die FDP hatte eh keine Chance. Es blieb also nur das Wählerforum, die brauchten sowieso eine kompetente Führungsgestalt. Er griff zum Telefonhörer und wusste nicht, in welchem Café er anrufen sollte.

15

Katia Bechstein hatte nicht schlecht geflucht, als bei
ihr morgens um halb sechs das Telefon klingelte. Ob das
schon wieder einer von diesen Verrückten war, die belie-
big irgendwelche Telefonnummern wählten, mit Vorliebe
in der Nacht, um schwer arbeitenden Mitmenschen die
Nachtruhe zu rauben? Sie war überzeugt, noch zu träumen, als sie am anderen Ende die Stimme von Franz Seyfert hörte, der sie bat, zur Baustelle an den Rhein zu kommen.

„Wissen Sie, wie spät es ist?", fragte sie ihn.

„Auf meiner Uhr ist es jetzt kurz nach halb sechs."

„Ich war bis zehn Uhr in der Redaktion", gab sie empört zurück.

„Ich habe auch nur drei Stunden geschlafen. Kommen Sie trotzdem. Hier ist irgendetwas faul. Jemand hat
versucht, die Fundamente der Basilika zu zerstören."

An diesem Morgen hatte er beim Joggen wieder den
Umweg über die Baustelle gemacht. Schon von Weitem
sah er das Gerüst, das man über der Fundstelle aufgebaut
hatte. So früh am Morgen waren noch keine Schaulustigen da, überhaupt hatte das Interesse im Laufe der letzten
Wochen ein wenig nachgelassen. Die Basilika war zu einem selbstverständlichen Bestandteil der Stadt geworden
und die Ungewissheit über ihr Schicksal ebenso. Die letzte Nacht war wieder schrecklich gewesen, kaum Schlaf,
früh aufgewacht, im Bett herumgewälzt, um fünf Uhr die
Zeitung gelesen, mit Kopfschmerzen aufgestanden und in
den Jogginganzug gestiegen. Die Sonne ging gerade auf,
es war noch kühl, ein leichter Sommerregen hatte seit
dem Vorabend die Erde angefeuchtet. Deshalb fiel es ihm

zunächst gar nicht auf, dass rund um die Fundstelle der Boden dunkel und nass war. Beim näheren Hinsehen bemerkte er, dass sie von Wasser durchtränkt war und sich an einer Stelle ein Wasserschwall aus dem Tunnelgraben ergoss. An dem Ort, an dem das große Rohr zum Absaugen des Grundwassers in eine Vertiefung eingelassen war, quollen Wassermassen hervor und ergossen sich über die Fundamente. Diese waren zum Teil schon unterspült und an einer Stelle zusammengebrochen. Das Wasser floss zu beiden Seiten der Steine entlang und zog allen Sand unter ihnen weg. Seyfert ahnte, dass es nur noch eine Frage von ein, zwei Stunden wäre, bis aus den Fundamenten wirklich nur noch ein Haufen Steine würde. Dann konnte man sie auf zwei großen Lastwagen ins Museum bringen – oder auf die Abraumhalde.

Als Katia Bechstein sich dem Rheinufer näherte, sah sie schon von Weitem das Blaulicht der Einsatzwagen. Der Berufsverkehr hatte noch nicht begonnen, sie hatte nur zehn Minuten gebraucht. Franz Seyfert stand klitschnass neben einem Polizeiwagen, zusammen mit einem jungen Polizisten, der nicht weniger nass war. Die beiden waren dem Verlauf des Rohres, aus dem das Wasser in die Baugrube schoss, bis zu einer Pumpstation gefolgt, hatten mit einem der herumliegenden Armierungseisen das Vorhängeschloss an der Tür geknackt und versucht, das richtige Ventil zu finden. Beim Zudrehen riss die Dichtung und die Pumpstation wurde zusammen mit den beiden Männern unter Wasser gesetzt. Man hatte den beiden Decken umgelegt, denn für ein Bad war es an diesem Morgen zu kühl und das Rheinwasser, das in die Baugrube gepumpt worden war, zu kalt.

Seyfert und Bechstein betrachteten zusammen mit den Polizisten, was passiert war. Das Wasser hatte sich weitgehend verlaufen, aber die Fundamente waren schwer beschädigt. Nun brauchte es ein wenig Fantasie, um darin den Grundriss einer Basilika zu erkennen. Es wurde damit deutlich, dass die Fundamente nicht mehr sehr tragfähig gewesen waren. Für den Aufbau der Kirche hätte es auf jeden Fall umfangreicher Stabilisierungsarbeiten bedurft. Aber eins war allen klar: Das war kein Zufall und kein Missgeschick gewesen. Die Rheinbau AG hatte dieses Rohr bewusst in die Nähe der alten Fundamente gelegt, um von dort nachdringendes Grundwasser in den Rhein abpumpen zu können. Das hatte bisher gut funktioniert. Heute Nacht aber war das Wasser in die verkehrte Richtung gepumpt worden, aus dem Rhein in die Baugrube, sodass es mit ziemlicher Gewalt an den Fundamenten entlang lief und sie langsam, aber sicher aus ihrer Verankerung riss. Bis zum offiziellen Arbeitsbeginn wäre hier nur noch Geröll gewesen.

Die Information der Stadtverwaltung und der Kriminalpolizei überließen die beiden den Einsatzbeamten.

„Soll ich Sie nach Hause fahren? So nass, wie Sie sind, sollten Sie besser nicht weiter joggen", bot Katia Bechstein an.

„Ich habe auch noch genug für ein Frühstück zu Hause", nahm Seyfert das Angebot an, und mit einem ironisch charmanten Lächeln fragte er: „Oder haben Sie schon gefrühstückt?"

Während Franz Seyfert unter der Dusche stand, versuchte sich Katia Bechstein an der Kaffeemaschine. Kaum lief das Wasser durch, hängte sie sich ans Telefon und erledigte einige Telefonate. Als gute Journalistin wusste sie, was sie mit der Situation anzufangen hatte. Die Angelegenheit an der Baustelle war eine heiße Sache: Sabotage, Zerstörung von Kulturgut, was auch immer. Sie würde nicht die erste sein, die die Meldung bringen konnte, die Radiostationen und vielleicht das Fernsehen würden schneller sein. Bis zum Abend hätte sie Zeit, um zu recherchieren und für morgen einen guten Artikel zu schreiben. Im Moment aber konnte sie sich mit ihrem Informationsvorsprung Freunde machen und die anrufen, für die diese Sache interessant war. Den Leiter ihrer Lokalredaktion würde sie erst in einer halben Stunde erreichen, aber den Kollegen von der Fotoagentur störte sie beim Frühstück und schickte ihn sofort an die Baustelle. Dann nahm sie ihr Telefonverzeichnis heraus, rief die beiden lokalen Radiostationen und das Fernsehen an, die evangelischen und katholischen Nachrichtenagenturen und dpa. Wenn sie keinen persönlich erreichte, hinterließ sie eine Nachricht und ihre Handynummer auf dem Anrufbeantworter.

Nach fünfzehn Minuten war sie mit dem Telefonieren fertig, der Kaffee stand auf dem Tisch und Franz Seyfert saß ihr sauber und fast trocken gegenüber. Er sah wie bei ihrer ersten Begegnung den kurzen leichten Schwung des Kopfes, mit dem sie immer wieder ihre rötlichen Haare aus dem Gesicht fegte. Er sah ihr zartes, energisches Gesicht, das jeden Satz am anderen Ende der Telefonleitung mit einer Geste oder einem Grinsen kommentierte, mit den hochgezogenen Augenbrauen der Ungeduld, dem skeptischen Wackeln des Kopfes, dem zufriedenen Lächeln und dem erschöpften Ausatmen bei der Suche nach der nächsten Telefonnummer. Seyfert hatte seinen Kaffee schon fast ausgetrunken, als sie ihr Handy endgültig beiseite legte.

Hatte bis jetzt die Hektik der sich überstürzenden Ereignisse ihrem Handeln eine gewisse Selbstverständlichkeit verliehen, so brach nun der Moment der Befangenheit an. Sie schauten einander für einige Minuten abwechselnd über den Rand ihrer Kaffeetassen an oder in den weitgehend naturbelassenen Garten. Keiner von beiden wusste einen passenden Anfang für ein Gespräch über das, was eigentlich zwischen ihnen gesagt werden musste. Bis Katia Bechstein eine Klärung des persönlichen Verhältnisses für den Moment aufgab und auf die Steine zu sprechen kam, die sie nun schon zum zweiten Mal zusammengeführt hatten.

„Haben Sie eine Idee, wer dahinter stecken könnte?", frage sie neben ihrer Kaffeetasse heraus.

„Wir waren schon einmal beim Du." Franz Seyfert schien die Prioritäten in dem Gespräch anders setzen zu wollen, hatte bis jetzt aber noch keinen Anfang gefunden.

„Okay, hast du eine Idee, wer dahinter steckt?", ging Katia Bechstein mit einem skeptischen Stirnrunzeln auf seinen Einwand ein.

„Wer hat einen Vorteil davon, wenn die Fundamente zerstört sind?", fragte er zurück. „Wem passt das in den Kram?"

„Der Stadtverwaltung, die Geld spart, und der Rheinbau AG, die in ihrem Zeitplan bleibt", sinnierte Katia Bechstein.

„Und Michael Rot-Bäumler!", ergänzte Franz Seyfert. „Für ihn ist das vielleicht sogar ein heroischer Akt auf dem Weg zu mehr Gerechtigkeit auf dieser Welt, eine wichtige Etappe im Kampf für die Trennung von Kirche und Staat, die entscheidende Schlacht gegen die verborgene Vorherrschaft des Klerus in dieser Welt."

„Du scheinst ihn nicht zu mögen?", fragte Katia mit gespieltem Erstaunen.

„Darüber habe ich noch gar nicht nachgedacht. Ich finde ihn lediglich dumm und arrogant."

„Also ist die Riege der Verdächtigen auf drei angewachsen." Katia biss mit Appetit in ihren Toast. Ihr Journalistenblut reicherte sich mit Adrenalin an.

16

Sie war schon sehr unterschiedlich von den verschiedensten Vorzimmerdamen behandelt worden. Meist stand die Arroganz dieser Damen im umgekehrt proportionalen Verhältnis zum Einkommen ihrer Chefs, vermutlich deshalb, weil mit dem Niveau des Chefs das Aussehen der Sekretärin eine geringere Rolle spielte und dafür Bildung und Stil mehr Beachtung fanden. Vielleicht war sie auch nur ein besonders guter Sensor, denn wenn eine Dekanin um einen Gesprächstermin bat, wusste noch lange nicht jede Sekretärin, was sie sich unter dieser Amtsbezeichnung vorzustellen hatte. In diesem Sekretariat jedoch bewegten sie sich auf höchstem Niveau. Zwar war es nicht leicht gewesen, einen Termin zu bekommen, aber sie war mit ausgesuchter Höflichkeit und Verbindlichkeit behandelt worden, und man hatte sich wirklich Mühe gegeben, im Kalender des Vorstandsvorsitzenden eine Lücke von einer halben Stunde zu finden.

Vorstandsvorsitzende international agierender Firmen sind wahrlich nicht die alltäglichen Gesprächspartner einer Dekanin, aber als sie bei dem für den Standort in der kleinen Großstadt zuständigen Vorstandsmitglied vorsprach, schlug dieser vor, doch lieber gleich mit den Vorsitzenden zu sprechen. Er würde auch dazu kommen.

So saßen nun zwei Frauen auf den Besuchersesseln in dem geräumigen Vorzimmer. Der Blick auf den Rhein war genauso fantastisch wie der über das Werksgelände. Auch Industriearchitektur kann schön sein: die Symmetrie der Werkhallen, die schlangenförmig gewundenen Anlagen für die Energieversorgung, der Fächer der Verladegleise und die bunte Wiese der fertig beladenen Wagen. Von hier oben hatte man einen guten Blick auf das

Kundencenter, von wo aus ein Besuch im Werksmuseum, eine Werksführung und ein Imbiss im Restaurant möglich waren.

An der Wand, der Eingangstür gegenüber, befand sich die Ikonostase mit den Bildern der Vorstandsvorsitzenden seit Gründung der Firma, beginnend mit einem chemischen Tüftler, über einen Nobelpreisträger, bis hin zu den Chemikern und Juristen der Nachkriegszeit. An der anderen Wand die Fotos der unterschiedlichsten Produkte, die aus den Substanzen, die das Werk produzierte, hergestellt wurden.

Katia Bechstein hatte sich für einen Kaffee entschieden, während die Dekanin einen Orangensaft trank. Dieser Termin war das Ergebnis einer langen Nacht mit Franz Seyfert und eines intensiven Gesprächs mit seiner Dekanin gewesen. Die Nacht mit Franz war in doppelter Weise eine gelungene gewesen, zum einen, weil sie eine Idee entwickelten, wie man mit dem Fundament der Basilika verfahren könnte, sodass allen – hoffentlich – Genüge getan wäre. Zum anderen, weil sie den Leberfleck neben seinem Bauchnabel entdeckte.

Es waren hektische Tage nach der Sabotage an der Baustelle gewesen. Noch am selben Tag vernahm die Polizei Baustellenleiter Pichler. Dem war die ganze Angelegenheit ein Rätsel. Er wusste nicht, wie das passieren konnte. Irgendjemand musste in der Nacht in das Pumpenhaus eingedrungen und die Laufrichtung der Pumpe verkehrt haben, sodass das Wasser in die Baugrube hinein, anstatt aus ihr heraus gepumpt worden war. Eigentlich hatte niemand Zutritt zu dem Pumpenhaus, der Schüssel hing in seinem Container. Sicher hätte ihn dort jemand wegnehmen können, aber das wiederum hätte er sehen müssen. Der Container wurde beim Verlassen immer abgeschlossen. Es war ihm unerklärlich. Was denn jetzt mit den Resten des Fundaments geschähe, wollte er wissen, ob er sie wegräumen lassen sollte? Hier werde zunächst einmal gar nichts verändert, ordnete der Polizist an.

Katia Bechstein blieb der Angelegenheit den ganzen Tag lang auf der Spur. Die wesentlichen Fakten waren bis zum Abend geklärt, aber das Ergebnis war unbefriedigend. Dieter Pichler war zunächst einmal der erste Verdächtige. Er war im Besitz des Containerschlüssels und hatte jederzeit Zutritt zum Pumpenhaus. Sein Alibi war jedoch wasserdicht. Er hatte den Nachmittag zuvor am Firmensitz verbracht, hatte in einem Hotel übernachtet und war dort um 6.00 Uhr durch einen Anruf von der Baustelle aus dem Schlaf gerissen worden. Die Schlüssel seines Wagens hatten die Nacht über an der Rezeption gelegen. Er hätte die Fahrt unter Umständen mit einem anderen Auto machen können, aber darauf deutete nichts hin. So war er zum Beispiel nicht vom Nachtportier beim Verlassen des Hotels gesehen worden. Der Zweitschlüssel für den Container hatte die Nacht im Container selbst verbracht.

Bei ihrem Anruf bei der Polizei am Abend kurz vor Redaktionsschluss erfuhr sie nichts Neues. Die Fingerabdrücke am Pumpenhaus waren nicht aussagekräftig, zu viele verschiedene von zu vielen verschiedenen Personen, wie nicht anders zu erwarten, dazu viele verwischte, weil doch meist Arbeitshandschuhe getragen wurden.

Die Tür des Arbeitszimmers öffnete sich fast pünktlich. Zusammen mit dem Vorsitzenden trat dessen Vorstandskollege heraus. Beide begrüßten die Frauen äußerst höflich und baten sie herein. „Herr Meroweit hat mich schon ein wenig vorinformiert, Frau Dekanin. Es geht um den Fund einer spätantiken Basilika hier in der Stadt. Ich hatte davon gelesen. Sie haben die Sache genau verfolgt, Frau Bechstein."

Man nahm in einem sachlich ausgestatteten Besprechungszimmer Platz. Die Wände waren geschmückt mit großformatigen Industriefotos eines berühmten Fotografen: Verticals of a factory. Sie zeigten Fließbänder und Leitungsstränge, Dachkonstruktionen, Eisenbahngleise und Tankschiffe.

Der Vorstandsvorsitzende war ein grauhaariger Mann Ende fünfzig mit einem Spitzbauch, den sein Maßanzug nur unzulänglich zu kaschieren vermochte. Mit seiner etwas zu groß geratenen Nase und der ausgeprägten Hinterhauptglatze war er keine Schönheit, aber diesen Mangel ersetzte er durch eine gewinnende Rhetorik und souveränes Auftreten. Sein Kollege Meroweit war nicht wesentlich jünger, strahlte aber durch seine athletische Gestalt und die glatten Gesichtszüge eine gewisse Jungenhaftigkeit aus.

„Vielleicht darf ich die Sache noch einmal mit wenigen Sätzen darstellen", begann die Dekanin. „Der Fund liegt jetzt einige Wochen zurück, einer meiner Kollegen hat diese Entdeckung bei seinem morgendlichen Fitnesslauf gemacht." Sie kräuselte die Stirn. „Als die Identifizierung als Fundamente einer Basilika, einer Bischofskirche, aus dem vierten Jahrhundert feststand, begann das Problem. Der Fundort liegt genau auf der Trasse des neuen Tunnels, der die Zufahrt zu ihrem Werk von der anderen Rheinseite her erschließen soll. Wie schwierig die Entscheidung für diese Baumaßnahme im Stadtrat gewesen ist, wissen Sie sicher."

Der Vorstandsvorsitzende wusste auch, wie viel Zeit seine Mitarbeiter damals aufwenden mussten, damit diese Entscheidung schließlich so fiel, wie sie dann fiel.

„Zwischenzeitlich hat es dann einen unschönen Versuch gegeben, das Problem zu lösen", fuhr die Dekanin fort, „er konnte aber zum Glück früh genug vereitelt werden."

Sie machte eine kleine Kunstpause. „Wir kommen nun mit einem Vorschlag zu Ihnen, der zugleich eine Bitte ist. Wir möchten Ihnen vorschlagen, sich dieser Sache in der Weise anzunehmen, dass Sie der Stadt bei der Lösung der finanziellen Probleme unter die Arme greifen. Dabei könnte der Weg folgendermaßen aussehen: Die Fundamente werden an ihrem jetzigen Standort abgetragen – sie sind nach dem Sabotageakt sowieso aus ihrer ursprünglichen Lage gebracht – und werden an anderer Stelle wieder aufgebaut. Es ist keineswegs sinnvoll und erst recht nicht notwendig, die Kirche wieder aufzubauen. In dieser Hinsicht bin ich anderer Meinung als die Mehrheit unserer Bezirkssynode, aber einer Meinung mit meinem katholischen Kollegen, von dem ich grüßen soll. Er konnte wegen einer Beerdigung leider nicht mitkommen." Sie kräuselte noch einmal die Stirn. „Es würde genügen, sie so wieder zusammenzustellen, wie sie in der Baugrube gefunden wurden, auf einem angemessenen Platz mit einer entsprechenden Informationstafel."

„Wissen Sie schon, mit welchen Kosten zu rechnen sein wird?", fragte Meroweit nach.

„Da kann ich Ihnen noch nichts Genaues sagen, aber es wird sich um einige Hunderttausend Euro handeln."

„Kein kleines finanzielles Engagement also", wandte der Vorstandsvorsitzende ein.

„Nein, bestimmt nicht. Es bewegt sich auf dem Niveau dessen, was Sie für den Bischofsdom in Speyer ausgegeben haben", kam es zurück.

„Ich habe Sie schon verstanden." Der Vorstandsvorsitzende lächelte gutmütig. „Ich bin Ihrer Meinung, unsere Stadt, der Stammsitz unseres Werkes, müsste uns das wert sein."

„Nun, was Ihnen diese Stadt wert ist, das können nur Sie entscheiden." Wir wollen doch nicht zu freundlich miteinander umgehen, dachte die Dekanin und fuhr fort.

„Aber eine positive Entscheidung Ihrerseits würde der Verankerung Ihrer Firma im direkten Umfeld sicher dienlich sein."

„Und Sie haben mit Frau Bechstein eine Journalistin mitgebracht, damit eine negative Entscheidung unsererseits morgen früh bereits in der Zeitung steht?", gab der Vorsitzende in kühlem Ton zurück.

„Ein negative Entscheidung Ihrerseits liegt für mich außerhalb des Bereichs des Denkbaren", antwortete die Dekanin nicht ohne eine gewisse Schärfe. Männer wie der Vorstandsvorsitzende tasteten gerne die charakterlichen Qualitäten ihres Gegenübers ab. Sie brauchte Widerstand, um nicht die Achtung vor ihrem Gesprächspartner zu verlieren.

„Da schätzen Sie die Situation durchaus richtig ein. Aber warum haben Sie dann Frau Bechstein mitgebracht?"

„Frau Bechstein hat einen nicht unwesentlichen Anteil daran, dass eine Rettung der Grundmauern überhaupt noch möglich ist", antwortete die Dekanin.

„Ich werde die Informationen aus unserem Gespräch nicht verwenden, oder nur die, die Sie freigeben", schaltete sich Katia Bechstein in sachlich bestimmen Ton ein.

„Nun, wie gesagt, Herr Meroweit hatte mich bereits vorinformiert." Der Ton des Vorstandsvorsitzenden war wieder ins Joviale umgeschlagen. „Außerdem haben wir die Angelegenheit bereits im Vorstand besprochen. Wir werden uns in diesem Bereich engagieren, und zwar nicht unwesentlich. Wir werden die gesamten Kosten für die von Ihnen vorgeschlagene Maßnahme übernehmen und dies als ein Geschenk unserer Firma an die Bürger der Stadt zu deren Geburtstag ansehen."

Mit einem Augenzwinkern fügte Meroweit hinzu: „Allerdings wird dies die Gewerbesteuereinnahmen der Stadt negativ beeinflussen, einmalig auf jeden Fall, denn wir können eine solche Ausgabe steuerlich geltend machen." Nach einer kurzen Pause fügte er hinzu: „Wir sind außerdem bereit, ein Grundstück für den Wiederaufbau der Grundmauern zur Verfügung zu stellen. Wir dachten an den großen Platz vor unserem Tor 2. Er gehört unserer Gesellschaft und wartet schon lange auf eine entsprechende Gestaltung."

Ganz schön raffiniert, dachte Katia Bechstein. Welches moderne Industrieunternehmen kann schon eine antike Basilika sein eigen nennen?

Die Dekanin dachte nichts anderes, aber sie antwortete. „Nun, dann kommen die beiden Anfänge unserer Stadt wieder zusammen: ihr Anfang in der Antike und ihr Anfang in der Neuzeit, die steinerne Basilika, das einzige erhaltene Zeugnis der antiken Stadt am Rhein, und das große Chemiewerk, der Ursprung unserer modernen Stadt. Ich denke, das ließe sich nach außen vertreten und für die Stadt wie für das Werk im Rahmen des Marketings verwerten."

So ganz gefiel ihr diese Lösung nicht, sie hätte die Grundmauern lieber irgendwo anders in der Stadt gesehen. Aber wer das Geld gibt, der muss auch mitreden dürfen – und hier ging es um viel Geld. Lieber ein schneller akzeptabler Kompromiss als eine lange fruchtlose Grundsatzdiskussion.

„Dann möchte ich mich bei Ihnen sehr herzlich bedanken." Katia Bechstein vergaß all die Kapitalismuskritik, die ihr seit ihrem Studium in Fleisch und Blut übergegangen war. „Aber", und nun regte sich gleich wieder die Journalistin in ihr, „bis wann dauert die Sperrfrist für diese Meldung?"

„Die Sperrfrist ist in einer halben Stunde aufgehoben, dann gibt unsere Presseabteilung eine entsprechende Meldung heraus", antwortete Meroweit.

„Ich nehme an, Sie haben nicht mehr viel Zeit und müssen gleich weg." Bechstein wandte sich direkt an den Vorstandsvorsitzenden. „Könnten Sie mir vielleicht noch ein paar Fragen beantworten?"

Der Vorstandsvorsitzende gewährte ihr mit einem generösen, aber nicht ganz uncharmanten Lächeln ein Exklusivinterview, während sich die Dekanin von Meroweit den Blick über das Werk erläutern ließ. Nach genau einer halben Stunde verließ ein zufriedenes Doppelpack an Frauenpower die Vorstandsetage und ließ zwei Männer mit dem Gefühl zurück, wichtig zu sein und etwas Gutes getan zu haben.

17

Der Wagen des Bundespräsidenten und die ihn begleitende Kolonne der Sicherheitscrew drohte zu früh zu kommen. Zu spät kommen, das verzeiht einem Bundespräsidenten jeder, aber zu früh, das war unmöglich. Denn seine Ankunft bedeutete den Beginn. Alle hatten da zu sein, wenn der ranghöchste Bürger vorfuhr. Genau genommen hatte das gar nichts mit dem Protokoll zu tun. Über das hätte sich dieser als volksnah geltende Präsident liebend gern hinweg gesetzt. Aber es waren wieder diese leidlichen Sicherheitsfragen, die keinen anderen Ablauf zuließen. Man wollte sicher sein, dass alle geladenen Gäste eingetroffenen waren und die ungeladenen außen vor blieben. Es musste abgeklärt sein, dass keiner, den man wohl oder übel noch einlassen musste, noch käme. Dann war der Sicherheitsscheck abgeschlossen und der Präsident konnte vorfahren.

Der Platz vor Tor 2 war nicht wiederzuerkennen. Das Werk hatte keine Kosten gescheut, die Grundmauern der Basilika exakt so wieder aufzubauen, wie die Archäologen vom Landesamt für Denkmalpflege es gewünscht hatten. Darüber war eine lichtdurchflutete Halle errichtet worden, deren Tragepfeiler aus Stahl Stilelemente der Romanik aufnahmen, eine architektonische Meisterleistung, die Vereinigung von Romanik und Industriearchitektur. In dem Bauwerk gab es einen Informationsbereich, der den Fund der Basilika dokumentierte und Frau Dr. Sturmhoffs computeranimierte Präsentation wiedergab. Eine Audioführung erläuterte die ausgestellten Stücke zur Geschichte der Landschaft, der Stadt und des Chemiewerkes. In der Mitte der domartigen Halle befanden sich die Grundmauern. Von geharktem Kies umgeben wirkten sie steril und würdevoll zugleich. Hunderte kegelförmige Buchssträucher waren symmetrisch über die Fläche verteilt. Die Stadt hatte ihr lang gewünschtes neues Stadtmuseum erhalten und die Fabrik ihr Werksmuseum. Dieser Bau sorgte bundesweit für Aufsehen und so konnte der Bundespräsident für den Einweihungsakt gewonnen werden.

Man saß in drei Reihen um die Steine herum. Das kleine Streichorchester hatte sich in der Apsis platziert, das Rednerpult stand dort, wo früher einmal die Cathedra des Bischofs gestanden haben musste. Es begann mit der Suite Nr. 3 in D Dur von Johann Sebastian Bach, Satz 1: Ouvertüre und Satz 2: Air. Die Halle war ein wenig abgedunkelt und die Sandsteine der Grundmauern waren stimmungsvoll angeleuchtet. Mit einem Mal zog Geschichte in die kleine große Industriestadt ein.

Der Vorstandsvorsitzende ließ es sich nicht nehmen, selbst die Begrüßung der Gäste und die Einführung in die spätnachmittagliche Veranstaltung vorzunehmen. Er trat professionell gelassen an das Rednerpult, ließ seinen Blick über die Halle und abschließend über die Reihe der Ehrengäste schweifen und sprach mit seinem sonoren Bass, der für seinen Aufstieg in die Führungsetagen so hilfreich gewesen war.

„Sehr geehrter Herr Bundespräsident, es ist uns eine große Ehre, dass Sie heute zur Einweihung dieser Halle, die ein wichtiges Stück Geschichte unserer Stadt beherbergt und die zugleich in die Anfänge und Entwicklung unseres Werkes einführt, gekommen sind. Wir empfinden dies als eine besondere Würdigung dieses außergewöhnlichen Projektes."

Die Begrüßung nahm ihren langen Verlauf. Der Vorstandsvorsitzende verstand es immer wieder, geschickt zwischen die Namen der Gäste Informationen einzustreuen, Informationen über die Stadt und die Beziehungen zum Werk, über die Kirchen und ihr gewachsenes Verständnis für wirtschaftliches Denken, über die Landesregierung und ihren Beitrag zur Standortsicherung, über die Bundesregierung und die Desiderata an die Wirtschaftspolitik. Er konnte höfliche, aber deutliche Worte wählen, denn er wusste, dass ihm heute niemand widersprach, laut sowieso nicht, aber noch nicht einmal im vertrauten Gespräch beim anschließenden Sektempfang. Denn mit diesem nicht unbedeutenden finanziellen Engagement hatte sich das Werk für die nächsten drei bis fünf Jahre ein Moratorium bezüglich eventueller Infragestellungen erkauft. Selbst die Vertreter der Gewerkschaften würden vorsichtig sein müssen, wollten sie sich nicht den Volkszorn zuziehen, denn der Bau dieser Halle war ein unumstritten populäres Projekt geworden.

Es folgten die restlichen drei Sätze jener Suite von Bach, bevor ein glücklicherweise rhetorisch versierter Historiker in das vierte nachchristliche Jahrhundert einführte, um den Bau der Basilika in den angemessen weltgeschichtlichen Zusammenhang zu stellen. Dabei wartete er mit einer Überraschung auf. Inzwischen sei ein Streit der Historiker ausgebrochen, so berichtete er, auf welcher Rheinseite denn nun die Basilika und damit die dazugehörige Stadt zur Zeit der Erbauung gelegen haben musste. Zwar sprachen die Erkenntnisse über die Veränderungen des Rheinverlaufs für das rechtsrheinische Ufer. Jedoch befanden sich im vierten nachchristlichen Jahrhundert Städte von einer Größe, wie sie in diesem Fall vorauszusetzen sei, nur auf der linken Rheinseite, weil der Fluss zu jener Zeit die Ostgrenze des Römischen Reiches darstellte. Seiner Meinung nach habe die Basilika also auf der gleichen Seite des Rheins gestanden, auf der heute die kleine Großstadt liegt. Ein zustimmendes Murmeln gefolgt von einem tosenden Applaus ging durch die Menge.

Albinonis Adagio gab der Trauer über den Verlust so vieler historischer Zeugnisse Ausdruck. Dann durfte Frau Dr. Sturmhoff ihre Erkenntnisse und ihre Präsentation vorführen, stilvoll untermalt von Pachelbels Kanon, der den Spannungsbogen dieser Reise durch die Jahrhunderte geschickt aufnahm.

Nun galt es nur noch die unvermeidlichen Grußworte zu überstehen. Um die Zuhörer wach und bei Laune zu halten, hatte man ein Blechblasquintett engagiert, das es vermochte, klassische Musik nahtlos in moderne Stilformen zu überführen, sodass gelegentlich die Beine mitwippten und der Beifall zunahm. Der Bundespräsident sprach von der Bedeutung der Geschichte im Allgemeinen und stellte klar, dass man nur mit einem Rückblick in die Vergangenheit die Gegenwart verstehen und die Zukunft gestalten könne. Der Ministerpräsident hatte den Vorstandsvorsitzenden wohl verstanden und lobte dieses außergewöhnliche Engagement der Industrie. Der Oberbürgermeister wusste gar nicht, bei wem er sich alles bedanken sollte, was seine Rede ein wenig monoton werden ließ. Für die Kirchen sprachen die evangelische Dekanin und der katholische Dekan. Sie betonte die Bedeutung des Fundes und seiner Rettung für die Menschen in der Stadt und er betonte deren Bedeutung für die Kirche.

Während der Rede des Oberbürgermeisters hatte Volker Schmitt eine nicht mehr ganz neue Postkarte aus der Innentasche seines Sakkos gezogen. Die Vorderseite zierte ein Foto der Strandpromenade von Marbella, auf der Rückseite stand „Alles klar, Chef!". Dieter Pichler hatte sie ihm am Tag zuvor zugesteckt. Er lächelte zufrieden. Es war ein wenig anders gekommen, als sie gedacht hatten, aber es war völlig in Ordnung so.

Mit einem schmissigen „O when the saints go marchin' in" kam die Feierstunde nach knapp zwei Stunden zu ihrem Ende, und man verteilte sich an die Buffets in der Halle.

Wenn man nicht im Wesentlichen unter sich und überwiegend so würdevoll gewesen wäre, fast hätte man angesichts der ausgelassenen Stimmung unter der großen Glaskuppel von einem Volksfest sprechen können. Zunächst wandten die Gäste sich den Bedürfnissen des Leibes zu, in jeweils individueller Ausprägung, was für Balduin Sonntag bedeutete, dass er nach einer halben Stunde bereits sein drittes Glas Wein in der Hand hielt. Da es zurzeit keine Geheimnisse gab, die er hätte ausplaudern können – und wenn es sie gegeben hätte, so hätte er sie nicht erfahren – sah er auch keine Notwendigkeit, sich unnötige und unangenehme Beschränkungen aufzuerlegen. Er suchte sich zusammen mit Gerlinde Obermayer ein bequemes Plätzchen, und die beiden redeten über die guten alten Zeiten, als an der absoluten Mehrheit ihrer Partei noch niemand zu knabbern wagte, und gingen bald zu längst überfälligen „Du" über.

Frau Sonntag hatte Katia Bechstein gefunden, um gemeinsam über interessante Kochrezepte zu sprechen und die anwesende Politprominenz abzulästern. Die beiden tranken einen Kaffee nach dem anderen und fühlten sich dabei wohl, sich selbst nicht so ernst nehmen zu müssen.

Bernd Berger schlich die ganze Zeit um den Fraktionsvorsitzenden der SPD herum. Er suchte eine neue politische Heimat, vielleicht könnte die in dieser Partei sein, die nun endlich aus der Oppositionsrolle herausgekommen war und Zukunft haben könnte. Einen agilen, wendigen und öffentlichkeitswirksamen Mann wie ihn müsste jede Partei gebrauchen können.

Michael Holtzmann hatte seinen ersten Monat als Baudezernent gut hinter sich gebracht und benutzte die Gelegenheit, Kontakte zu knüpfen und Kontakte zu pflegen. Er wandelte zielstrebig durch die Halle und wäre dabei fast Michael Rot-Bäumler auf die Füße getreten, der mit verträumtem Blick um ein Topmodel herumschlich, das der Vorstand zur Dekoration des Festaktes engagiert hatte.

Nicht weit davon standen Liane Lambert und der Assistent des Vorstandsvorsitzenden, ein vielversprechender junger Wirtschaftswissenschaftler, der in spätestens zwei Jahren seine erste Leitungsaufgabe in diesem oder einem anderen Werk übernehmen würde. Die Sache mit der Chefin des Repräsentationsbüros würde vermutlich nicht klappen, hatte man ihr vor wenigen Tagen durch die Blume mitgeteilt. So konnte sie sich vorstellen, diesem attraktiven Mann ins Ausland zu folgen.

Der Oberbürgermeister schien sich nicht besonders wohlzufühlen. Mit diesem Festakt war zumindest eine Angelegenheit zu einem guten Abschluss gekommen. Allerdings war es der Öffentlichkeit nicht verborgen geblieben, dass nicht er es sich als Erfolg anrechnen konnte. Die Meinungsumfragen sahen ihn auf einem Tiefststand, seine Wiederwahl war äußerst unsicher geworden. Man hatte ihm nicht abgenommen, dass er mit der Sabotage auf der Baustelle nichts zu tun gehabt haben sollte. Das Gerücht wurde unausrottbar, als sich herausstellte, dass Baudezernent Zabel nicht wie ursprünglich angenommen zu einem Architektenbüro wechselte, sondern zur Rheinbau AG. Die Große Koalition war nicht zu vermeiden gewesen, auch wenn man sie für eine Umlegung des Tunnels gar nicht gebraucht hätte. Die SPD baute ihren Vorsitzenden bereits als Kandidaten für die Oberbürgermeisterwahl auf. Wagner hatte in manchem Stimmungstief ernsthaft reflektiert, das Amt aufzugeben und sich in seine Hütte im Odenwald zurückzuziehen, wenn er auf diese Weise nicht zugleich seine Pension verloren hätte. So schüttete er Seyfert und der Dekanin sein Herz aus, wäh-

rend sie freundlich lächelnd durch die Halle promenierten.

18

Franz Seyfert war froh, dass wieder Normalität in sein Leben eingekehrt war. Noch eine Ehrung stand ihm bevor, aber dann war hoffentlich Schluss. Der Basilika-Trubel hatte sich gelegt und auch der Trubel um ihn war weitgehend abgeebbt. In den vergangenen Monaten hatte er viel über diese eigentümlichen Spiele der Erwachsenen um Anerkennung, Ehre und Macht nachgedacht. Wie zart hatten sich die Netze der Verführung um ihn geschlossen? Wie hatte er sich geehrt gefühlt, wenn man ihn nur gebrauchen wollte? Wie spürte er die Entzugserscheinungen der Droge ‚mediale Wahrnehmung', als andere Themen die Basilika aus den Schlagzeilen verdrängten? Fast hätte ihn die Gier nach Ehre und Anerkennung, die in ihm wuchs und von anderen geschürt wurde, aus der Bahn geworfen. Seine Arbeit mit den Menschen, für die sich keine Öffentlichkeit interessierte, hielt ihn auf dem Boden – die in der Oststadt, die wohlhabenden und die gerade mit ihrem Geld auskamen, die frommen und die weniger frommen, die hoffnungsvollen und die verzweifelten. An diesem Tag erwartete ihn eine ungewöhnliche Ehrung.

Der Dom des Bischofs war die größte dreischiffige Basilika nördlich der Alpen, ihr Unterhalt kostete jährlich Hunderttausende, ihre jüngste Renovierung hatte Millionen verschlungen. Sie war einst der Ausdruck kaiserlicher Macht gewesen, mit der die eigene Größe und das Gottesgnadentum demonstriert werden sollten. Sie sprengte alle damals vorstellbaren Dimensionen und ragte mit monolithischer Unzerstörbarkeit über Jahrhunderte hinweg aus den schlammigen Straßen der Bischofsstadt heraus. Dank dieses Gebäudes blieben die Macht der weltlichen und später die der geistlichen Herrscher für lange Zeit unhinterfragt. Der Dom erschien den Pilgern als der Vorhof zum Himmel und den Bewohnern der Stadt als Trutzburg gegen Gefahren von außen. Heute war er ein Zeichen der Beständigkeit der katholischen Kirche, die schon viele Herrscher und Staatsformen hatte kommen und gehen gesehen, die auch diese Regierung und diese Staatsform überleben würde.

Aber vielleicht war das, was an diesem Tag in diesem altehrwürdigen Gebäude geschah, so etwas wie das Setzen eines ersten Bohrlochs für die Sprengung einer tragenden Säule dieser Kirche. Man würde sehen, ob mit diesem Akt nicht der schleichende Untergang eingeleitet würde oder nur ein Umbau, der letztlich zu mehr Stabilität und Bestand führen könnte. Keiner hatte sich die Entscheidung leicht gemacht, obwohl die konservativen Kreise des Domkapitels und der Diözesanverwaltung dem Bischof gerade dies vorwarfen. Man schob es auf sein Alter. In drei Wochen würde er seinen fünfundsiebzigsten Geburtstag feiern und hätte damit das Alter erreicht, in dem er dem Papst zum ersten Mal seine Demission anbieten dürfte. Nach dem, was der Bischof heute zu tun vorhatte, würde dieses Gesuch vermutlich angenommen werden. Vielleicht, so munkelten einige, gehe es ihm letztlich eben nur darum. Angeblich besaß der Bischof, der bis zum heutigen Tag als papsttreu und konservativ galt, soweit dies für einen deutschen Bischof überhaupt gelten konnte, ein Haus in der Provence, in dem er noch einige Jahre zu leben gedachte, falls der Papst es ihm erlaubte.

Die erste Reihe war mit der Prominenz besetzt. Als Vertreter des Landes war ein Staatssekretär aus dem Kultusministerium geschickt worden, für die evangelische Kirche saß deren Kirchenpräsident neben Oberbürgermeister Wagner, auf dessen anderer Seite der Vorstandsvorsitzende des Chemiewerkes. Überhaupt war die kleine Großstadt gut vertreten. Auf dem Platz am Mittelgang saß Franz Seyfert, neben ihm Katia Bechstein, heute ganz ungewöhnlich im kleinen Schwarzen und mit Ohrringen unter den roten Haaren. Zur Rechten, die erste Reihe fest im Okular, hatte sich ein Kamerateam des Landessenders positioniert, zur Linken warteten einige Fotografen auf ihren Einsatz.

Der Tag hatte für Franz Seyfert wie immer mit einem Lauf am Rhein entlang begonnen. Nichts war anders, als in den Tagen zuvor. Auf der Baustelle wurde emsig gearbeitet, die Schlucht für den Tunnelbau war vollständig ausgehoben, die Arbeiten gingen zügig voran. Seyfert hatte sich einen sauberen Jogginganzug aus dem Schrank genommen und übergezogen. Als er sich ein Taschentuch einstecken wollte, entdeckte er in der Hosentasche den Ring, den er in den Fundamenten der Kathedrale gefunden hatte. Er zog ihn heraus und betrachtete ihn zum ersten Mal richtig. Ein goldener Ring mit einem dunklen Stein. Was für ein Stein, das wusste er nicht, aber er sah aus wie ein Männerring, und er steckte ihn sich an den Finger. Er nahm ihn nicht ab, als er sich auf den Weg in den Dom machte.

Die Zeremonie begann mit der für die katholische Kirche typischen Farbigkeit der Gewänder und Fahnen, dem Einzug der Geistlichen, gefolgt von einer imposanten Schar an Messdienern und Messdienerinnen (auch eine der zweifelhaften Neuerungen dieses Bischofs), das Ganze unterstrichen von einem pompösen Orgelspiel, das selbst gestandenen Protestanten einen leichten Schauer den Rücken herunter laufen ließ. Eigentlich war dieser Aufwand an Personal ungewöhnlich, denn was nun bevorstand war keine Messfeier.

Nach dem musikalischen Vorspiel trat der Weihbischof an den Ambo und begrüßte die Gäste. Er hielt sich dabei an die protokollarisch richtige Reihenfolge, freilich an deren konservative Form, nach der die geistlichen Würdenträger vor den weltlichen genannt wurden. Als Letzten begrüßte er Franz Seyfert, dann folgten zwei Sätze aus einem Streichquartett.

Der Bischof trat vor und hielt in seiner bedächtigen und etwas müden Art die Laudatio auf den neuen Ordensträger. Er wisse wohl darum, welche Kritik es im Vorfeld an seiner Entscheidung gegeben habe. Er nehme die Bedenken seiner Mitbrüder durchaus ernst. Aber nach sorgfältigem Abwägen der Argumente sei er zu dem Schluss gekommen, dass dies die einzig richtige Entscheidung sei. Dabei gehe es ihm gar nicht darum, ein Zeichen der Ökumene zu setzen, auch wenn dies zugleich geschehe. Noch weniger gehe es ihm darum, diejenigen vor den Kopf zu stoßen, die einer wohlgemeinten Trennung der Konfessionen das Wort reden. Nein, es sei ihm einzig und allein darum gegangen, ein Verhalten, das für die Kirche von größter Bedeutung sei, in angemessener Weise zu würdigen. Mit dem Fund der Basilika in der kleinen Großstadt und deren Datierung auf das vierte Jahrhundert sei seine Diözese in den Rang der ältesten Diözese Deutschlands aufgestiegen. Zwar stehe noch der allerletzte Beleg dafür aus, dass es sich bei dieser Basilika um eine Bischofskirche und damit um das Zentrum einer Diözese gehandelt habe. Er hoffe immer noch, dass im Zuge der Baumaßnahmen ein deutlicher Hinweis wie zum Beispiel ein Bischofsgrab gefunden würde. Aber auch jetzt schon seien die Archäologen sich zu über neunzig Prozent sicher, hier auf eine Bischofskirche gestoßen zu sein. Er handele im Interesse seiner Diözese und damit der ganzen weltweiten Kirche, und er habe dieses Vorgehen mit dem Papst persönlich abgestimmt (bei dieser Bemerkung ging ein Raunen durch den Dom, das sich in der Ecke der Vertreter des Domkapitels und der Diözesanverwaltung verdichtete), wenn er an Franz Seyfert den Orden Salvator Ecclesiae verleihe. Franz Seyfert stehe als evangelischer Pfarrer zwar nicht auf dem Boden der einen weltweiten katholischen Kirche, aber er habe mit seinem Verhalten gezeigt, wie sehr ihm eben diese eine weltweite Kirche am Herzen läge. Franz Seyfert habe zweimal durch beherztes Eingreifen die Relikte einer Bischofskirche, einer Kathedrale also, vor dem Verschwinden bewahrt und sei es deshalb würdig, diesen Orden eines Retters der Kirche zu tragen.

Franz Seyfert überhörte nicht die unverhohlenen Ansprüche in der Rede des Bischofs. Auf dessen Aufforderung hin trat er jedoch nach vorne, um den Orden in Empfang zu nehmen. Der Bischof verlas die Urkunde, und als er ihm den Orden ansteckte, fiel Seyferts Blick auf dessen Bischofsring, der dem an seiner Hand zum Verwechseln glich, und er fragte sich, ob er nicht dem Bischof den Ring seines Vorgängers übergeben müsste.

Nach einem weiteren musikalischen Zwischenstück war es an Seyfert, seine Dankrede zu halten. Er bedankte sich höflich für diese Ehre, die seines Wissens zum ersten Mal einem Nicht-Katholiken zu Teil geworden sei. Somit sei heute ein Stück Kirchengeschichte geschrieben worden, wie damals, als man die erste Bischofskirche an die Stelle baute, an der heute unsere kleine Großstadt läge. Er verstehe sich zudem als einer, der auf dem Boden der einen weltweiten Kirche stehe, nur habe diese Kirche für ihn viele Gesichter und viele Namen. Bei dieser Bemerkung bekam das freundliche Lächeln des Bischofs für einen kleinen, fast unmerklichen Moment einen leichten Zug ins Säuerliche. Eines sei ihm aber wichtig: Sicher sei er derjenige gewesen, der zweimal zur rechten Zeit am rechten Ort gewesen sei. Das könne man Zufall nennen oder – was er bevorzugen würde – auch Fügung. Jedoch habe außer ihm noch jemand einen großen Anteil daran, dass die Fundamente der Basilika nicht auf dem Grund des Rheines liegen, sondern einen würdigen Platz erhalten hatten. Es sei Katia Bechstein gewesen, die durch ihre Wachsamkeit und Penetranz dafür gesorgt habe, dass andere Lösungen des Problems, die auch im Gespräch waren, nicht zum Zuge kamen. An dieser Stelle erscholl Beifall in der Kirche, wobei sich die Hände von OB Wagner auffallend langsam bewegten. Seyfert wünschte deshalb der kleinen Großstadt für die Zukunft nicht nur gute Politiker, sondern ebenso gute Journalisten.

Nach einem abschließenden Orgelstück verließ man gemeinsam den Dom zu einem Empfang im Festsaal des Ordinariats. Franz Seyfert nahm Katia Bechstein beim Herausgehen an die Hand. Während sie den langen Mittelgang hinunterschritten und er seine Blicke über die imposante Schlichtheit der Architektur schweifen ließ, nahm er langsam den Ring von seiner Hand und steckte ihn Katia an einen Finger.

Dramatis Personae

Die Politik
Oberbürgermeister Wagner (CDU)
Liane Lambert, seine Referentin
Baudezernent Zabel (CDU)
Balduin Sonntag (CDU), Ortsvorsteher der Südstadt
Frau Sonntag, seine geduldige Ehefrau
Gerd Baumeister (CDU), Sprecher im Bauausschuss
Gerhard Lohmeyer (CDU), Urgestein seiner Partei
Der Fraktionsvorsitzende der SPD
Michael Holtzmann (SPD), Sprecher im Bauausschuss, Architekt
Michael Rot-Bäumler (Grüne), Fraktionsvorsitzender
Gerlinde Obermeyer (CDU), Mitglied des Bundestages

Ein „Anwalt der Zivilgesellschaft"
Bernd Berger, Vorsitzender der „IG Menschliches Rheinufer"

Ein Vereinsvorsitzender
Jürgen Stumpf, Fanfarenzug

Die Presse
Katia Bechstein, Redakteurin der *Rheinpfalz*
Rainer Weber, Leiter der Lokalredaktion der *Rheinpfalz*
Meerbaum, Redakteur der *Rheinpfalz*
Arndt Haustein, Redakteur der *Rheinpfalz*

Die Kirche
Franz Seyfert, protestantischer Pfarrer in der Südstadt
Die protestantische Dekanin
Der katholische Dekan
Der katholische Bischof

Die Rheinbau AG
Dieter Pichler, Bauleiter
Volker Schmitt, Vorstandsmitglied

Die Chemiefabrik S.E.
Der Vorstandsvorsitzende
Herr Meroweit, Mitglied des Vorstandes

Verschiedene
Dr. Renate Sturmhoff, Landesamt für Denkmalpflege
Ein Historiker
Professor Lauendorf, Präsident der Fachhochschulen
Richter Bauernfeind, Landgericht
Der Bundespräsident

*Die Personen sind frei erfunden, Ähnlichkeiten mit leben-
den oder bereits verstorbenen Personen sind nicht beabsichtigt. Nicht auszuschließen ist, dass es Ähnlichkeiten
bezüglich des Handelns und Denkens gibt. Diese sind
beabsichtigt, denn die Spiele der Erwachsenen um
Macht, Geld und Liebe ähneln sich doch zu allen Zeiten
und an allen Orten.*

Die Tote auf dem Filmfestival

Es war der ideale Ferienjob. Sie konnte mit dem Fahrrad hinfahren, er war auf zwei Monate begrenzt, wurde gut bezahlt und man konnte viel erleben. Janina studierte im vierten Semester Betriebswirtschaft an der Fachhochschule in der Ernst-Böhe-Straße und bewarb sich sofort, als sie die Ausschreibung am Schwarzen Brett entdeckte: „Das Filmfestival Ludwigshafen sucht Studierende für die Zeit vom 1. August bis zum 15 September für den Service, die Kassen, den Dienst in den Festivalzelten und andere Tätigkeiten." Es folgten die Kontaktadresse und die zu erfüllenden Voraussetzungen. Das war ihr Traumjob. Sie würde die außergewöhnliche Atmosphäre dieses Festivals auf den Rheinwiesen genießen können und berühmte Schauspielerinnen und Schauspieler treffen. Wer war nicht schon alles da gewesen – Hannelore Elsner, Joachim Krol, Bjarne Mädel, Maria Furtwängler, Sandra Maischberger und viele andere.

In diesem Jahr sollte auch Sebastian Mahler kommen, ein Mann wie aus dem Bilderbuch: gut aussehend, männlich markant, locker, mit einem tollen Body. Zum ersten Mal hatte sie ihn in dem Film „Gegen alle Widerstände" gesehen, wie er im Alleingang eine Bande von Mädchenhändlern niedermachte. Dann in „Eine einzige Nacht" als Gentlemanverführer, der die wunderschöne Geliebte eines Gangsterbosses befreite und dabei gegen einen ganzen Mafiaclan kämpfen musste. Sein letzter Film hieß „Nie wieder allein" und war ein bisschen kitschig, aber hinreißend. Sie schwärmte für ihn, seit sie sechzehn war, und hatte alle seine Filme gesehen. In diesem Sommer sollte er zum Filmfestival an den Rhein kommen.

Janina ahnte nicht, was sie erwarten würde, als sie ihren Arbeitsvertrag unterschrieb.

Der Mann, der an diesem wie an fast jedem Tag am Rheinufer entlang joggte, hätte ein Schauspieler sein können. Er sah gut aus, hatte eine athletische Figur und einen so lockeren Gang, wie man ihn von einem Leinwandhelden erwartete. Außerdem hatte er ein gewisses dramatisches Talent in der Schauspiel-AG seiner Schule bewiesen. Deshalb nahmen seine Klassenkameraden an, dass er sich nach dem Abitur der Schauspielkunst zuwenden würde. Aber er war zum Entsetzen einiger seiner Freunde Pfarrer geworden. Immer wieder hatte er darüber nachgedacht, ob es Parallelen zwischen den beiden Berufen gab, aber außer der Tatsache, dass man vor Publikum reden musste, keine weiteren gefunden.

Franz Seyfert war Inhaber der protestantischen Pfarrstelle Ludwigshafen-Süd und hatte damit das Privileg, in der Nähe des Rheins zu wohnen. Von seinem viel zu großen alten Pfarrhaus aus waren es nur gut fünfhundert Meter bis ans Ufer.

An diesem Septembermorgen war es noch angenehm kühl. Die tropischen Nächte der Vortage hatten vielen den Schlaf geraubt, aber nun war der Spätsommer angebrochen mit seinem wunderbaren Duft nach den ersten welkenden Blättern und den letzten kraftvoll aufblühenden Blumen auf den Rheinwiesen. Es lag ein leichter Dunst über dem gleichmäßig dahinfließenden Strom, auf dem sich ein riesiger Schubverband, haushoch mit Containern beladen, bergan mühte, und dem die beiden zu Tal fahrenden Paddelboote auszuweichen sich beeilten. Das sonore Tuckern des großvolumigen Diesels am Ende des Schubverbandes wurde gelegentlich übertönt von den reißenden Geräuschen der zwischen den Bögen der Rheinbrücke rollenden Züge.

Die Langsamkeit des Verkehrs auf dem Fluss war ein angenehmer Kontrapunkt zu dem oft hektischen Arbeitsalltag Seyferts, der wie viele seiner Kolleginnen und Kollegen nie wirklich die Gewissheit hatte, genug getan zu haben. Immer blieb etwas liegen, was erledigt werden wollte. Zumeist waren es die Besuche bei seinen zahlreichen Gemeindegliedern, die gerne einmal ihren Pfarrer zu Hause gesehen hätten, wenn es ihnen schon aus unterschiedlichen Gründen nicht gelang, am Sonntag den Gottesdienst zu besuchen.

Im August und September jedes Jahres verwandelte sich die Parkinsel am Rhein in quirliges Festivalgelände. Zelte wurden aufgebaut, Unmengen von Bierzeltgarnituren auf zuvor verlegten Holzbohlen aufgestellt, Filmprojektoren und Kühlwagen installiert, eine große Küche, die unumgängliche Toilettenanlage, Stehtische mit weißen Hussen, Lampions am Wasser und in den Bäumen, die am Abend eine bezaubernde Stimmung erzeugten, die Tausende von Menschen anzog.

Jetzt, am Morgen, lag das Festivalgelände verwaist da. Alle Zugänge waren versperrt, nur ein paar Mitarbeiter des Sicherheitsdienstes patrouillierten auf dem Grundstück. Weil das Festival sich bis an den Rhein ausgebreitet hatte, musste Seyfert drumherumlaufen, an den als Absperrung dienenden Bauzäunen auf der Rückseite entlang, den breiten, geteerten Weg unter den hier dicht stehenden Bäumen. Man achtete vonseiten der Festivalleitung peinlich genau darauf, dass noch in der Nacht jeglicher Unrat in und um das Gelände herum weggeräumt wurde, und so wunderte sich Franz Seyfert, als er zwischen Bauzaun und Toilettenanlage etwas liegen sah, das ihn an ein weggeworfenes Bündel Kleidung erinnerte. Er trat näher – und griff zu seinem Handy.

Janina hatte noch am gleichen Tag bei der angegebenen Telefonnummer angerufen und einen Vorstellungstermin ausgemacht. Die Wände in den Räumen des *Festivals des Deutschen Films* waren mit Fotos aus den vergangenen Jahren gepflastert. Sie zeigten allesamt bekannte Schauspieler und Regisseure zusammen mit den prominenten Vertretern der Sponsoren – und auf allen dieses ganz besondere Licht der Abende am Rheinufer. Sie hatte noch gar nicht alle Bilder betrachten können, als sie in ein Büro gerufen wurde.

Zunächst erläuterte ihr die sympathische Mittvierzigerin auf der anderen Seite des Schreibtisches, dass ihre mögliche Mitarbeit beim Festival als Praktikum organisiert werden würde. Das mache die Sache mit der Steuer und der Krankenversicherung für alle einfacher, meinte die Frau in legeren Jeans und Pulli. Dann wurde sie nach ihrem Studium und ihren bisherigen Erfahrungen gefragt. Janina hatte schon einmal gekellnert und in einem Reisebüro zu den Stoßzeiten ausgeholfen. Auf die Frage, welche Erwartungen sie an ihre Arbeitszeiten stelle, antwortete sie, dass sie in den beiden Monaten eigentlich immer Zeit hätte, denn es seien ja Semesterferien. Die Frau hinter dem Schreibtisch betrachtete sie eine Weile und fragte sie dann, ob sie sich vorstellen könne, der Direktion des Festivals bei der Betreuung der Ehrengäste zu helfen. Hierfür bräuchte man neben guten Umgangsformen vor allem eine gewisse geistige Flexibilität. Vermutlich weil Janina ihr Abitur mit einer Eins vor dem Komma absolviert hatte und in den Augen ihrer Betrachterin als ausgesprochen hübsch anzusehen war, wurde ihr dieses überraschende Angebot gemacht. Janina sagte mit all der Zurückhaltung, zu der sie angesichts dieser erfreulichen Perspektive noch fähig war, dass sie sich dies gut vorstellen könne.

Die Frau hinter dem Schreibtisch hörte den kleinen Freudenschrei, den Janina beim Verlassen des Hauses ausstieß, nicht mehr. Das war nicht nur toll, das war grandios. Damit hatte sie nicht gerechnet. Sie hatte sich hinter dem Vorhang beim Gläserspülen, an der Kasse oder der Theke beim Getränkeausschank, als Tellertaxi beim Abräumen des benutzten Geschirrs oder bestenfalls am Eingang eines Zeltes als Kartenkontrolleurin gesehen – aber Betreuerin der VIPs, das hatte sie nicht erwartet. Sie würde ihren Leinwandlieblingen und den anderen Promis nahe sein können.

Beim Verlassen des Hauses bemerkte Janina einen jungen Mann auf der gegenüberliegenden Straßenseite. Er fiel ihr auf, weil sie ihn schon oft gesehen hatte. Es war ein Kommilitone aus ihrem Semester, der häufig in den Vorlesungen neben ihr Platz genommen, aber nie ein Wort herausgebracht hatte. Er setzte sich an den Nebentisch in der Mensa, wenn sie mit ihren Freundinnen beim Mittagessen war. Er wartete am Ausgang der Fachhochschule, wenn die Unterrichtsveranstaltungen zu Ende waren und sie zu ihrem Fahrrad ging. Sie hatte ihn auch schon einmal in der Straße gesehen, in der sie wohnte. Nie sagte er ein Wort, aber oft hatte sie das Gefühl, dass er sie anstarrte. Wenn sie ihn dann anschaute, drehte er den Kopf weg. Er wirkte schüchtern, sah nicht besonders gut aus, kein Mann für sie, aber sie konnte den Eindruck nicht verdrängen, dass er seit vier Wochen ein steter, wenn auch unerwünschter Begleiter in ihren Leben war. Wenn sie ihn das nächste Mal in einer Vorlesung traf, würde sie ihn ansprechen und fragen, ob er ihr hinterherspioniere.

Der Sommer konnte gar nicht schnell genug kommen. Aber erst musste noch das Semester mit seinen unendlichen Vorlesungen und den vielen Klausuren absolviert werden. In den trübsten Momenten heiterte sie sich mit den Gedanken an die sechs Wochen im August und September auf. Ihre Freundinnen konnten es bald nicht mehr hören, wenn sie in den Pausen in der Mensa nur noch von *dem* Filmfestival sprach. Einige steckte sie an, und so waren sie letztlich zu viert aus ihrer Clique, als sie zu der ersten Vorbesprechung Ende Juli eingeladen wurden. Mareike, ihre beste Freundin, hatte es auch in den VIP-Bereich geschafft.

Nun standen sie da in dem ersten fertigen Zelt auf der Parkinsel am Rhein. Um sie herum wurde weiter fleißig gezimmert und aufgebaut. Man hatte sie streng darauf aufmerksam gemacht, nicht mit dem Auto anzureisen. Sie sollten ihr Fahrrad oder den ÖPNV benutzen. Auf der Parkinsel gäbe es keine Parkplätze, selbst für die Festivalbesucher nicht. Für die nächsten Wochen würde die Halbinsel am Rhein eine ganz eigene Welt sein, die man nur zu Fuß oder mit dem Fahrrad betreten konnte.

Die anderen jungen Frauen, die für die Betreuung der Ehrengäste ausgesucht worden waren, hatten mit Janina drei Merkmale gemeinsam – sie waren groß, schlank und hübsch und erschienen wie die Vorauswahl zu einem Treffen von Mannequins. Zugleich repräsentierten ihre Haarfarben alles, was die Natur und die gängigen Kolorierungen hergaben. Die Dienstpläne wurden verteilt, die Aufgaben besprochen und am Ende noch einmal die Grundsätze eingeschärft. Die jungen Damen hatten sich grundsätzlich in Dunkelblau und Weiß zu kleiden, die Schuhe sollten sichtbare Absätze haben, aber nicht zu hoch. Die Namensschilder waren deutlich erkennbar anzubringen. Sie hatten, wenn sie nicht herangerufen wurden, stets zwei Schritte Abstand zu halten. Zwei von ihnen – mit unterschiedlichen Haarfarben – sollten jederzeit hinter dem Festivaldirektor stehen, damit dieser auf den Fotos der Presse und bei Filmaufnahmen besser zur Geltung käme. Sie mussten die ihnen zugewiesenen Gäste zu ihren Plätzen begleiten, sich um ihre Kleidung kümmern und für Getränke sorgen. Ihre Arbeit begann sobald die Geladenen aus dem Auto stiegen und war in dem Moment beendet, in dem diese wieder abgeholt wurden.

Nach dem Treffen standen die Mädchen noch eine Weile aufgeregt zusammen. Sie waren alle Studentinnen und zwischen achtzehn und zweiundzwanzig Jahren alt. Janina und Mareike hatten gebeten, gemeinsam arbeiten zu dürfen, und dies wurde ihnen zugestanden, bildete doch der blonde Bob von Mareike einen schönen Kontrast zu den schulterlangen, kastanienbraunen Haaren ihrer Freundin. Am ersten Tag waren sie für die Eröffnungsfeier dem Vorstandsvorsitzenden der BASF SE, einem der Hauptsponsoren des Festivals, zugewiesen worden. Man dachte vielleicht, dass in diesem Fall zwei Betriebswirtinnen die rechte Begleitung wären.

Franz Seyfert rief nicht nur bei der Polizei, sondern auch bei Katia Bechstein an. Sie sahen sich regelmäßig, aber seinen Heiratsantrag, den er ihr im Speyerer Dom gemacht hatte, hatte sie mit dem Hinweis auf ihre Liebe zur Freiheit, die der Liebe zu ihm aber keinen Abbruch tue, abgelehnt. An jenem Tag vor fast genau einem Jahr war Seyfert als erstem Protestanten der katholische Orden Salvator Ecclesiae verliehen worden – ein Ereignis, dessen Nachbeben noch im Vatikan zu spüren gewesen war. Katia arbeitete bei der *Rheinpfalz* und hatte einen spürbaren Hang zum investigativen Journalismus. Sie erreichte das Festivalgelände kurz nach der Polizei. Der Fundort der Leiche war bereits abgesperrt und es war mühsam, von den diensthabenden Polizisten Informationen zu erhalten.

Franz hatte jedoch bis zum Eintreffen der Polizei genügend Zeit gehabt, sich das, was er zunächst für ein

Kleiderbündel gehalten hatte, näher anzuschauen. Er ging so nah wie möglich an den Bauzaun heran und bemühte sich, ohne etwas anzufassen, die Frau, die dort lag, genauer zu betrachten. Sie war jung, vielleicht zwanzig Jahre alt, ihre Haare waren vom Blut ganz dunkel gefärbt, die nackten Beine eigentümlich verdreht, das rote Kleid an einigen Stellen zerrissen. Was er von dem Gesicht, das an einer Seite blau unterlaufen war, erkennen konnte, war geschickt geschminkt. Lange konnte sie noch nicht dort gelegen haben, denn der Reinigungstrupp des Filmfestivals hätte sie bei seinem spätabendlichen Rundgang sicher entdeckt. Er überlegte, ob er ein Foto mit seinem Handy machen sollte, um es Katia für ihre Zeitung zur Verfügung zu stellen, aber das widersprach seinen Vorstellungen vom Umgang mit einem toten Menschen. Er hatte schon manche Tote gesehen, wenn er in die Familien ans Sterbebett gerufen wurde, oder bei seinen Einsätzen als Notfallseelsorger. Immer hatte er den Tod als etwas Friedliches erlebt, auch dann, wenn die Menschen gewaltsam umgekommen waren. Für ihn war der Tod der Übergang in eine andere Welt, in das Reich Gottes, das er sich nicht genauer vorstellen konnte und wollte, von dem er aber glaubte, dass es dort keinen Schmerz und keine Tränen mehr gäbe, wie es in der Offenbarung des Johannes hieß, und dass dort Gott alles in allem wäre und die Menschen in ihm – oder ihr – geborgen. In den wenigen Minuten der Ruhe, die er mit dieser toten jungen Frau vor der Ankunft der Polizei hatte, betete er für sie das Vater-Unser und sprach einen Segen, wie er es immer am Bett eines Verstorbenen zu tun pflegte. Er dachte an die Angst, die sie vor ihrem Tod gehabt haben musste, an ihre Eltern und Freunde und ob es einen jungen Mann gäbe, der ganz besonders um sie trauern werde. Er fragte sich, wer so etwas Grausames einem Menschen antun könnte. Dann hörte er das Martinshorn in der Parkstraße und stellte sich etwas abseits.

Katia Bechstein fragte sich einmal mehr, ob es wirklich die richtige Entscheidung gewesen war, sich der schreibenden Zunft zuzuwenden, als sie sich für den Beruf der Journalistin entschied. Wenn sie beim Radio oder beim Fernsehen arbeiten würde, könnte sie aktueller sein. Ihr Artikel zu diesem Mord – denn dass es sich darum handelte, war allen Beteiligten klar – würde erst morgen früh in der *Rheinpfalz* zu lesen sein. Rundfunk und Fernsehen hätten dann schon lange die Nachricht gebracht. Ihre Redaktion hatte jedoch vor Kurzem eine Internetpräsenz aufgebaut. Dort konnte sie die Nachricht in einer guten Stunde absetzen, noch bevor das Polizeipräsidium eine Meldung herausbrachte, und damit schneller als der Rundfunk sein.

„Ach, die Frau Bechstein!", begrüßte sie der diensthabende Polizist. „Sie sind aber wieder einmal schnell informiert worden." Dabei schielte er zu Franz Seyfert.

„Trotzdem war ich erst nach Ihnen da", gab sie versöhnlich lächelnd zurück. „Können Sie mir vielleicht schon etwas sagen?"

„Ich könnte schon, aber ich will nicht, und ich darf auch nicht. Sie kennen doch die Spielregeln. Für die Presse ist unsere Öffentlichkeitsarbeit zuständig. Ich riskiere doch keinen Rüffel vom Chef." Nun lächelte er seinerseits die Frau mit den schulterlangen, rötlich schimmernden Haaren an. „Und damit das klar ist: Der Mann da (dabei zeigte er auf Franz Seyfert) ist unser Zeuge und nicht Ihrer!"

„Ich habe es mit dem Zeugen nicht so eilig", antwortete Katia Bechstein beschwichtigend. „Außerdem bin ich zuversichtlich, dass er mir nicht wegläuft."

Inzwischen war der gesamte Stab angekommen, hatte den Tatort mit roten, im Wind flatternden Bändern abgesperrt. Seyfert musste eine Speichelprobe abgeben, um seine eventuell beim Auffinden der Leiche hinterlassenen DNA-Spuren auszusortieren, es wurden ein Abdruck seiner Schuhe und kleine Gewebeproben seiner Kleidung genommen. Er gab weiter, was er gesehen hatte, und wurde dann gebeten, am Nachmittag ins Präsidium zu kommen. Das war kein weiter Weg für ihn, sein Pfarrhaus lag direkt gegenüber. Er ging zu Katia.

„Lieb, dass du mich auch gleich angerufen hast", begrüßte sie ihn und gab ihm einen Kuss.

„Ich kenne doch meine Pflichten", sagte er und nutzte die Gelegenheit zu einem zweiten Kuss.

„Was hast du gesehen?"

„Eine junge Frau, die Haare von Blut durchtränkt, vermutlich erschlagen, auffallendes rotes Kleid, ein wenig hochgeschoben, die Beine ineinander verschlungen. Sie liegt zwischen der Toilettenanlage des Filmfestivals und dem Bauzaun, also noch innen auf dem Gelände."
„Kennst du die Frau?"

„Nein, tut mir leid. Eine junge Frau so um die zwanzig, könnte eine Besucherin sein, vielleicht eine Mitarbeiterin, aber die tragen eigentlich nicht so auffällige Kleidung."

„Sonst hast du niemanden gesehen?"

„Nein. Ich denke, sie hat dort schon eine Weile gelegen. Das Blut sah geronnen aus."

„Okay, dann gebe ich das erst einmal so weiter", sagte Katia und schaute Franz nachdenklich an. „Ich wäre aber gerne etwas schneller als die Polizei." Es blitzte in ihren Augen. „Hast du Lust?"

„Habe ich immer, wenn ich dich sehe."

„Ich meine, hast du Lust, mit mir zusammen ..."

„Bestimmt", fiel er ihr ins Wort.

„... auf eigene Faust ein wenig zu recherchieren."

„Auch dazu", sagte er und lachte sie an.

Janina genoss ihre Arbeit in vollen Zügen. Sie begann jeden Tag gegen sechzehn Uhr und endete spät in der Nacht. Das machte ihr gar nichts aus. Sie gehörte zu den Menschen, die erst abends richtig in Gang kamen. Schon der erste Tag war der Knaller. Der Vorstandsvorsitzende war ein sympathischer Mann, der sich über die ihm zugeordnete weibliche Begleitung zu freuen schien. Weil sein Unternehmen der Hauptsponsor war, rissen sich alle um ihn. So lernten Janina und Mareike das ganze Who is Who des Filmfestivals kennen: Die Oberbürgermeisterin und den Kultusminister, die Beigeordneten und den Leiter des städtischen Wohnungsbauunternehmens, Direktoren und Chefärzte, Firmeninhaber und Schriftsteller, Regisseure und Schauspielerinnen und vor allem Julia Koschitz, die der Star des Abends war. Ein Film, in dem sie mitspielte, lief als Eröffnungsfilm. Janina bewunderte diese Frau, die so zart und geheimnisvoll wirkte, der man auch jetzt noch, mit Mitte vierzig ansah, dass sie einmal Tänzerin werden wollte, die ihre Rollen mit einer ungeheuren Präsenz ausfüllte, wie es der Festivaldirektor zurecht bei seiner Laudatio sagte.

An den anderen Abenden begleitete sie zumeist Produzentinnen und Regisseure, deren Namen sie vorher nicht gekannt hatte, die von der Festivalleitung aber als Prominente vorgestellt wurden. So nach und nach kam sie etwas tiefer in diese ganz eigene Welt des Films hinein, mit ihren speziellen Hierarchien der Prominenz und der künstlerischen Leistung, der Exzentrik und Konventionalität, mit ihren Seilschaften und Kartellen gegenseitigen Lobes. Nicht alles gefiel ihr, aber alles faszinierte sie.

Die meisten Menschen, die sie kennenlernte, waren ohne die Allüren, wie sie man sie manchmal den Prominenten nachsagte. Und sie waren so unterschiedlich. Unter den Regisseuren gab es Handwerker und Künstler, die einen sachlich analysierend, die anderen spontan und aus dem Bauch heraus handelnd und redend. Auch die Schauspieler waren ganz verschiedenartige Menschen, aber allesamt waren sie Spieler. Was sie trieb, war die Lust am Spiel, ein anderer zu sein, nachzuahmen, sich zu verstellen, zu täuschen, was sie je nach Begabung, Ausbildung und Übung unterschiedlich gut konnten. Manche hatten Angst, hinter den Rollen, mit denen sie bekannt geworden waren, zu verschwinden, nicht so schön zu sein wie auf der Leinwand, nicht so witzig oder klug. Sie fühlten sich gezwungen, bei den Publikumsgesprächen noch besser zu sein als im Film. Es gelang selten und Janina fand es manchmal peinlich. Aber es gab auch die anderen, die der oft harte Alltag als Schauspieler hatte klug werden lassen, die erfahren hatten, dass Ruhm viel mit Glück zu tun hatte und genauso vergänglich war wie das Leben selbst. Sie lernte viel über die Menschen in diesen Tagen.

Was sie jeden Tag aber wieder neu fesselte, war die Stimmung auf dem Festival. Wenn am Nachmittag die ersten Filme in den drei großen Zelten begannen, war es noch hell. Dann setze die Dämmerung ein und mit dem Ende der Vorstellung hatte sich die Szenerie völlig verändert. Die untergehende Sonne warf die Schatten der großen Platanen auf den Rhein, das gegenüberliegende Ufer war in ein mildes Rot getaucht, in einzelnen Fensterscheiben spiegelte sich der Sonnenuntergang und warf sein Licht auf die unzähligen Gläser der Gäste mit Wein, Bier oder Cocktails zurück, die am Ufer und unter den Bäumen Platz genommen hatten. Manche kamen in diesen Tagen gar nicht zum Filmschauen auf die Parkinsel, sondern nur, um diese Stimmung zu genießen, wenn die Menschen dicht gedrängt unter den Bäumen promenierten oder sich einen Platz auf den Bierbänken am Rhein suchten. Der ruhig dahinfließende Strom und die schützenden Baumkronen ließen bei allem Gedränge keine Hektik aufkommen. Man war leger gekleidet, konnte die

Füße im Fluss und die Seele in der lauen Sommerabendluft baumeln lassen.

Es war lediglich dieser Kommilitone, der sie wie ein Stalker zu verfolgen schien, der Janinas Freude in diesen Wochen trübte. Sie hatte ihn nach einer Vorlesung angesprochen, wie sie es sich vorgenommen hatte. Er hatte sie nur verdutzt angeschaut, sich stotternd entschuldigt und versucht zu sagen, dass er nichts von ihr wolle. Er brachte sogar eine Entschuldigung zustande, schaute ihr aber wieder mit diesem eigentümlichen Blick hinterher, als sie sich umdrehte und wegging. Sie fragte Mareike, und die meinte, sie würde ihn nicht kennen, fände sein Verhalten allerdings auch etwas eigenartig. Sie wollte ihn im Blick behalten, und als er dann wiederholt beim Filmfestival in der Nähe Janinas auftauchte, sprach sie ihn einfach an und fragte, ob man sich nicht von der Fachhochschule her kenne und welcher Film ihm besonders gefallen habe. Er kam aus dem Stottern nicht heraus und blickte unsicher umher, sodass Mareike ihn nach einigen Minuten aus dieser Situation befreite und allein ließ. Er verschwand schnell, tauchte am nächsten Tag aber wieder auf. Mareike wollte ihn zur Rede stellen. Janina meinte jedoch, die Mühe sei er nicht wert.

Einen Tag lag das Festival wie in einer Schockstarre. Es hatte einen Mord auf dem Gelände gegeben. Noch wusste man nichts über die Tote und ihren Mörder. Aber die Betroffenheit war groß. Die regionalen Rundfunksender hatten es am Vormittag in den Nachrichten gebracht, nachdem Katia Bechstein und die Redaktion es über Facebook, Twitter und Instagram ins Netz gestellt hatten. Die Besucher, die für diesen Tag Karten erworben hatten, fragten sich, wie die Festivalleitung reagieren würde. Der Festivaldirektor fragte sich das auch. Sollte man das Festival abbrechen? Sollte man es für einen Tag aussetzen?

Für diesen Tag hatte sich eine der beliebtesten Schauspielerinnen Deutschlands angesagt. Viele hatten sich extra wegen ihr Karten gekauft. Die Medien waren frühzeitig informiert worden und hofften auf glamouröse Bilder. Man konnte weder das Festival für einen Tag unterbrechen noch dieses schreckliche Ereignis einfach übergehen. Also entschloss man sich, vor jeder Filmvorführung eine kurze Gedenkminute für die unbekannte Tote einzulegen. Für den Direktor hieß dies, dass er alle zwei Stunden von Zelt zu Zelt hetzen musste, um dem Publikum die Situation zu erklären. Zum Glück stand keine überdrehte Komödie auf dem Programm. Eilig besorgte man schwarzen Dekorationsstoff in Meterware und brachte zu beiden Seiten der Eingänge des Geländes und aller Zelte jeweils eine deutlich sichtbare Bahn an. Dieser Mord dämpfte die Stimmung, konnte das Festival aber nicht aufhalten, nein, sollte es auch nicht aufhalten, denn diese schreckliche Tat zeigte, wie der Festivaldirektor zu betonen nicht aufhörte, dass das Böse nicht nur kinematografische Fiktion, sondern alltägliche Realität sei, die in diesen Tagen auch die Festspiele eingeholt habe. Er war ein kluger Mann, der meist die richtigen Worte fand, die Menschen mitnehmen konnte und ihnen half, die Dinge einzuordnen.

Katia Bechstein suchte derweil nach einem Ansatz, wie sie dem Täter auf die Spur kommen konnte. Sie verfügte nicht über die analytischen Methoden der Polizei und würde nicht so einfach erfahren, was die Spurensicherung ergeben hatte. Sie hatte Verständnis dafür, dass die Polizei ihre Erkenntnisse nicht gerne in der Zeitung veröffentlicht sah. Jedoch war sie nun einmal von dem inneren Drang beherrscht, den Dingen selbst auf die Spur zu kommen. Deshalb verbrachte sie den ganzen Tag auf dem Festivalgelände. Ein Presseausweis, so war ihre Erfahrung, öffnete viele Türen und auch manche Münder.

Es war gar nicht schwer. Wes das Herz voll ist, des läuft der Mund über, hieß es in einem der Evangelien. Dieser Bibelvers war ihr schon manchmal in den Sinn gekommen, wenn sie sich im Rahmen ihrer Recherchen mit den Menschen unterhielt. Waren sie gegenüber der Polizei oft scheu und zurückhaltend, sprudelte es ihr gegenüber nur so heraus. Vor allem die Mitarbeiterinnen und Mitarbeiter des Festivals waren so stark von dem Ereignis getroffen, dass sie überall bereitwillig Auskunft bekam.

Schwierig wurde die Sache nur dadurch, dass man nicht wusste, wer die Tote war. Wonach sollte sie denn fragen? So versuchte sie es immer wieder mit den Stichworten „Streit" und „rotes Kleid" – und das am besten in Kombination. Rote Kleider hatte es an dem Tag einige auf dem Festival gegeben. Sie halfen dabei aufzufallen. Selbst prominente CDU-Frauen trugen immer wieder einmal ein rotes Kleid, wenn sie auf einem Foto oder im Fernsehen nicht übersehen werden wollten. Neben dem roten Kleid fragte Katia Bechstein auch noch nach Körpergröße und Haarfarbe. So konnte sie im Laufe der Zeit fünf Frauen mit roten Kleidern identifizieren: Eine war groß, auffallend schlank mit langen schwarzen Haaren; die andere groß, eher vollschlank, hatte lange blonde Haare. Es gab eine kleine, zarte mit kurzen blonden Haaren und eine mit schulterlangen braunen Haaren. Schließlich war da noch die mittelgroße, mittelschlanke mit roten Haaren, die zu dem Kleid in einem unangenehmen Kontrast standen. Bei dieser Frau konnte Katia erschließen, dass sie offensichtlich über einen schlechten Geschmack verfügte. Drei dieser Frauen waren nur am frühen Abend gesehen worden. Lediglich die mit den kurzen blonden und die mit den schulterlangen braunen Haaren waren auch später noch auf dem Gelände gewesen. Niemand konnte ihr die Namen dieser beiden Frauen nennen. Ein junger Mann, der am Tresen für den Getränkeausschank stand, ein stattlicher Kerl mit einem markanten Grübchen im Kinn, dessen Aufgabe darin bestand, eine Rieslingschorle nach der anderen über die Theke zu reichen, meinte, die beiden schon öfter auf dem Gelände gesehen zu haben. Besonders die zarte Blonde war ihm aufgefallen. Sie könnte zu den Mitarbeiterinnen gehören, sagte er, aber lange nicht alle Mitarbeiter auf dem Festival kannten sich gegenseitig. Dafür waren es zu viele.

Mehr konnte Katia an diesem Tag nicht in Erfahrung bringen, aber sie war damit der Polizei einen Schritt voraus, die erst am nächsten Tag mit einem Bild des rekonstruierten Gesichts der Ermordeten über das Festgelände ziehen konnte. Die *Rheinpfalz* sorgte jedoch am Morgen mit der Schlagzeile „Mordopfer auf dem Filmfestival eine Mitarbeiterin?" für Aufmerksamkeit und einen größeren Umsatz beim Straßenverkauf.

Franz Seyfert nutzte die Zeit bis er zur Aufnahme des Protokolls aufs Polizeipräsidium kommen musste dazu, einige Besuche auf der Parkinsel nachzuholen. Hausbesuche waren das, was meisten hintenrunterfiel, wenn sich wieder einmal die Arbeit häufte. Für die Vorbereitung und Durchführung der Gottesdienste musste Zeit sein, ebenso für den Unterricht, dann drängte sich die Verwaltung des Kindergartens oder der Bauunterhalt der Gebäude dazwischen, und schon mussten ein paar geplante Besuche gestrichen werden, weil man die verschieben konnte. Am Ende des Jahres fielen sie aus dem Kalender heraus oder wurden für die nächsten Monate eingeplant. Dabei waren die Hausbesuche die beste Möglichkeit, mit den Menschen einer Gemeinde ins Gespräch zu kommen.

Bei allen Besuchen dieses Tages war das Filmfestival Gesprächsthema. Die Bewohner der Parkinsel schwankten ständig zwischen Freude und Ärger – Freude darüber, eine so außergewöhnliche Kulturveranstaltung direkt vor der Tür zu haben, und Ärger darüber, dass die parkenden

Autos die Straßen verstopften und bis spät in den Abend ein oft lautstarkes Treiben auf der ansonsten beschaulichen Insel war.

Frau Wagner gehörte zu den ausgesprochenen Kritikern. Die fast Achtzigjährige wohnte in einem kleinen Haus mit einem schönen Erker zur Straßenseite und direktem Blick auf die Kinozelte. Wenn sie in ihrer Küche saß, konnte sie das muntere Treiben hinter dem Restaurantzelt beobachten. Schlimmer als die vielen Menschen während der Festivalzeit fand sie den Lärm bei den wochenlangen Auf- und Abbauten. Wenn sie von den Festivalbesuchern redete, sprach sie immer von „den jungen Leuten". Im Vergleich zu ihr gehörten selbst frisch gebackene Rentner einer anderen Generation an. Zufrieden war sie damit, dass man – wie sie gehört hatte – dort wenigstens anständige Filme zeigte und fast nur deutsche. Frau Wagner war eine freundliche alte Dame, aber eben auch eine konservative, denn sie war im Zweiten Weltkrieg geboren und von Eltern aufgezogen worden, die ihre Jugend unter den Nazis verbracht hatten. So hatte in ihren Ohren das Wort „deutsch" den Ton einer alles übertönenden Stahlglocke, den Klang von unzerstörbarer Ewigkeit. Sie hatte beschlossen, sich von dem Festival nicht stören zu lassen, und zog sich an den Abenden in ihr Wohnzimmer oder auf ihre Terrasse zur anderen Seite des Hauses zurück. Dort schaute sie Fernsehen oder las eines der vielen guten Bücher aus der Bibliothek ihres verstorbenen Mannes, eines vormaligen Staatssekretärs.

Frau Wagner gehörte zu den wohlwollenden alten Damen aus Franz Seyferts Gemeinde, die ihn immer wieder darauf hinwiesen, dass es in seinem Alter langsam Zeit würde, zu heiraten und Kinder in die Welt zu setzen.

„Sie haben doch eine Freundin, erzählt man sich", sagte sie wie schon bei den vorangegangenen Besuchen. „Eine Journalistin. Heiraten Sie die doch! Dann kommt etwas mehr Ruhe in Ihr Leben." Sie ergänzte mit einem spitzbübischen Lächeln: „Oder ist sie etwa nicht evangelisch?"

„Kommt Zeit, kommt Heirat", gab Seyfert zurück. „Ich komme schon noch unter die Haube, falls man das bei einem Mann überhaupt sagen kann." Er wechselte das Thema: „Haben Sie von der toten Frau gehört, die man heute Morgen gefunden hat?"

Frau Wagner hatte nicht davon gehört und ließ sich alles erzählen. Die Frage, ob sie in der vergangenen Nacht etwas bemerkt habe, musste sie zu ihrem Bedauern verneinen. „Aber mein Nachbar, der Herr Jansen, der ist fast jede Nacht unterwegs. Wissen Sie, der ist einer von den Leitenden in der BASF, den sie mit einer beachtlichen Abfindung in den Vorruhestand geschickt haben. Der hat noch keinen neuen Rhythmus gefunden, kann oft nicht schlafen, dann geht er nachts mit seinem Hund spazieren. Vielleicht hat der etwas gesehen."

Franz Seyfert versuchte es ein Weilchen später bei Herrn Jansen, nachdem Frau Wagner ihn ohne die obligatorische Tasse Tee nicht hatte ziehen lassen. Aber Herr Jansen war wieder unterwegs, allerdings ohne den Hund, denn der bellte unüberhörbar hinter der Haustür.

Das Festival näherte sich Janinas ganz persönlichem Höhepunkt. Sebastian Mahler sollte kommen. Sie hatte sich bemüht, als seine Begleiterin ausgewählt zu werden, aber man hatte eine langbeinige Blondine und eine Schwarzhaarige mit üppigem Busen abgestellt. Das Management von Herrn Mahler habe entsprechende Wünsche mitgeteilt, hieß es. Mareike und Janina schmiedeten bei einem Latte macchiato Pläne, wie sie die beiden ausbooten könnten, was in der Idee gipfelte, die beiden Konkurrentinnen an dem betreffenden Tag mithilfe eines Abführmittels matt zu setzen. Schließlich entschieden sie sich für eine etwas weniger aggressive Variante. Sie würden sich an dem Tag freinehmen, sich in ihre verführerischsten Klamotten werfen und versuchen, als schlichte Festivalbesucherinnen in die Nähe des Filmstars zu kommen. Da sie die Abläufe kannten, sollte das nicht schwer sein. Es war gerade das Besondere an diesem Festival, dass es keinen roten Teppich gab, über den die Stars gut abgeschirmt vom Publikum in das Festzelt einzogen, sondern dass sie sich unter die Menschen mischten, für Gespräche bereitstanden und man im wahrsten Sinne des Wortes auf Tuchfühlung mit ihnen gehen konnte. Selbst die so distanziert wirkende Maria Furtwängler hatte sich als eine sympathische Gesprächspartnerin entpuppt.

Ein wenig strittig war zwischen den Freundinnen die Frage, was sie anziehen sollten. Janina wollte ihr knallrotes Kleid überziehen, Mareike wollte auch das rote nehmen. Das aber ging gar nicht, zwei Frauen in derselben Farbe. Es musste eine Lösung her. Janina hatte nur dieses eine schicke Kleid, alles andere war viel zu mädchenhaft. Sie hätte einen Rock nehmen können, aber was sie in ihrem Schrank hatte, war etwas für die Vorlesungen, aber nicht für ein Festival. Eine Hose wäre auch gegangen, sie wollte aber gerne etwas Bein zeigen. Mareike hatte noch ein zweites Kleid, ein schwarzes, das allein schon deshalb etwas hermachte, weil es einen hohen Stretchanteil im Stoff hatte und hauteng war. Mareike konnte es sich leisten, diesen Fummel zu tragen, bei der zierlichen Figur und dem hellblonden Bob sah das umwerfend aus. Also verzichtete sie auf Rot und überließ Janina die auffällige Farbe.

Bei allem anderen konnten die beiden sich schnell einigen. Sie würden versuchen, Sebastian Mahler schon bei der Ankunft über den Weg zu laufen. Zwar würde er zunächst eng von den beiden offiziellen Begleiterinnen und dem Festivaldirektor und seiner Frau begleitet. Aber auf dem Weg zur VIP-Lounge könnte sich schon eine erste kleine Plauderei ergeben. Dann würden sie ihn unauffällig, aber doch so auffallend wie möglich zum Kinozelt begleiten, beim anschließenden Gespräch im Publikumszelt in der vordersten Reihe sitzen und bei der folgenden Party seine Nähe suchen. Er wollte nur mit seiner Agentin zusammen kommen, hieß es. Also nicht allzu viel Entourage.

Mareike kannte die langbeinige Blonde, die ihm zugeteilt worden war. Sie hatte sie vor ein paar Tagen beim Imbiss getroffen und das Gespräch auf Sebastian Mahler gebracht. Die Blonde schien ihn gar nicht zu mögen und war mit dem Dienstplan für diesen Abend etwas unglücklich. Da bot Mareike ihr an, sie könne sich ja bei der Party gerne schnell zurückziehen, und Mareike würde sich um ihn kümmern, falls irgendetwas Besonderes anfiele. Das fand die Blonde toll, denn sie wollte abends sobald wie möglich mit ihrem Freund zu einer Feier im Ostasieninstitut, in der die Diplome übergeben wurden. „Also spätestens bei der Party sind ein paar lange Beine weniger im Raum", hatte Mareike zufrieden zu Janina gesagt.

Der Abend begann in Janinas Augen mit einem Desaster. Die beiden Freundinnen hatten sich gegen sechs Uhr zu einem Glas Aperol Spritz auf den Bänken am Rheinufer verabredet. Dieses Getränk war der mit Abstand meist getrunkene Cocktail auf dem Festival, denn er passte mit seinem Orangerot am besten zu dem sanften Licht des Sonnenuntergangs, das jeden Tag das Ende der Nachmittagsvorstellungen und den Übergang in die laue Sommernacht ankündigte. Sie hatten sich beide sorgfältig und nicht allzu auffällig geschminkt, mehrfach den Sitz der Frisur und des Kleides überprüft und auf den Weg zum Treffpunkt gemacht. Janina war als Erste da und wollte gerade an ihrem Getränk nippen, als sie Mareike die Stufen der Holztreppe zum Ufer hinunterkommen sah. Sie hatte nur wenige Tropfen im Mund und verschluckte sich trotzdem fast. Mareike hatte ein rotes Kleid an und es sah umwerfend aus. Als Mareike sie erblickte, hob sie gleich entschuldigend beide Arme und beeilte sich, die Freundin zu erreichen.

„Sag nichts! Ich weiß, was du denkst." Mareike haucht einen Kuss auf beide Wangen. „Wir hatten verabredet, dass ich das schwarze Kleid anziehe, aber das ging nicht."

„Was soll das heißen: Das ging nicht?", fragte Janina so beherrscht wie möglich.

„Das soll heißen, dass die Naht eingerissen war. Direkt hier über der Hüfte. Ich konnte es unmöglich anziehen."

„Und nähen?"

„Meine Nähmaschine ist zu Hause bei meinen Eltern. Ich hätte es mit der Hand machen müssen, und das hätte nach nichts ausgesehen." Mareike schaute sie verzweifelt und bittend zugleich an. „Ich habe es erst vor einer halben Stunde gemerkt, als ich das Kleid anziehen wollte. Es tut mir wirklich leid!"

Janina setzte sich und sank in sich zusammen. „Wie sollen wir das denn nun machen? Treten wir als die beiden Ladys in Red auf? Die ungleichen Schwestern im gleichen Kleid? Wir dürfen auf gar keinen Fall nebeneinanderstehen!" Sie klang verzweifelt.

„Wir werden einen Weg finden", versuchte Mareike sie zu beruhigen. „Komm, lass uns erst einmal den Aperol trinken, dann wird uns etwas einfallen."

Sie hätten sicher im Laufe der nächsten halben Stunde eine mehr oder weniger akzeptable Lösung gefunden, wenn sich nicht das zweite Unglück in Gestalt jenes eigentümlichen, aufdringlichen Kommilitonen genähert hätte. Mareike, die mit dem Rücken zum Rhein saß, sah ihn mit unsicheren Schritten die Treppe heruntergehen.

„Er kommt", raunte sie.

„Wer?", fragte Janina zurück.

„Dein Verehrer."

„Der komische Kerl aus der FH?"

„Genau der."

„Hat gerade noch gefehlt."

Mareike versuchte, an ihm vorbeizuschauen, aber er ließ sich nicht irritieren, kam näher und stellte sich zwei Schritte von den beiden entfernt auf. Hellgrüne Jeans, kariertes Hemd, die schwarzen Haare zur Seite gescheitelt. „Ist bei euch noch Platz?" Er brachte die Worte nahezu ohne Stottern heraus.

Die beiden schauten ihn nicht an und antworteten auch nicht.

„Ich habe gefragt, ob bei euch noch Platz ist." Es klang ein wenig aggressiv.

Die beiden schauten ihn nun doch an. Er lächelte nicht. Er sah entschlossen aus. Mareike bekam Angst. „Klar doch", sagte sie und vermied es, Janina anzublicken.

Er setzte sich neben Mareike. Die rückte ein Stück ab. Er zog etwas hinter seinem Rücken hervor. Ein Strauß Blumen. Kleine rote Röschen. „Für dich", sagte er und hielt sie Janina hin. Die stotterte „Danke", nahm sie ihm ab und legte sie auf den Tisch. Die beiden Frauen schwiegen.

„Warum sagt ihr nichts?", sagte er, wieder in dem aggressiven Ton.

Janina zuckte zusammen.

„Wie heißt du?", fragte Mareike.

„Norman."

„Du bist auch an der FH?"

„Da haben wir uns doch schon oft gesehen", sagte er zu Janina, immer noch aggressiv.

„Stimmt. Du hast recht", antwortete sie unsicher.

„Dein Kleid sieht großartig aus."

„Danke!" Janina hielt sich an ihrem Glas fest. Warum hatten sie den Kerl nicht gleich weggeschickt? Jetzt saß er da, und sie würden ihn so schnell nicht wieder loswerden. Aber sie waren völlig überrascht gewesen. Das erste Mal hatte er ganze Sätze geredet und das mit einer solchen Bestimmtheit, dass er sie überrumpelt hatte. Er machte ihr Angst, wie er ihr immer schon Angst gemacht hatte. Jetzt saß er ihr gegenüber und hatte rote Rosen mitgebracht. Zum Glück war sie nicht allein. Mareike war da. Die leerte ihr Glas auf einen Zug.

„Gehst du mit mir in den Film?" Janina bemerkte deutlich, welche Überwindung ihn dieser Satz gekostet hatte. Die Aggressivität war der alten Unsicherheit gewichen, aber sie konnte spüren, wie nahe beides bei ihm zusammenlag. „Ich habe zwei Karten für den Film mit Sebastian Mahler, der nachher gezeigt wird. Ganz weit vorne. Du könntest ihn gut sehen."

Woher wusste er, dass sie auf Sebastian Mahler stand? Was wusste er überhaupt alles über sie? Mareike und sie hatten nur Karten für das hintere Drittel des großen Zeltes ergattern können. Da würden sie ihn nicht gut sehen können, wenn er kurz vor der Vorstellung hereingeführt und auf der Bühne interviewt wurde. Sollte sie es wagen, mit ihm zu gehen? Sie schaute Mareike an.

„Wie wäre es, wenn du uns deine beiden Karten gibst, und unsere nimmst? Dann hätte ich auch eine bessere Sicht." Der Aperol hatte Mareike etwas Mut gemacht.

„Nein, das geht nicht!", sagte er bestimmt und wieder spürten die beiden seine aggressive Entschiedenheit.

„Schade", meinte Mareike und versuchte zu lächeln.

Er blickte sie starr an.

„Ich gehe mit Janina", sagte er. Kein Wunsch, keine Möglichkeit, eine Tatsache.

Was musste ihn das an Kraft kosten, dachte Mareike. Dieser so schüchterne, verklemmte junge Mann, der monatelang hinter Janina her gelaufen war, es nie gewagt hatte, sie anzusprechen, mit hoher Wahrscheinlichkeit eine Abfuhr zu erwarten hatte, nahm all seinen Mut zusammen und überreichte ihr einen kleinen Strauß Blumen, roter Rosen. Aber war es wirklich Mut, den er aufgebracht hatte? Gab es in seiner Vorstellung überhaupt eine Alternative dazu, dass Janina mit ihm gehen würde? Hatte er sich möglicherweise in seinem Gehirn eine Wirklichkeit zusammengezimmert, in der er und Janina bereits ein Paar waren, schon seit Wochen vielleicht, eine Wirklichkeit, die Janina nur noch nicht erkannt hatte – und die anderen auch nicht? Wie würde er auf ein „Nein" reagieren? Wäre er enttäuscht, wie jeder Mann frustriert wäre, der von der Frau seiner Träume einen Korb bekam? Würde er eher daran zerbrechen, dass die Wirklichkeit in seinem Kopf nicht mit der außerhalb dieses Kopfes übereinstimmte? Würde er durchdrehen, noch aggressiver werden?

„Könntest du mir noch einen Aperol Spritz holen?", fragte Mareike ihn, lächelte ihr schönstes Lächeln und hielt ihm einen Fünfeuroschein hin.

Er schaute etwas verdutzt, stand aber auf und ging los.

Kaum war er außer Hörweite, sagte Mareike: „Der tickt nicht ganz richtig. Ich glaube, es ist das Beste, wenn du mit ihm gehst. Die Plätze sind wirklich gut. In dem Gewühl nach der Vorstellung werden wir ihn besser los als hier. Während des Films können wir uns etwas überlegen."

„Und wenn der im Kinozelt aufdringlich wird?", fragte Janina.

„Das glaub ich nicht. Der ist viel zu gehemmt. Außerdem sitzt du in der ersten Reihe, da kannst du jederzeit aufstehen."

„Er macht mir aber Angst."

„Der wird so in seinem Glück schwelgen, wenn du mit ihm gehst, der tut dir nichts. Und wie gesagt, rechts und links von euch sitzen noch andere und der Sicherheitsdienst ist gleich nebenan am Ausgang. Im schlimmsten Fall müsstest du nur laut schreien."

„Mitten im Film?"

„Klar, dann bist du ihn sofort los. Aber ich denke, er wird sich beruhigen, wenn du seinen Wunsch erfüllst. Und denke an Sebastian Mahler, direkt vor dir auf der Bühne und du in deinem roten Kleid."

„Ich weiß nicht."

„Glaub mir, es ist das Beste!"

Janina glaubte ihr und bereute es nicht. Zunächst. Norman verhielt sich vorbildlich. Er hielt immer eine angemessene Distanz zu ihr, vermied es, sie zu berühren, obwohl sie über zwei Stunden eng in der ersten Reihe des Kinozeltes zusammensaßen. Sie hatte einen fantastischen Blick, saß nur drei Meter vom Aufgang entfernt, sodass alle direkt an ihr vorbei mussten, auch Sebastian Mahler. Er musste sie gesehen haben, als er von seinem Platz in der Mitte der ersten Reihe aufstand und auf sie zuging, um die Treppe zur Bühne zu erreichen. Mit diesem Kleid war sie nicht zu übersehen. Sie hatte den Schlitz so platziert, dass ihre Beine ein wenig hervorschauten. Als dann nach der Vorstellung alle am Film Beteiligten noch einmal nach vorne gerufen wurden, war sie die Erste, die vor Begeisterung aufsprang und wild applaudierte.

Was Norman anging, so hatte der die ganze Zeit steif neben ihr gesessen, aber Janina spürte immer wieder seine Blicke. Gelegentlich ging ein aufgeregtes Zittern durch seinen Körper, das sie nicht recht zu deuten wusste.

Aber er behielt seine Hände bei sich. Zwischendrin stellte sich ihr immer wieder die Frage, wie sie ihn nach der Vorstellung loswerden würde, aber sie beruhigte sich mit Mareikes Zusage, sie wolle sich etwas überlegen.

Mareike war tatsächlich nicht untätig geblieben. Sie hatte sich daran erinnert, dass ihr eines der Mädchen, die an diesem Abend Dienst am Zelt für die geladenen Gäste hatten, noch einen Gefallen schuldete. Mareike hatte einmal spontan ihre Schicht übernommen. Das Mädchen hatte an jenem Abend unerwartet sturmfreie Bude und wollte sich mit ihrem neuen Freund treffen, mit dem sie bisher kaum alleine gewesen war.

Nach der Vorstellung des Films mit Sebastian Mahler würde zunächst für ungefähr eine Stunde ein Publikumsgespräch mit den Schauspielern und dem Regisseur stattfinden. Dann gingen die in das VIP-Zelt, und da könnte man versuchen, mit ihnen ins Gespräch zu kommen. Das Schöne war, dass bis dahin die meisten geladenen Gäste wieder verschwunden waren, weil das ansehnliche Buffet in der Regel nach einer Dreiviertelstunde geputzt und die Gäste mit Wein und Bier abgefüllt waren. Dann ging es oft schon auf Mitternacht zu und die Leute dachten daran, dass sie am nächsten Tag zur Arbeit mussten. Je nach Temperament und Kondition blieben die Filmschaffenden aber noch eine Weile und manche waren für ein Gespräch zugänglich. Das war das Schöne an diesem Filmfestival, dass es Besucher und Filmschaffende in eine Stimmung versetzte, die ein ungezwungenes Miteinander ermöglichte.

Mareike und Janina würden also in das VIP-Zelt hineingelassen, der junge Mann in ihrer Begleitung mit Hinweis auf die fehlende Einladung jedoch abgewiesen werden. Das hatte sie noch kurz vor der Filmvorstellung mit der Kollegin ausmachen können. Spannend würde sein, wie Norman darauf reagierte.

Die Polizei wollte die Identität des Opfers nicht bekannt geben. Aus ermittlungstaktischen Gründen hieß es. Man erfuhr lediglich, was man schon wusste: Es war eine junge Frau in einem roten Kleid. Katia Bechstein war unzufrieden, musste sich aber damit zufriedengeben. Ohne zu wissen, wer getötet wurde, würde es schwer werden herauszubekommen, wer gemordet hatte. Ihre journalistische Verpflichtung zur Information der Öffentlichkeit wie auch ihre persönliche berufliche Ambition ließen ihr nicht die Möglichkeit, einfach abzuwarten. Sie musste ihren Leserinnen und Lesern für den nächsten Tag eine Neuigkeit bieten. Also machte sie sich wieder auf und suchte nach Informationen. Am Abend, an dem die junge Frau umgekommen war, wurde der neue Film von Sebastian Mahler gezeigt. Er selbst und ein Großteil des Filmteams waren dort gewesen. Das hatte viele Besucherinnen und Besucher angezogen und war zugleich das Alleinstellungsmerkmal dieses Tages gewesen. Es ließ sich also die Frage stellen, ob diese Tatsache und der Mord miteinander zusammenhingen? Könnte die Anwesenheit von Sebastian Mahler etwas mit dem Verbrechen zu tun haben? Katia Bechstein wollte nicht so weit gehen, den Schauspieler als Mörder zu verdächtigen, aber die Frage musste einmal gestellt werden dürfen. War es vielleicht jemand aus Mahlers Entourage gewesen? Gab es in der Vergangenheit irgendwelche Beziehungen zwischen Mahler oder jemandem aus seiner Begleitung und der jungen Frau? Ihr Kollege, mit dem sie ihre Überlegungen besprach, meinte, sie hätte zu viel Agatha Christie gelesen. In deren Romanen lag das Motiv für den Mord häufig in einer fernen Vergangenheit. Fehlte nur noch, dass jemand unter falscher Identität aufgetreten wäre.

So abwegig fand sie die Idee gar nicht und besorgte sich die Pressemeldung der Festivalleitung zum vorgestrigen Abend. Darin würden alle Gäste genannt worden sein. Wobei nicht auszuschließen war, dass vielleicht die eine oder der andere aus dem Filmteam noch spontan hinzugekommen war. Also rief sie beim Filmfestival an und gab vor, man wolle für den Kulturteil am kommenden Tag eine Nachlese der Filmpremiere verfassen. So vermied sie, Misstrauen zu erwecken. Denn die Festivalleitung war ungewohnt wortkarg geworden, wenn es um diesen unglückseligen Abend ging. Zum einen aufgrund polizeilicher Vorgaben, zum anderen, weil man den Schatten, der durch den Mord auf das Festival gefallen war, nicht noch dunkler werden lassen wollte. Am liebsten wäre es ihnen gewesen, wenn man dieses Ereignis hätte ungeschehen machen oder aber aus dem Gedächtnis der Menschen löschen können. Ein solcher Wunsch führte oft zu Schweigsamkeit oder unbewusst ausgelöster Vergesslichkeit.

Die Idee mit dem Mordmotiv aus der Vergangenheit war bei einer jungen Frau so um die zwanzig unwahrscheinlicher als in dem Fall eines deutlich älteren Todesopfers. Sie könnte das uneheliche Kind eines Mitwirkenden gewesen sein, vielleicht von Sebastian Mahler selbst. Das Opfer einer Vergewaltigung oder einer einvernehmlichen Beziehung als Minderjährige. Vielleicht hatte sie versucht, jemanden zu erpressen. Oder jemand hatte Angst, er könnte irgendwann einmal erpresst werden. Lauter Hypothesen, denen man schlecht nachgehen konnte, wenn man nicht wusste, wer die Tote war. Sie brauchte Zeugen.

Also zog sie los und fragte sich durch. Zunächst suchte sie nach Menschen, die am vorgestrigen Abend anwesend gewesen waren. Ansprechpartner Nummer eins war selbstverständlich der Festivaldirektor. Der war an diesem Nachmittag nicht zu erreichen und sicher bereits von der Polizei ausführlich befragt worden. Sie musste

Zeugen auftun, die die Beamten noch nicht gefunden hatten. Es war mühsam, sehr mühsam.

Schließlich konnte sie einige von den Mitarbeitenden ausfindig machen – den Sicherheitsdienst, die beiden Frauen, die am Einlass des Filmzeltes gestanden hatten, Bedienungen aus dem VIP-Zelt und den jungen Mann, der zusammen mit einer Kollegin am Eingang des VIP-Zeltes gestanden hatte. Alle fragte sie nach einer jungen Frau im roten Kleid.

Das Problem war, dass sie ganz unterschiedliche Geschichten zu hören bekam. Alle erinnerten sich an eine junge Frau in einem auffallenden roten Kleid. Die einen hatten sie in der ersten Reihe sitzen gesehen, die anderen irgendwo im hinteren Drittel der Zuschauerränge. Einmal hatte man sie mit einem großen, gut aussehenden Mann im VIP-Zelt beobachtet, ein anderes Mal war sie angeblich bei der Filmcrew gewesen. Auch im Zelt beim Publikumsgespräch hatte sie offenbar ganz vorne in der Mitte gesessen und zugleich hinten gestanden. Sie hatte den ganzen Abend Bier getrunken, sagte die eine, die andere behauptete, es wäre ein Schoppen Rieslingschorle nach dem anderen gewesen. Das Gespräch mit dem jungen Mann am Eingang des VIP-Zeltes führte dann schließlich zu der Erkenntnis, dass es zwei junge Frauen in roten Kleidern gegeben hatte, die durch ihre Frisuren zu unterscheiden gewesen waren. Also musste Katia Bechstein alle Gesprächspartner noch einmal aufsuchen, bis sie endlich zu einem einigermaßen sicheren Bild vom Verlauf des Abends gekommen war. Demnach war es die mit den langen brünetten Haaren gewesen, die in der ersten Reihe im Filmzelt, beim Publikumsgespräch und anschließend bei der Filmcrew gesessen hatte. Sie war es, die mindestens vier halbe Liter Rieslingschorle getrunken hatte – eine beachtliche Menge, besonders für eine zierliche Frau. Die mit den kurzen blonden Haaren hatte Bier getrunken, mit dem hoch aufgeschossenen Mann geflirtet und an anderen Stellen gesessen. Wenn sie jetzt nur noch gewusst hätte, welche Haarfarbe die Tote hatte.

Beim nächsten Mal hatte Franz Seyfert mehr Glück. Jetzt war nicht nur der Hund von Herrn Jansen zuhause, sondern auch er selbst. Seyfert kannte ihn schon seit einigen Jahren. Für ihn war er ein typischer Bewohner der Parkinsel. Wer hier ein Haus besaß, hatte es entweder geerbt oder für teures Geld erworben. Die Insel – die ursprünglich gar keine Insel gewesen, sondern erst durch die Abtrennung einer Halbinsel beim Anlegen eines Hafenbeckens dazu geworden war – war das bevorzugte Wohngebiet in Ludwigshafen. Hier war alles anders als in den meisten anderen Teilen der Stadt. Fast alles Einfamilienhäuser an kleinen lauschigen Straßen gelegen, kein Durchgangsverkehr mit seinem unangenehmen Rauschen bei Tag und Nacht, nur das Tuckern der Lastschiffe auf dem Rhein, wenige fremdländisch aussehende Gesichter, ein Hort der Bürgerlichkeit, eine durch zwei Klappbrücken vom Rest der Stadt abtrennbare Welt für sich und dazu der große Park am Fluss. Herr Jansen stammte – wie sein Name schon vermuten ließ – nicht aus Ludwigshafen oder der Pfalz, sondern aus dem Norden, hatte als junger Chemiker bei der BASF angeheuert und dort in einer der oberen Führungsebenen ein Leben lang gutes Geld verdient. Er hatte sich eines der alten Häuser auf der Insel kaufen können und liebevoll renoviert. Es war nicht groß, erfüllte aber das wichtigste Kriterium beim Hauskauf – die richtige Lage. Viele seiner Kollegen hatte es in die Dörfer an den Hängen zu beiden Seiten des Rheintales gezogen. Er hatte das Privileg einer kurzen Fahrt zum Arbeitsplatz vorgezogen.

Herr Jansen haderte ein wenig mit seiner Kirche und machte dies immer wieder an seinem Pfarrer fest. Seines

Erachtens spielten die Insulaner im Gemeindeleben eine zu geringe Rolle, was sich unter anderem daran zeigte, dass sich der Pfarrer nicht oft genug blicken ließ. Wenn der dann noch um eine Spende für den Kindergarten bat, der auf dem Festland lag und von dessen Kindern über achtzig Prozent einen Migrationshintergrund hatten, so verweigerte er sich nicht, hätte es aber letztlich lieber gehabt, wenn man ihn mit der Welt jenseits der beiden Brücken in Ruhe ließ. Nun hatte man ihn in den Vorruhestand geschickt, um die Karrierechancen der Jüngeren zu erhöhen, und er wachte oft mitten in der Nacht vor Langeweile auf.

Herr Jansen brütete gerade über dem Katalog eines führenden Herstellers für Modelleisenbahnen, als Seyfert klingelte. Er bot ihm eine Tasse Tee an, die seine Frau sorgfältig in der Küche zubereitete. Dann ließ sie die beiden Männer allein. Herr Jansen hatte vermutet, dass der Pfarrer ihn auf die diesjährigen Presbyteriumswahlen ansprechen wollte, und sich seine Antwort schon überlegt. Deshalb sagte er ihm, als das Gespräch auf dieses Thema kam, dass er gerne bereit wäre, im Presbyterium mitzuarbeiten, sich aber eher als Fachmann sähe, den man berufen solle, und weniger als jemanden, den man den unberechenbaren Wahlen aussetzte. Schließlich sei es bekannt, dass zumeist diejenigen die meisten Stimmen bekämen, die über einen gewissen Bekanntheitsgrad verfügten, und sei es durch das Mitsingen im Kirchenchor oder das Austragen des Gemeindebriefes, dass jedoch die Qualifikation für die Mitarbeit in einem Leitungsgremium wie dem Presbyterium kaum eine Rolle spiele. Er verfüge jedoch über langjährige Leitungserfahrungen und sei gerne bereit, diese einzubringen, wolle sich aber nicht einer Wahl stellen.

Seyfert hörte so etwas nicht zum ersten Mal und wies vorsichtig darauf hin, dass die Anzahl der möglichen Berufungen ins Presbyterium recht gering sei. Vor seinem inneren Auge lief das Szenario ab, das er schon manchmal erlebt hatte: Da war ein der Kirche verbundenes Gemeindeglied, das er etwas fester anbinden wollte, das er aber verlor, weil er ihm nicht den ihm angemessen erscheinenden Platz in einer sich durch soziologische Vielfalt auszeichnenden Kirchengemeinde anbieten konnte.

Er freue sich über diese Bereitschaft zur Mitarbeit, sagte Seyfert, und wolle es sich für die Zeit nach den Wahlen notieren. Wie es ihm denn mit dem Filmfestival ginge, fragte er anschließend und hatte mit dieser Frage wie in ein Wespennest gestochen.

Herr Jansen verlor die bis dahin zur Schau gestellte Distinguiertheit und sprudelte los – schimpfte über die tägliche Lärmbelästigung, die vielen Menschen auf der Insel, die Schwierigkeiten, über eine der beiden Brücken und anschließend in die heimische Garage zu kommen. Außerdem bekäme er bei seinen nächtlichen Spaziergängen Dinge zu sehen, die er eigentlich nicht sehen wolle.

„Viele Betrunkene?", fragte Seyfert.

„Ja, durchaus, auch viele Betrunkene. Da stehen die Leute nachts um eins auf der Straße, unterhalten sich lauthals und versuchen auf ihre Fahrräder zu steigen. Fahren ein paar Meter in lebensgefährlichen Schlangenlinien, fallen hin oder steigen bei etwas mehr Glück ungeschickt ab und schieben dann die Räder die Fußgängerbrücke hinauf. Aber das ist nicht alles."

Seyfert nickte verständnisvoll.

„Manche meinen, sie müssten mitten in der Nacht im Hafenbecken baden. Aber erstens ist das verboten und zweitens ist es gefährlich. Und weil die keine Badekleidung dabei haben, baden die nackt. Das ist nicht immer ein schöner Anblick."

Aber manchmal wohl schon, dachte Seyfert, und wurde den Eindruck nicht los, dass dies zu den nicht nur unangenehmen nächtlichen Beobachtungen von Herrn Jansen gehörte.

„Aber die Spitze war das, was ich vor zwei Tagen gesehen habe", setzte Herr Jansen neu an. „Ansehen musste!"

Seyfert schaute interessiert.

„Also, es war wie jede Nacht. Na ja, fast jede Nacht. Ich gehe immer nach dem *Heute-Journal* ins Bett. Eigentlich ein bisschen früh, aber wir stehen auch früh auf, und meine Frau ist immer schon um zehn Uhr im Schlafzimmer. Und dann ruft sie: Wann kommst du denn nach? Sie behauptet, sie könne ohne mich nicht einschlafen. Also gehe ich dann auch." Er machte eine Pause. „Wissen Sie, im Bett lesen, wie manche das machen, das ist nicht so meine Sache. Ich weiß immer nicht, wie ich das Buch halten soll. Dann leg ich mich also hin und versuche zu schlafen. Klappt auch meistens. Aber kurz nach Mitternacht bin ich dann wach und kann nicht mehr einschlafen. Dann gehe ich eben oft noch eine Runde mit dem Hund. Tut uns beiden gut und danach kann ich wieder schlafen."

„Vorgestern war das auch so?", fragte Seyfert in der trügerischen Hoffnung, dadurch die Erzählung etwas zu beschleunigen.

„Genau so, nur dass der Hund eigentlich keine Lust hatte. Der ist halt auch nicht mehr der Jüngste. Man will so ein Vieh, das viele Jahre treu zu einem gehalten hat, schließlich auch nicht zwingen. Ich wollte schon alleine gehen, aber als ich dann an der Haustür war, da kam er plötzlich angelaufen. Also sind wir los." Er nahm einen Schluck von seinem Tee.

„Vorgestern hatten wir eine wirklich milde Nacht. Beim Wetterbericht im Fernsehen reden sie immer von ‚tropischen Nächten'. Also, es war bestimmt über zwanzig Grad warm. Eigentlich sowieso zu warm zum Schlafen. Deshalb haben wir auch eine Klimaanlage im Schlaf-zimmer."

Franz Seyfert sagte lieber nichts, sondern nickte nur beifällig.

„Ich bin wie immer die Straße runtergegangen und im Park hinter den Absperrungen des Festivals zurück. Um die Zeit ist es da unten meistens schon ruhig. Die sind mit dem Aufräumen fertig und sauber gemacht ist auch schon. Manchmal hört man noch Stimmen aus dem Gastro-Zelt, aber die Mitarbeiter wollen irgendwann ja auch einmal Feierabend haben. Dann komme ich zum Ende des Geländes, da wo die Toilettenanlagen sind. Da muss ich übrigens mal was Positives sagen. Die scheinen richtig gut zu sein. Man riecht nichts!"

Herr Jansen nahm wieder einen Schluck Tee, als wollte er die Schilderung des unangenehmen Ereignisses herauszögern. „Da höre ich so eindeutige Geräusche. Sie wissen schon, ein Mann und eine Frau, dieses Stöhnen, das eigentlich ins Schlafzimmer gehört."

„Haben Sie jemanden gesehen?", fragte Franz Seyfert nun doch.

„Da schaut man doch nicht hin!", sagte Herr Jansen und fügte hinzu: „Aber irgendwie ist man eben doch neu-gierig." Er schwieg. „Viel gesehen habe ich nicht, habe mir auch keine Mühe gegeben. Das einzige, was mir auf-gefallen ist, war dieses knallrote Kleid. Dann fing der Hund an zu knurren und ich bin schnell weitergegangen."

„Sie wissen, dass in der Nacht eine Frau in einem ro-ten Kleid ermordet wurde?", fragte Franz Seyfert ernst.

„Nein! Woher soll ich das wissen?"

„Es stand in der *Rheinpfalz*."

„Diese Zeitung lese ich nicht. Ich habe die *Frankfur-ter* abonniert."

Franz Seyfert wog seinen Kopf hin und her: „Ich den-ke, Sie sollten das der Polizei melden."

„Ach, ich weiß nicht – die Polizei?! Mit denen hatte ich bisher noch nichts zu tun."

„Ich kann das für Sie übernehmen. Die melden sich dann bei Ihnen."

Herr Jansen zögerte.

„Es ist bestimmt wichtig", setzte Seyfert hinzu.

„In Ordnung, wenn Sie meinen", sagte Herr Jansen schließlich.

Seyfert wunderte sich einmal mehr, dass auf ihrem Gebiet so hoch kompetente und selbstbewusste Menschen wie Herr Jansen in den Dingen des Alltags so unsicher sein konnten.

„Ich fahre auf dem Rückweg gleich vorbei", sagte er. „Und ich denke, man sollte es auch der Zeitung sagen. Vielleicht finden sich dann noch andere Zeugen."

„Machen Sie, was Sie für richtig halten", sagte Herr Jansen und war froh, damit die Angelegenheit los zu sein.

So kam die Polizei zu einer wichtigen Information und Katia Bechstein zu einer Schlagzeile für die Ausgabe des folgenden Tages.

Janinas Begeisterung fand nach der Vorstellung ein jähes Ende, als sie vergeblich nach Mareike Ausschau hielt. Norman hatte sich anständig benommen, aber sie wollte ihn so schnell wie möglich loswerden. Dazu brauchte sie Mareike. Sie konnte sie im Filmzelt nicht entdecken, was bei einigen Hundert Zuschauern nicht erstaunlich war. Sie würde also vor dem Zelt auf sie warten, dachte sie, aber Mareike war nicht zu sehen.

Das war das Eigentümliche an Mareike. Sie war eine liebe und zuverlässige Freundin, aber manches Mal war sie einfach verschwunden. Nach einer halben oder ganzen Stunde tauchte sie dann wieder auf, fröhlich lachend, als wäre nichts gewesen. Wenn Janina fragte, wo sie gewesen sei, sagte sie etwas von jemandem, den sie getroffen habe, dass sie aufgehalten worden sei oder dass sie mal kurz mit ihrer Mutter telefonieren musste. Auf Nachfragen kamen nur ausweichende Antworten. Wenig später schien sie sich an nichts mehr zu erinnern oder wollte nicht darüber reden. Janina fand das ausgesprochen eigentümlich, aber für Mareike schien es keine Bedeutung zu haben und so sollte es auch keine Bedeutung für ihre Freundschaft haben.

Noch etwas war an ihr ungewöhnlich, aber sie traute sich in dieser Hinsicht kein Urteil zu. Mareike und die Männer, das war so ein Thema für sich. Sie hatte immer wieder einen Freund, mit dem sie für ein paar Wochen zusammen war, ausging, sich auf einen Kaffee traf, vielleicht, nein, wahrscheinlich war da auch mehr. Aber keiner schien ihr so recht etwas zu bedeuten. Wenn sie sie darauf ansprach, wie denn der Neue wäre, sagte sie meistens so etwas wie „Ganz nett, aber eben ein Mann." Dabei hatte sie schon wirklich tolle Typen aufgetan – gut aussehend, perfekte Umgangsformen, höflich, witzig, klug. Die meisten hätten ihr auch gefallen. Mareike hatte keine Probleme, an die Männer heranzukommen. Sie war zierlich, hatte eine tolle Figur, die sie nicht verbarg, und einen guten Friseur, dem es gelang, immer wieder einen Hingucker aus ihren blonden Haaren zu zaubern. Sie war nicht der Typ der Kindfrau, aber sie schien in den Männern Beschützerinstinkt und Begierde gleichzeitig zu wecken. Manchmal war sie für Janinas Geschmack zu kokett, blickte die Kerle herausfordernd an. Aber sie war eben eine liebe Freundin, mit der man über alles reden konnte, lachen und weinen, spazieren gehen und Party machen, über die Profs schimpfen und die Kommilitonen ablästern. Sie war genau das, was man als Erstsemester brauchte, wenn man in eine fremde Stadt kam und sein Leben komplett neu ordnen musste.

Nur über Männer konnte man mit Mareike nicht gut reden. Sie fand sie attraktiv, jedoch lange nicht so sehr wie die Männer sie. Sie hatte kein Problem im Umgang mit ihnen. Sie schien sie zu mögen und zugleich auch nicht. Sie ließ keinen so recht an sich heran, hielt sie innerlich auf Abstand, was sie umso interessanter machte. Sie konnte auf ein Kompliment oder eine charmante Anmache freundlich reagieren, genauso aber schroff, kühl und abweisend. Wie sie mit ihnen umging, schien sie die Vertreter des anderen Geschlechts gleichzeitig anziehend zu finden und zu verachten. Janina hatte sie noch nie gut über einen Mann reden gehört. Wenn sie mit einem eine Zeit lang ging, dann offenbar deshalb, weil sie gerade dazu Lust hatte oder ihr nichts anderes einfiel. Sie konnte einen Mann ebenso schnell fallen lassen, wie andere eine vollgemachte Babywindel in den Abfalleimer warfen.

Jetzt hätte sie Mareike gebraucht, aber sie war nirgends zu sehen. Sie stand da vor dem Zelt und Norman wich nicht von ihrer Seite. Dabei wäre sie ihn gerne so schnell wie möglich losgeworden, und Mareike hatte versprochen, ihr dabei zu helfen. Das Publikumsgespräch würde in wenigen Minuten beginnen. Da könnte sie Sebastian Mahler noch näher sein. Also zog sie los, um einen einigermaßen guten Platz zu bekommen. Norman trottete hinter ihr her. Sie ergatterte den letzten Platz in der ersten Reihe. Norman schaute sie missmutig an. Sie zeigte auf einen freien Platz in der Reihe hinter ihr und er setzte sich. Das Gespräch begann, aber so oft Janina sich auch umschaute, von Mareike war nichts zu sehen.

Sebastian Mahler war so charmant und humorvoll, wie ein Mann nur sein konnte. Dazu diese dunkelbraunen Haare mit den ersten grauen Strähnen, die ihm bis in den Nacken fielen und die er mit einer Baseballmütze zusammenhielt. Seine nahezu schwarzen Augen ließen ihn so verträumt erscheinen, dass Janina ihn am liebsten gleich geknuddelt hätte. Wenn er auf seine Notizen schaute, setzte er eine dunkle Hornbrille auf, die sie an einen Vater denken ließ, der seinen Kindern vorlas. In ihren Augen war er der ideale Mann. Ihre Blicke hätten sich an ihm festgekrallt, wenn sie sich nicht immer hätte umdrehen müssen, um zu schauen, ob Mareike endlich gekommen war. Dabei musste sie jedes Mal vermeiden, Norman anzuschauen.

Janina war nicht die Einzige im Publikum, die ihre Augen nicht von dem gut aussehenden Schauspieler auf dem Podium abwenden konnte. Als er danach gefragt wurde, wie denn die Zusammenarbeit mit Aileen Charlton, seiner Filmpartnerin, gewesen sei, drang ein sehnsuchtsvoller Seufzer aus der dritten Reihe nach vorne. Einige im Publikum konnten sich ein Lächeln nicht verkneifen, war Mahler doch dafür bekannt, dass er bei der Damenwelt die vielfältigsten Gefühle der Zuneigung wecken konnte. Viele wären in dem Film gerne an Aileen Charltons Stelle gewesen – und so mancher Mann an Mahlers Stelle.

Endlich! Der Festivaldirektor moderierte gerade die letzte Gesprächsrunde an, als Janina sie erblickte. Sie stand hinten im Zelt und winkte ihr fröhlich zu. Janina machte einen fragenden Gesichtsausdruck und Mareike antwortete mit einem lächelnden Schulterzucken.

„Ich habe jemanden getroffen, den ich von früher kannte", gab sie als Erklärung ab. Am Ende der Diskussion waren die Podiumsteilnehmer durch eine rückwärtige Öffnung im Zelt verschwunden und die Zuhörer drängten sich angeregt redend auf die beiden Ausgänge zu. Norman heftete sich an Janinas Fersen und stellte sich neben sie, als sie Mareike vor dem Zelt trafen.

Das passiert dir häufig, wollte Janina sagen, aber sie zischte nur: „Kein Wunder bei den vielen Leuten hier. War es denn nett?"

„Wie immer", sagte Mareike und hakte sich bei ihr unter. Sie schlenderten zum VIP-Zelt. Auf halbem Weg drehte sich Mareike zu Norman um, der ihnen wie ein alter Hund gefolgt war.

„Norman, ich glaube, da kannst du nicht mit rein. Der Empfang ist nur für geladene Gäste und Mitarbeiter."

„Dann muss Janina bei mir bleiben", sagte der trotzige kleine Junge in ihm.

Mareike stupste Janina in die Seite.

„Ich", stotterte sie, „ich will zu dem Empfang."

„Du sollst bei mir bleiben", sagte Norman mit unsicherer Entschlossenheit.

„Sei nicht böse", lächelte Mareike ihn überheblich an. „Janina wird mit mir zum Empfang gehen. Du kannst gerne draußen warten."

„Und wie lange dauert das?", fragte Norman und ließ die Schultern hängen.

„Zwei, drei, vielleicht auch vier Stunden", sagte Mareike. „Das weiß man nie so genau." Sie schaute ihn von oben herab an. „Aber mach dir keine Sorgen, ich pass auf Janina auf." Sagte es und zog eilig mit ihrer Freundin ab.

Am Eingang zum VIP-Zelt klappte alles wie besprochen. Die Kollegin winkte die beiden durch und Mareike lächelte den breitschultrigen jungen Mann, der dabei stand, vielversprechend an. Norman versuchte, auch hineinzukommen. Als die beiden Mitarbeiterinnen am Eingang ihn abwiesen, wurde er laut, der junge Mann stellte sich vor ihm auf und Norman trottete zu einem der Sessel im angrenzenden Gastro-Zelt.

Wie erwartet, war das Zelt nicht mehr so voll wie eine Stunde zuvor und vom Buffet war kaum noch etwas übrig. Die beiden jungen Frauen gingen zum Getränkestand, Mareike nahm ein Bier, Janina eine Rieslingschorle. Sie schlenderten zwischen den verstreut stehenden

Grüppchen umher und warteten auf den Direktor mit dem Filmteam.

Janina versuchte es noch einmal: „Was war das vorhin? Warum bist du nicht gekommen?"

„Ich hab doch gesagt – ich habe jemanden getroffen."

„Das passiert dir häufig. Wer war das denn?

„Na ja, ehrlich gesagt ..."

Janina wusste Mareikes Gesichtsausdruck nicht zu deuten. War das ein Lächeln? War das ein Grinsen? War es das, was man ein maliziöses Lächeln nannte? Ein Lächeln, das alles andere als ein Lächeln war. Das hatte sie bei Mareike so noch nicht gesehen.

„Ja, also leg los!", sagte sie. „Was heißt das: ehrlich gesagt?"

„Ehrlich gesagt, ich kannte ihn vorher noch gar nicht."

„Wie bitte?"

„Also, das war so: Du bist ja mit Norman in die Filmvorstellung gegangen und ich stand mit zwei Karten in der Hand vor dem Eingang. Es war noch etwas Zeit und ich wollte noch nicht hineingehen. Deshalb habe ich draußen eine Runde gedreht. Und da stand so einer mit einem Blatt in der Hand: Karte gesucht. Der sah nicht schlecht aus – und da habe ich gedacht: Dich hab' ich jetzt. Du bist mein Opfer."

„Wie bitte?", sagte Janina.

„Na ja, manchmal denke ich so etwas. So wie die Männer mit uns Frauen umgehen, das kann ich schon lange:

„Das ist jetzt aber keine kleine Geschichte, um die Janina von dem blöden Norman abzulenken, oder? So viel Bier hast du doch noch gar nicht getrunken."

„Nein", sagte Mareike. „Ich wollte darüber schon immer mal mit dir sprechen. Das habe ich bisher noch nie-

mandem erzählt. Vielleicht hat der Alkohol nur ein bisschen meine Zunge gelöst."

„Dann erzähl weiter!" Janina kam ihre Freundin
fremd vor. Das Wort „Opfer" hatte sie noch nie so aus
ihrem Mund gehört.

„Also, um es kurz zu machen. Ich habe dem Kerl gesagt, er könne die Karte gerne haben, würde dann aber
neben mir sitzen. Dabei habe ich ihm die Haare aus dem
Gesicht gestrichen und mit meinem Bein sein Bein berührt. Das funktioniert immer. Dann sind die Männer völlig verunsichert, weil ihnen eine Frau plötzlich so nahe-
kommt, finden das aber auch irgendwie gut. Er hat etwas
unsicher „Klar!" gesagt und wir sind rein. Als wir uns gesetzt hatten, haben wir ganz unverfänglich über das Festival und den Film gesprochen, über die Atmosphäre und
die Schauspieler, und dann ging das Licht aus. Nach ein
paar Minuten habe ich mein Bein gegen seines gedrückt
und richtig gemerkt, wie es in ihm losging. Dann bin ich
wieder von ihm weggerückt, hab dann mal die Hand auf
sein Bein gelegt, mal wieder die Haare aus der Stirn gestrichen und so weiter. Gegen Ende des Films bin ich
dann mit meiner Hand auf dem Bein immer wieder nach
oben gerutscht. Die erwartete Reaktion trat ein und wir
haben uns nach dem Film auf die Personaltoilette verzogen. Danach habe ich ihm gesagt: „War nicht schlecht."
Und habe ihn auf der Schüssel sitzen lassen. Dann habe
ich mir ein Bier geholt, es in Ruhe ausgetrunken und dich
beim Publikumsgespräch gesucht."

Janina hatte ihr mit ständig weiter geöffneten Pupil-
len zugehört. „Das kann nicht wahr sein", konnte sie nur
sagen, und: „Ich muss mich setzen."

„Ach übrigens, da drüben ist er", sagte Mareike. Sie
zeigte auf einen blonden jungen Mann mit verträumten
Augen und undefinierbarem Gesichtsausdruck, der die
beiden aus dem Gastro-Zelt heraus anstarrte.

„Das ist also dein ‚Opfer‘?", fragte Janina.

„Das war er", sagte Mareike und winkte dem Mann unschuldig lächelnd zu. „Vergessen wir ihn!"

Janina war so aufgewühlt, dass ihr schlecht wurde. Sie stürzte die Weinschorle herunter und lehnte sich zurück.

„Das stimmt nicht, oder?", sagte sie zu Mareike.

„Ich hätte es dir vielleicht nicht gerade heute erzählen sollen. Aber die Männer und ich – das ist so eine Sache." Mareike nahm die Hand ihrer Freundin. „Wir sprechen ein anderes Mal weiter darüber. Da vorne kommt die Filmcrew."

Katia Bechstein kam nicht weiter. Sie wusste nun von zwei Frauen in roten Kleidern, die sich bis zum späten Abend oder gar bis in die Nacht hinein auf dem Gelände des Filmfestivals aufgehalten hatten. Beide waren sie Mitarbeiterinnen – und beide waren seit jenem Abend nicht wieder aufgetaucht. Die Polizei gab die Identität der Getöteten nicht bekannt, vielleicht kannte sie sie auch noch gar nicht. Sie hatte über die Festivalleitung die Namen der beiden erfahren: Janina Lang und Mareike Opitz. Sie fragte in dem Studentenwohnheim nach, in dem die beiden wohnten, aber niemand hatte sie gesehen. Warum tauchten beide nicht mehr auf? War die eine ermordet und die andere entführt worden? Oder hatte die Zweite sich aus Angst versteckt? Vielleicht war das Verschwinden der Zweiten einfach nur ein Zufall. Es gab viele Möglichkeiten und Katia Bechstein dachte nach, was sie daraus machen könnte. Was könnte sie schreiben, ohne falsche Verdächtigungen auszusprechen oder jemanden zu gefährden?

Sie brachte die Probleme in die Redaktionskonferenz ein. Eigentlich war man in einer Sackgasse. Aber die Leser brauchten neue Informationen. Die letzte Neuigkeit war die Zeugenaussage von Herrn Jansen gewesen. Es hatte viel Feingefühl gebraucht, um dies so darzustellen, dass es nicht reißerisch daherkam und dem Filmfestival das Etikett der Sittenlosigkeit anheftete. Was man jetzt wusste, war, dass mit hoher Wahrscheinlichkeit entweder Janina Lang oder Mareike Opitz das Opfer eines Verbrechens geworden waren. Aber sollte man das veröffentlichen?

Man entschloss sich, dass Katia einen Artikel über die beiden Frauen in Rot schreiben sollte, ohne die Namen zu nennen. Sie machte sich dazu noch einmal auf den Weg zum Festivalgelände und rief Franz Seyfert an, ob er mitkommen könne. Er war ein guter Beobachter und Zuhörer. Vielleicht könnte er hilfreich sein.

Sie holte ihn ab und sie fuhren mit ihrem Wagen auf die Insel. Ihr Presseausweis ermöglichte ihr die Zufahrt, die in diesen Tagen sonst nur für Bewohner möglich war. Die ersten Filme waren noch nicht angelaufen, das Gelände war allerdings schon belebt. Es waren viele Jungen und Mädchen mit ihren Eltern da. An diesem Nachmittag liefen die Sondervorstellungen mit guten Filmen für Kinder und Jugendliche. Es war heiß und die Menschen hatten sich in den Schatten der Bäume verzogen. Im Gastro-Zelt war man mit den Vorbereitungen für den Ansturm am Abend beschäftigt, das VIP-Zelt wurde für den Empfang hergerichtet, das Zelt für das Publikumsgespräch brachte eine Putzkolonne auf Vordermann.

Die Festivalleitung hatte kein Auskunftsverbot erteilt, dennoch waren die Mitarbeiter in den vergangenen Tagen nicht sonderlich gesprächig gewesen. Katia Bechstein hatte manchmal auch ein gewisses ungewohntes Misstrauen gespürt, wenn sie sich als Pressevertreterin vorstellte. Vielleicht hatte man Angst vor Schlagzeilen, die das Festival in ein schlechtes Licht rücken könnten, arbeiteten doch alle mit Begeisterung an diesem großartigen Projekt.

Katia und Franz gaben sich deshalb als ein ganz normales Besucherpaar aus, das sich schon lange auf einen gemeinsamen Besuch der Festspiele gefreut und von den Ereignissen in der Zeitung gelesen hatte. Das war nicht die ganze Wahrheit, aber auch nicht gelogen. Sie verwickelten die Mitarbeiterinnen an der Kasse in ein zwangloses Gespräch und versuchten es in derselben Weise mit den Leuten vom Sicherheitsdienst, den Kontrolleuren an den Zelteingängen und den Mitarbeitern im Gastrobereich.

Die Gespräche verliefen sehr unterschiedlich. Einige hatten von dem Mord bisher nur aus der Zeitung erfahren. Das schienen wenig kommunikative Menschen zu sein, die auch mit ihren Kolleginnen und Kollegen kaum ein Wort wechselten. Andere wieder konnten alle Gerüchte wiedergeben, die sich inzwischen gebildet hatten. Sie hatten gehört, dass es ein entlaufener Sträfling aus dem nicht weit entfernten sozialtherapeutischen Gefängnis gewesen sein soll. Es hatte sich auch die Variante von einem Speedboat herumgesprochen, dass in der Nacht vom Rhein her das Festivalgelände angelaufen habe und dessen vermummte Insassen aus Frust darüber, dass der Inhalt der Kassen schon zu Bank gebracht worden war, sich gemeinsam über eine junge Frau hergemacht hätten, die in einer Ecke des Geländes ihren Rausch ausschlief. Denn das war eine Beobachtung, die immer wiederkehrte, wenn man nach einer jungen Frau in einem auffallend roten Kleid fragte: Viele hatten eine solche Frau im VIP-Zelt gesehen, die über die Maßen Weinschorle getrunken haben sollte, sodass sie irgendwann müde gewesen sei und man sie zu einem der wenigen Korbsessel gebracht habe, in dem sie bald eingeschlafen sei. Kaum jemand jedoch konnte etwas von zwei Frauen in roten Kleidern erzählen, die zusammen gewesen seien. Wie schon beim ersten Mal flossen viele Beobachtungen zu Janina und Mareike ineinander und durcheinander. So wusste man von einem jungen Mann zu erzählen, der wie eine Klette an einer Frau mit rotem Kleid gehangen, mit dem diese jedoch nur wenig gesprochen habe. Auch hatte man eine so gekleidete Frau zugleich mit einem Mann zu den Personaltoiletten gehen gesehen, aber weder die Frau noch der Mann konnten näher beschrieben werden. Jedoch war klar, dass dies relativ früh am Abend gewesen war. Wiederholt wurde ihnen berichtet, dass die Filmcrew um Sebastian Mahler überhaupt keine Lust gehabt habe, das VIP-Zelt zu verlassen, auch nachdem der Festivaldirektor sich schon verabschiedet hatte. Zuletzt waren die Servicekräfte gegangen und hatten einige Flaschen Sekt, Wein, Wasser und Bier bereitgestellt und die Crew sich selbst überlassen. Wenn man also nach Zeugen für das, was sich spät in der Nacht ereignet hatte, suchte, blieben nur die Filmcrew und eventuelle die Nachtwachen übrig. Die Security hatte nichts gesehen, das hatte Katia Bechstein schon in Erfahrung gebracht. Die Filmcrew war weg und für sie kaum oder gar nicht erreichbar.

Ein wenig frustriert ob der geringen Ausbeute setzten sich Katia Bechstein und Franz Seyfert und stärkten sich mit einem alkoholfreien Weizenbier. Franz hatte nicht mehr viel Zeit, er musste an dem Abend noch auf eine Sitzung, und so versuchten sie es mit einem vorläufigen Fazit: Eine rot gekleidete Frau war am frühen Abend mit einem Mann in der Nähe der Personaltoiletten gesehen worden, also im Umkreis des späteren Tatortes. Das gab zunächst nicht viel her, denn dieses Örtchen werden noch viele andere aufgesucht haben. Eine andere oder dieselbe Frau hatte sich im VIP-Zelt betrunken. Für die Geschichten mit dem entflohenen Häftling und den vermummten

Männern im Speedboat hatten sie keine Bestätigungen erhalten.

„Geringe Ausbeute", meinte Franz Seyfert.

„Sozusagen gar nichts", sagte Katia.

„Aber zwei unverhoffte Stunden mit dir", sagte er lächelnd.

„Die wir mit vielen anderen Menschen geteilt haben."

„Ich freue mich auf die nächsten beiden ungeteilten Stunden mit dir."

„Du musst jetzt erst einmal zu einer deiner vielen Sitzungen."

„Und du musst in die Redaktion und noch zweitausend Zeichen zu Papier bringen, die die Leserinnen und Leser bei der Stange halten."

„Trübe Aussichten!"

Die beiden schwiegen sich eine Weile an.

„Ich muss los", brummte er müde.

„Ich bleibe noch ein bisschen. Vielleicht eine halbe Stunde. Mal sehen", grummelte sie zurück.

Der Abschiedskuss fiel kurz aus.

„Nach der Sitzung?", fragte sie.

„Nach Redaktionsschluss!", sagte er und lächelte.

Der junge Mann am anderen Ende des Biertisches hatte hin und wieder zu den beiden hinübergeschaut, schien aber ansonsten Trübsal zu blasen. Jetzt schaute er Katia Bechstein an, und als er ihren Blick auffangen konnte, sagte er: „Sie sind von der Zeitung?"

„Sie haben gelauscht! Gehört sich das?", fragte Katia Bechstein und lächelte dabei.

„Hatte sonst nichts zu tun", gab er zurück.

„Ja, ich bin von der Zeitung", sagte sie, kramte in ihrer Handtasche und schob ihm eine Visitenkarte hinüber.

„Ah, die *Rheinpfalz* aus Ludwigshafen. Also direkt vom Ort des Geschehens." Er bemühte sich um ein Lächeln.

„Welches Geschehen meinen Sie?"

„Na ja, den Mord. Was sonst? Sind Sie deshalb hier oder sind Sie vom Kulturteil?"

„Filmkritik, meinen Sie? Nein, ich bin wegen des Mordes hier."

„Wegen des Mordes? Klingt altertümlich. Sagt man das noch? Sagen nicht alle: wegen dem Mord?"

„Der Duden erlaubt beides. Ich bin noch von der alten Schule. Vielleicht weil ich Latein gelernt habe."

„Habe ich auch. Brauche ich aber nicht mehr."

„Was machen Sie denn?"

„Ich studiere Agrar- und Forstwissenschaft in Mannheim."

„Und sitzen jetzt hier herum?"

„Und blase Trübsal. Es sind Semesterferien. Alle haben von dem Filmfestival geschwärmt. Deshalb bin ich mal hierher. Wusste gar nicht, dass es auf dieser Seite des Rheins so schön ist."

„Ja, ja, Ludwigshafen, die am meisten unterschätzte Stadt. Sag ich doch immer." Katia Bechstein schaute den jungen Mann mit den blonden Haaren genauer an. „Und Sie blasen Trübsal, sagen Sie. In dieser schönen Umgebung?"

„Auch in einer schönen Umgebung kann man unangenehme Dinge erleben."

„Wie wahr. Vor ein paar Tagen ging es einer jungen Frau so. Jetzt ist sie tot."

„Das ist schrecklich. Ich hoffe, es war nicht die junge Frau, mit der ich mein schön schauriges Erlebnis hatte. Die hatte nämlich auch ein rotes Kleid."

Bisher hatte Katia Bechstein sich gut unterhalten und zuletzt so etwas wie mütterliche Gefühle für den trübsinnigen jungen Mann entwickelt. Jetzt war sie hellwach.

„Schön schaurig? Das klingt nach einem weiblichen Vampir, oder so."

„Stimmt, könnte man so sagen. Erst aussaugen und dann fallen lassen."

„Ich habe noch nie einen Vampir getroffen. Erzählen Sie mal."

„Ich weiß nicht." Er zögerte. „Ich möchte das aber nicht in Ihrer Zeitung lesen. Irgendwie ist mir das superpeinlich."

„Okay, off the records. Ich werde nichts verwenden - es sei denn, Sie gestatten es ausdrücklich."

„Ich gestatte bestimmt gar nichts", sagte er schroff.

War ungeschickt von mir, dachte Katia Bechstein, jede Art von Humor ist unangebracht. Sie wartete.

„Ich weiß auch nicht, ob eine Frau das überhaupt versteht?", brummte er nach einer Weile vor sich hin.

„Versuchen Sie es doch. Es geht doch schließlich auch um eine Frau, wenn ich Sie recht verstanden habe." Sie rückte ein Stück zu ihm auf und er erzählte ihr seine Geschichte.

Als er fertig war, wartete sie einen Moment, dann sagte sie: „Ja, ihr Männer seid manchmal wie Automaten. Man muss nur an die richtige Stelle greifen, und dann spult ihr euer Fortpflanzungsprogramm ab."

„Und diese Frau?", fragte er empört.

„Sie haben recht. Das war übergriffig, sexuelle Belästigung in der weiblichen Variante. Ganz eindeutig. Da will ich nichts beschönigen."

„Wenn sie nicht so hübsch gewesen wäre, so zart, diese kurzen blonden Haare und dieses Lächeln. Am Ende hat sie mich einfach sitzen lassen."

„Auf der Kloschüssel."

„Genau dort." Er blickte Katia Bechstein zornig an.

„Das war eine Demütigung", sagte sie.

„Und dann winkt die mir später noch freundlich lächelnd zu, als wäre nichts gewesen."

„Wann war das?", fragte sie interessiert.

„Später. Ich war im Gastro-Zelt, weil ich sie die ganze Zeit gesucht habe. Ich dachte, das konnte doch nicht alles gewesen sein. Da stand sie nebenan bei den VIPs mit einer Freundin, sah mich plötzlich, winkte mir mit einer Unschuldsmiene zu und drehte sich wieder um."

„Wie sah die Freundin aus?", wollte Katia Bechstein wissen.

„Etwas größer, lange braune Haare. Hatte auch ein rotes Kleid an."

„Was war dann? Haben Sie gesehen, was die beiden machten? Eine von den beiden wird das Mordopfer gewesen sein."

„Hoffentlich nicht die kleine Blonde", sagte er und Katia bedauerte ihn. Männer können ganz schön dumm sein. Hatte er sich doch in eine Frau verliebt, die ihn offensichtlich nur benutzt hatte. Missbraucht hatte.

„Ist Ihnen etwas aufgefallen?", hakte sie nach.

„Ich bin nur noch eine Stunde geblieben, dann hatte ich genug. Ihre Freundin ist irgendwann im Hintergrund verschwunden und sie hat ganz heftig mit einem großen, gut gebauten Typ in Anzug und T-Shirt geflirtet. Sie hat nicht ein einziges Mal wieder zu mir herübergeschaut."

„Das war alles?"

„Eigentlich ja", sagte er enttäuscht.

„Eigentlich?"

„Na ja, mir ist nur noch aufgefallen, dass neben mir so ein Typ stand, der die ganze Zeit da rüber gestarrt hat. Der stand auch noch da, als ich gegangen bin."

„Wissen Sie, wo er hingestarrt hat?"

„Ich hatte den Eindruck, der war wegen ihrer Freundin da. Er ist immer wieder einmal einen Schritt zur Seite gegangen, als ob er dann besser sehen könnte. Aber genau weiß ich das nicht." Er machte eine kleine Pause. „Einmal nur, da hat er etwas vor sich hingemurmelt, und weil ich meinte, er hätte mich gemeint, da habe ich nachgefragt. Da hatte er nur gesagt: Findest du brünette Haare auch so toll? War ein bisschen schräg, der Typ."

„Wie sah er aus?"

„Irgendwie unscheinbar. Mittelgroß, mittelschlank, dünne schwarze Haare, so eine altmodische Brille."

Katia stand auf und reichte dem jungen Mann die Hand. „Ich glaube, es ist das Beste, Sie schlagen sich die Frau aus dem Kopf. Die war auch ein bisschen schräg, wenn nicht sogar krank." Sie berührte ihn leicht am Oberarm und ging davon.

„Ob er dir wirklich die ganze Wahrheit gesagt hat?" Franz Seyfert reichte Katia die Butter an. „Ich meine, es muss doch nicht stimmen, dass er nur eine Stunde geblieben ist. Der Mann fühlte sich verletzt, gedemütigt, benutzt. Vielleicht war er auch geblieben und hat sich dann später in der Nacht an seiner Verführerin gerächt."

Die beiden trafen sich zum Frühstück. Am späten Nachmittag des Vortages hatte die Polizei unerwartet und kurzfristig zu einer Pressekonferenz eingeladen. Sie war nach wie vor nicht bereit, die Identität des Opfers preiszugeben, aber sie veröffentlichte eine Personenbeschreibung. Danach war es für Katia Bechstein klar, dass es sich bei der Toten nur um Mareike Opitz handeln konnte. Den Namen nannte sie in ihrem Artikel, der an diesem Morgen in der *Rheinpfalz* erschien, nicht. Sie beschrieb nur, was sie über den Verlauf des Abends wusste, dass die kleine blonde Frau im roten Kleid zusammen mit einer Freundin noch am späten Abend im VIP-Zelt gesehen worden und dass diese Freundin seitdem verschwunden war. Diese Frau wurde nun dringend gesucht. Von dem enttäuschten jungen Mann schrieb sie nichts, jedoch dass man das Opfer mit mehreren Männern heftig flirten gesehen hatte. Sie wies darauf hin, dass man vom benachbarten Gastro-Zelt aus eine gute Sicht gehabt hatte und sich vielleicht auch dort Menschen aufhielten, die etwas bemerkt haben könnten. Bisher hatte man lediglich nach Zeugen aus dem VIP-Zelt gesucht.

„Das ist gut möglich", sinnierte Katia. „Aber wer weiß, wie viele Männer die Frau noch an dem Tag angemacht hatte. Das hat mit moderner sexueller Freizügigkeit nicht mehr viel zu tun."

„Aber vielleicht doch eine Form sexueller Selbstbestimmung, wenn auch extrem."

„Sie degradiert Männer zu Objekten ..."

„So wie nicht wenige Männer und eine ganze Industrie dies mit Frauen machen", vollendete Franz den Satz.

„Und nicht wenige Frauen das mitmachen, weil sie sich davon Berühmtheit und Geld versprechen", sagte Katia.

„Du wirst bei deinen Recherchen nicht richtig weiterkommen, wenn du nicht Zeugen vom späten, vom ganz späten Abend auftreibst. Es hilft nichts, du musst irgendwie an die Filmcrew rankommen."

„Die ist jetzt schon in alle Teile der Republik verstreut. Wo soll ich da anfangen?"

„Versuche es doch da, wo es am schwierigsten zu sein scheint – bei Sebastian Mahler", meinte Franz. „Auf jeden Fall ist bei ihm am leichtesten möglich, einen Vorwand für ein Gespräch zu finden. Er müsste ein Interesse an Publicity haben. Schließlich ist der Publikumspreis des Festivals noch nicht vergeben. Da könnte ihm so ein kleines Interview hilfreich sein. Mit irgend so was wirst du schon an ihn herankommen."

Katia Bechstein kam nicht an ihn heran. Sie blieb bei seiner Agentin hängen. Herr Mahler sei bei Dreharbeiten und nicht erreichbar, hieß es.

„Schade, aber vielleicht kommen wir beide etwas weiter", versuchte Katia Bechstein, die Agentin in ein Gespräch zu verwickeln. „Die Zeitungsleser würden sich auch über ein paar Hintergrundinformationen zum Festivalfilm oder zum nächsten Projekt von Sebastian Mahler freuen."

„Gerne, versuchen wir es. Das ist mein Job, Schauspieler zu verkaufen", gab die Agentin bereitwillig zurück.

So kamen sie ins Gespräch und Katia Bechstein erfuhr neben vielem Wissenswerten über den Schauspieler, das sie in den nächsten Tagen zu Papier bringen würde, auch einiges über den Abend in Ludwigshafen. Die Agentin schien das Image von Sebastian Mahler, dem Frauenschwarm, pflegen zu wollen, denn immer wieder kam sie darauf zu sprechen, dass sich an diesem Abend die Frauen um ihn rissen und sie das Problem hatte, ihm ein wenig Freiraum zu verschaffen.

„Das kann ich mir vorstellen", sagte Katia Bechstein verständnisvoll. „Die machen sich dann schick und ziehen etwas an, mit dem sie besonders auffallen. Vielleicht ein Kleid in knalligem Rot oder so."

Der Versuchsballon funktionierte und brachte die gewünschten weiteren Informationen.

„Ja, rote Kleider hatten wir gleich zwei an diesem Abend. Erst die mit den braunen Haaren, die ständig um ihn herum scharwenzelte. Sie schien sehr nervös zu sein, denn sie trank eine Schorle nach der anderen und wurde irgendwann sehr müde. Die ist dann später mit so einem verklemmt wirkenden Typen, der die ganze Zeit vor dem Eingang gewartet hatte, nach draußen verschwunden.

Dann war da die kleine Blonde. Die schien Sebastian zu gefallen. Mit der war er auch irgendwann für kurze Zeit verschwunden. Auf jeden Fall habe ich beide eine Weile nicht gesehen. Aber dann waren sie wieder da, und die Blonde winkte uns fröhlich nach, als wir gingen."

Damit hatte Katia ihre Informationen. „Für unseren Artikel ist das aber nicht wichtig", sagte sie beruhigend zu der Agentin und besprach anschließend mit ihr, was aufgenommen werden sollte und was besser nicht.

Später traf sie sich mit ihrem Redaktionsleiter. Sie hatte nun Informationen, die einige Möglichkeiten bezüglich der Täterschaft ausschlossen, andere aber offenließen. Ein Verdacht, der ihr immer wieder einmal in den Sinn gekommen war, hatte sich verdichtet.

„Ich denke, es geht kein Weg daran vorbei, dass du mit den ermittelnden Beamten sprichst und ihnen das erzählst", meinte ihr Chef. „Aber lass dir keinen Maulkorb verpassen. Was wir wissen, das werden wir auch schreiben. Sag ihnen das!"

„Vielleicht lassen sie sich auf einen Deal ein", meinte Katia. „Eine Hand wäscht die andere. Ich sage ihnen, was ich weiß, und sie sagen mir, was sie anschließend machen werden, damit wir es morgen früh bringen können."

„Darauf werden sie sich nicht einlassen, weil sie sich nicht darauf einlassen dürfen. Was du allenfalls erreichen kannst, ist, dass sie dich vorinformieren und die Pressemeldung des Polizeipräsidiums erst ziemlich spät herauskommt, wenn die anderen Redaktionen schon Schluss gemacht haben."

Die *Rheinpfalz* brachte es als einziges Blatt ausführlich. Die Polizei hatte am vorangegangenen Abend Janina L. vorläufig festgenommen und verhört. Man traf sie in der Wohnung eines Kommilitonen an, dessen Name nicht genannt wurde. Mit ihm saß sie während der Vorstellung des Films mit S. Mahler an dem Abend, als Mareike O. ermordet wurde, in der ersten Reihe. Im Laufe der Verhöre gaben die beiden die Tat zu. Als Motiv wurde Janina L.'s Eifersucht auf das spätere Opfer angenommen. Mareike hatte an dem Abend mit dem von der Täterin verehrten Schauspieler S. Mahler intensiv geflirtet. Janina L. unterstellte Mareike O., mit dem Schauspieler Geschlechtsverkehr gehabt zu haben. Nach der Tat, die sie alleine begangen haben will, gewährte der Kommilitone ihr Unterschlupf.

Amandia

Man könnte es Schicksal nennen. Manche würden vielleicht das Wort Fügung verwenden. Dafür bin ich nicht fromm genug. Ich nenne es einfach Glück. Glück für sie und Glück für mich.

Es kommt selten vor, dass wir über Nacht in einem Hafen festmachen. Es ist eigentlich genau das, was vermieden werden soll. Die Amandia befindet sich auf ständiger Fahrt, wie es so schön in der Binnenschifffahrtsstraßen-Ordnung heißt. Ständige Fahrt, das bedeutet vierundzwanzig Stunden Arbeit am Tag, in drei Schichten. Fahren, Beladen, Entladen, Fahren. Was anderes gibt es eigentlich nicht. Getankt wird beim Entladen oder in Fahrt. Eingekauft wird beim Beladen oder in Fahrt. Wenn das Schiff nicht am Ladekai liegt, dann fahren wir auf dem Rhein. Rauf und runter, zu Berg oder zu Tal, von Basel nach Rotterdam, von Duisburg bis Straßburg.

In dieser Nacht sollten wir im Mundenheimer Hafen liegen bleiben. Anweisung der Reederei, sagte der Kapitän. Wir müssten zehn Container aufnehmen, die auf schnellsten Weg zum Seehafen gebracht werden mussten. Sollten auf ein anderes Schiff der Reederei warten, das aus Straßburg kommen würde, mit einem Schaden am Bugstrahlruder. Damit würde es nicht das enge Mittelrheintal passieren können. Sollte nach Mannheim in die Werft. Die Ladung könnte drauf blieben, nur diese zehn Container, die wären eilig. Konventionalstrafe und so weiter.

Uns war das nur recht. Eine Zwangspause war auch eine Pause. Für mich war es die Gelegenheit. Wie hätte ich es sonst anstellen sollen? Den ganzen Tag hatte ich darüber gebrütet, wie ich es machen sollte. Die anderen durften nichts davon bemerken, das war das oberste Gebot. Ich war so davon besetzt, einen Weg zu finden, bei dem sie nichts merkten, dass sie mich immer wieder fragten, ob es mir nicht gut ginge, was mit mir los sei und so weiter. Von wegen, die anderen dürfen nichts merken! Ich war kurz davor durchzudrehen, aber dann kam die rettende Nachricht: Mindestens acht Stunden Zwangspause im Mundenheimer Hafen. Ich war gerettet. Acht Stunden – das müsste reichen.

Dann kam der Chef auf die freundlich gemeinte, aber für mich völlig unpassende Idee, uns alle einzuladen. In dem Monat hätte er so etwas wie ein Jubiläum, sein Rhein-Jubiläum. Seit vierzig Jahren fahre er nun auf dem Rhein. Das sei zwar kein offizielles Jubiläum, aber er wolle uns aus diesem Anlass und bei dieser Gelegenheit alle einladen. Er kenne eine hübsche Kneipe in der Stadt, sagte Kapitän Neumann, und dieser Abend gehe auf seine Rechnung.

Das wäre eigentlich die beste Gelegenheit gewesen. Ich hätte einfach sagen sollen, mir ginge es nicht gut, irgendwas im Magen oder so, und ich wolle auf dem Schiff bleiben. Dann hätte ich in aller Ruhe meinen Plan umsetzen können. Dann hätten aber auch alle bezeugen können, dass ich für ein paar Stunden allein gewesen war, falls etwas schief gegangen wäre. Also bin ich mit in die Kneipe, zusammen mit dem Chef, dem zweiten Schiffsführer, dem Steuermann, dem neuen Matrosen und Karl, dem anderen Matrosen. Wir sechs stiegen in ein Großraumtaxi und fuhren in die Tenne. So hieß die Kneipe und sie war wirklich urig. Das Bier war gut, das Essen auch, einer von uns trank lieber Wein, ein anderer zu viel Schnaps. Ich hielt mich zurück. Ich hatte noch etwas vor.

Ich kannte sie noch nicht lange. Getroffen habe ich sie in Weil, Weil am Rhein, meiner Heimatstadt. Da wohne ich, wenn ich nicht auf der Amandia bin. Drei Monate Schiff, einen Monat Urlaub. So ist das bei uns. Im Urlaub bin ich meistens zu Hause. Fürs Wegfliegen reicht das Geld nicht. Ich habe eine schöne kleine Wohnung in der Altstadt. Habe ich von einer Tante geerbt, die keine Kinder hatte.

Im Urlaub schlaf ich aus. Oder geh spazieren. Manchmal sitze ich einfach nur am Rhein. Im Sommer helfe ich in der Marina Basel. Die können immer einen gebrauchen, der sich mit Schiffen auskennt. Ich bin Matrose, aber kein einfacher Matrose. Ich bin Matrose und Motorenwart. Kein ausgebildeter Ingenieur oder so. Einfach einer, der die Zusatzausbildung für Schiffsmotoren gemacht hat. Ich kenne mich mit den Dingern aus. Sind ja meistens Diesel. Der in der Amandia braucht einen Eimer Öl jeden Tag, dann läuft er wie geschmiert. Die in den Sportbooten sind viel kleiner. Fünf oder sechs Liter Hubraum nur, dreihundert, vierhundert PS. Manche sind auch noch kleiner. Der in der Amandia ist so hoch wie ich, 76 Liter Hubraum, 1600 PS. Der läuft immer, steht eigentlich nie still, auch nicht, wenn wir festliegen. Nur in der einen Nacht im Mundenheimer Hafen, da habe ich ihn ausgemacht. Ist aber am nächsten Morgen ohne Probleme wieder angegangen.

Also in Weil am Rhein war es, wo ich sie kennengelernt habe. Sie saß auf einer Bank am Fluss. Es war ein schöner Tag. Man hatte einen tollen Blick rüber nach Frankreich. Die Vogesen lagen in einem leichten Dunst. Das verhieß gutes Wetter, auch in den nächsten Tagen. Ich war mit dem Fahrrad unterwegs. Mach ich manchmal im Urlaub. Das Fahrrad nehme ich auch mit aufs Schiff. Der Chef hat sein Auto mit, aber wir anderen nur Motorräder oder Fahrräder.

Es war am späten Nachmittag. Ich kam von der Marina, wollte nach Hause fahren, machte aber noch einen kleinen Umweg am Rhein entlang, weil, wie gesagt, das Wetter so schön war. Sie saß also auf einer Bank. Ich weiß eigentlich nicht, warum ich angehalten und mich dazu gesetzt haben. So auf den ersten Blick war sie gar nicht mein Typ. Vielleicht wollte ich mich unterhalten, vielleicht waren die Beine müde. Was weiß ich.

Also mein Typ war sie nicht. Erst mal war sie mindestens fünfzehn Jahre jünger als ich. Achtzehn, vielleicht zwanzig. Ich mag auch nicht diese Piercings in der Nase. Gegen Tattoos habe ich nichts, aber es muss doch nicht der ganze Arm sein. Ein Anker hier, ein Name dort – aber ein Gemälde von der Schulter bis auf den Handrücken, nein, das ist nicht mein Geschmack.

„Tolle Aussicht!", sagte sie.

„Ja, ist wirklich schön hier", habe ich geantwortet. Oder so ähnlich. Genau weiß ich es natürlich nicht mehr, was wir gesagt haben. Auf jeden Fall haben wir uns unterhalten. Über die Aussicht, über das Wetter, wo ich herkomme und schließlich auch, wo sie herkam. Ich hatte ja gedacht, sie wäre auch aus Weil. War sie aber nicht. Sie wollte es nicht so richtig sagen, wo sie herkam. Sagte, sie sei schon seit einigen Wochen unterwegs, wolle den Sommer genießen. Noch ein bisschen von der Welt sehen, vom Rhein, den sie so liebte. Sie wollte eigentlich in die Schweiz, mal an den Hochrhein, aber sie hatte ihren Personalausweis nicht dabei und Angst, an der Grenze nicht durchgelassen zu werden. So war sie in Weil hängen geblieben, und wusste noch nicht so richtig, wie es weiter gehen sollte.

Sie war eigentlich ganz nett, auf jeden Fall nicht so schräg, wie ich erst gedacht hatte, als ich ihre Piercings und den tätowierten Arm sah. Man konnte sich toll mit ihr unterhalten. Sie hatte was auf dem Kasten, interessante Ansichten. Hatte auch immer irgendwie gute Gründe für das, was sie sagte. Sie war nicht so geziert wie die anderen Mädchen in ihrem Alter. Sie war ganz schön erwachsen.

Am Ende habe ich sie gefragt, ob sie morgen auch noch da sei. Sie wüsste das nicht so genau, antwortete sie. „Gut", habe ich gesagt, „dann komm ich morgen Nachmittag noch mal vorbei und schau, ob du da bist." Na ja, und am nächsten Nachmittag saß sie wieder auf der Bank am Rhein.

Ich sag es Ihnen: Wenn ich damals schon gewusst hätte, was dann noch alles passiert ist − ich wäre nicht noch einmal hingefahren.

War schön, die Zeit mit ihr. Zwei Wochen waren es. Nicht länger. Wir verstanden uns wirklich gut. Als ich sie das zweite Mal traf, auf der Bank am Rhein, da hat sie mir ein bisschen aus ihrem Leben erzählt und ich aus meinem. Sie war schon eine Kluge. Hatte gerade ihr Abitur gemacht, wusste aber noch nicht, was sie tun wollte. Sie redete sowieso nicht wirklich gerne über die Zukunft. Das habe ich damals noch nicht verstanden. Die meisten machen doch Pläne, gerade wenn man die Schule hinter sich gelassen hat. Also ich, ich wusste, was ich wollte. Nach der zehnten Klasse sollte es aufs Schiff gehen. Den Rhein rauf und runter fahren, bei jedem Wetter. Es ist ein großer Unterschied, ob man zu Berg oder zu Tal fährt. Zu Tal geht es viel schneller. Da zieht die Strömung das Schiff mit. Basel − Rotterdam, das können Sie mit einem Frachtschiff wie der Amandia in knapp vier Tagen schaffen. Zurück brauchen Sie fast eine Woche.

Zu Tal zu fahren, das ist zunächst einmal schön, weil es so schnell geht. Man hat fast ein Gefühl von Geschwindigkeit, wenn man einen Hafen passiert oder unter einer Brücke hindurchfährt. Man rauscht richtig vorbei.

Für den Schiffsführer ist es allerdings ziemlich anstrengend, denn so ein Kahn reagiert nicht so schnell wie ein Auto, und zwanzig Kilometer in der Stunde sind dann schon viel. Gut, wir haben Funk und Radar, aber trotzdem. Da musst du ganz schön aufpassen. Für die Maschine ist die Talfahrt eher besser. Die muss nicht so hochdrehen, wir fahren nicht gegen den Strom. Nur wenn es zeitlich eng wird, dann muss halt die Drehzahl hoch. Kostet eine Menge Diesel, aber die Zufriedenheit des Kunden ist das höchste Gebot.

Zu Berg fahren, das ist ganz anders. Viel langsamer. Wir gehören schon zu den schnellen Schiffen, aber mehr als zehn Kilometer in der Stunde machen wir nicht. Manchmal weniger, wenn wir Zeit haben und Diesel sparen wollen. Das ist dann fast, wie auf dem Wasser spazieren zu gehen. Alles kriecht vorbei, die Fahrradfahrer auf den Treidelpfaden am Ufer können uns überholen, die zu Tal fahrenden Schiffe kommen einem vor wie Schnellboote. Alles geht nur halb so schnell. Manchmal finde ich das langweilig. Oft aber kann ich es genießen, denn wenn es nicht schneller gehen kann, dann kann es auch nicht schneller gehen müssen.

Anstrengend kann die Arbeit immer sein, ob zu Berg oder zu Tal. Aber so bleibst du fit. Die Arbeit im Motorraum ist interessant, aber nicht immer einfach. Laut ist es, im Winter angenehm warm, im Sommer zu heiß. Meine Maschine ist immer topfit. Da achte ich drauf. Das hat mich immer schon interessiert. Das Rheinschifferpatent habe ich noch nicht gemacht. Irgendwie krieg ich mich nicht dazu. Obwohl ich dann Schiffsführer werden könnte. Aber für die Maschinen habe ich mich immer interessiert und jede Fortbildung mitgemacht. Das kann keiner besser als ich. Und dafür habe ich dann irgendwann auch mehr Geld bekommen.

Ja, und mit ihr? Das war wirklich eine schöne Zeit. Wie gesagt, am nächsten Tag saß sie wieder da auf der Bank am Rhein. Ich setzte mich neben sie. Sie lächelte, ich auch. Wir schauten in die Ferne, den Rhein, die Böschung am anderen Ufer, die Oberleitungen der Eisenbahn, ein paar Kirchtürme verstreut über die Landschaft und die ersten Hügel mit Wein, dann der Wald und dann die Spitzen der Vogesen. Es hat etwas total Entspannendes, so da zu sitzen, in die Ferne zu schauen und ab und zu ein paar Worte miteinander zu wechseln.

Das Tolle an ihr war, dass wir nicht viel reden mussten, und uns trotzdem wohlgefühlt haben nebeneinander. Es war fast so, als würden wir uns schon lange kennen. Vielleicht, weil wir nicht viel von einander erwartet haben. Mit gefiel sie ja, wie gesagt, zunächst nicht besonders gut, aber ich fand sie auch nicht unsympathisch. Und mich hielt sie wohl für einen, der mit seiner Zeit nichts anzufangen wusste.

„Wo wohnst du?", fragte ich.

„In der Jugendherberge", sagte sie.

„Bist also nicht von hier?"

„Nein, eigentlich auf der Durchreise. Wollte in die Schweiz. Habe aber meinen Perso vergessen."

„Was machst du jetzt?"

„Mal sehen." Und nach einer Weile: „Ist eigentlich ganz schön hier bei euch. Vielleicht bleibe ich noch ein bisschen."

Danach war alles ganz einfach. Ich fragte sie, ob wir in der Stadt eine Pizza essen wollten, zeigte ihr, wo ich wohnte, sie holte ihre Sachen aus der Jugendherberge und zog bei mir ein.

Es waren schöne Tage – für mich und auch für sie, denke ich. So ganz an sie herangekommen bin ich nicht. Wir haben uns wirklich gut verstanden. Viel gelacht, zusammen geschlafen, Ausflüge mit dem Rad gemacht, ich habe ein Boot geliehen und wir sind auf dem Rhein gefahren, haben die Vögel am Ufer beobachtet – aber immer war da etwas, das nicht gesagt wurde, von ihr nicht gesagt wurde. Sie erzählte mir einiges über ihre Familie, über die Schulzeit, über ihre Hobbys, von Freundinnen. Aber ich verstand nicht, warum sie alleine losgezogen war, ohne Freunde, ohne Ziel, ohne Pläne für die Zukunft.

Irgendwann war dann die schöne Zeit vorbei – weil mein Urlaub zu Ende ging. Wir wussten das beide von Anfang an. Was das für mich bedeuten würde, war mir klar – die nächsten drei Monate nur selten eine Stunde auf festem Land. Sie schien nicht zu wissen, was sie weiter machen wollte. Zum Bodensee vielleicht, oder nach Rügen. Sie hatte keinen Plan. Gemeinsame Pläne konnten wir schon gar nicht machen. Ich würde für drei Monate unterwegs sein. Vielleicht würden wir uns danach wiedersehen, vielleicht auch nicht. Wir haben uns gut verstanden, aber ob wir zusammen eine Zukunft hätten, das wussten wir nicht. Denn damit war das so eine Sache bei ihr. Zukunft, das ist doch etwas, von dem man weiß, dass es kommt. Man weiß nicht, was kommt, man weiß nicht, wie die Zukunft aussehen wird – aber dass sie kommt, das ist sicher. Und wenn man nicht schon sehr alt ist, dann denkt man doch, dass man diese Zukunft noch erleben wird. Sie war noch sehr jung, aber von der Zukunft redete sie nicht gerne.

Es waren nur noch zwei Tage, bis ich wieder aufs Schiff musste, und sie wusste immer noch nicht, was sie machen wollte. Einen Tag vor unserer Abfahrt bekam ich dann die E-Mail von der Reederei, wie unser Fahrplan aussehen würde. Wir sollten in Basel Container laden und bis Rotterdam fahren, dazwischen in Ludwigshafen und Duisburg Halt machen, um ein paar der Container abzugeben und vielleicht weitere aufzunehmen. Meist entschied sich so was recht kurzfristig, manchmal innerhalb weniger Stunden. Wir sind ja auf ständiger Fahrt, wie es so schön heißt, und ständig für die Reederei erreichbar. Wir sind so etwas wie ein Joker. Die Reederei weiß immer, wo wir sind und wie hoch beladen wir sind. Wenn sich kurzfristig ein Auftrag ergibt, machen wir eben Halt und nehmen noch weitere Ladung auf. Hauptsache, wir sind pünktlich am Zielhafen. Das macht uns manchmal ganz schön Stress.

Ich hab ihr das erzählt, mit der E-Mail, und da hat sie gemeint, das sei prima, denn sie käme aus Ludwigshafen, und ob sie nicht mitfahren könnte. Bisher hatte sie noch nicht gesagt, woher sie kam. Sie hat eben manches über sich nicht erzählt und ich habe nicht gefragt. Ich fand die Idee mit dem Mitfahren ganz schön, aber das war nicht unproblematisch. Denn ich durfte sie nicht mitnehmen. Keine Frauen an Bord, auf jeden Fall keine, die nicht dort arbeiten. Ich musste sie also verstecken. Das ging für mich recht gut, weil ich als einziger der Mannschaft in der alten Vorschiffkabine wohne. Von den anderen wollte keiner da rein. Aber ich finde, da ist es schön ruhig, man hört den Motor nicht so sehr, es ist allerdings nicht besonders komfortabel – die Dusche ist abgenutzt, die Heizung noch so ein in die Jahre gekommenes Teil mit Gasflasche und überhaupt. Aber man hat seine Ruhe. Da vorne krieg ich die Daten vom Motor über WLAN auf mein Tablett und so habe ich immer alles im Blick.

Also habe ich ihr gesagt, wenn sie bis Ludwigshafen in der Kabine bliebe, könnte ich sie mitnehmen. Wie sie an Land käme, ohne dass die anderen das bemerkten, das würden wir dann sehen. Sie war einverstanden und wir gingen in der Nacht vor der Abfahrt an Bord. Der Chef freute sich, als ich am nächsten Morgen schon früh auf den Beinen war und den Motor in Betrieb nahm.

Von Basel bis Ludwigshafen sind es ungefähr zweihundertfünfzig Stromkilometer, also im besten Fall zwölf, dreizehn Stunden Fahrt. Am Oberrhein geht es aber nicht so schnell, da sind ein paar Schleusen, und je nach Verkehrsaufkommen muss man auch schon mal warten. Außerdem war das Schiff noch nicht beladen. Der Kapitän meinte also, dass wir am Nachmittag des zweiten Tages in Ludwigshafen sein würden. So kam es auch, nur dass es ganz anders kam, als sie und ich es geplant hatten.

Keiner bemerkte sie. Sie blieb auch brav in der Kabine, konnte aus dem Fenster schauen, sogar das Fenster aufmachen, wenn wir nicht in einer Schleuse waren und sich niemand von der Crew auf dem Vorderschiff herumtrieb. Es gefiel ihr richtig gut. Sie schien glücklich zu sein. Ich glaube, sie mochte das, losgelöst von dem, was an Land passierte, über dem Fluss zu schweben und völlig frei zu sein, das Gefühl zu haben, man brauche die Welt um sich herum eigentlich gar nicht. Sie wäre vielleicht eine gute Schifferfrau geworden, wahrscheinlich aber eher eine Kapitänin, so klug wie sie war.

Als wir uns in der Nähe von Straßburg zum Schlafen legten, war alles in Ordnung. Sie hatte ein bisschen Kopfschmerzen und wollte früh schlafen.

Am Morgen war sie tot und ich wusste nicht, warum. Ich dachte, sie würde noch schlafen. Sie war gar nicht kalt. Ich habe ihr gesagt: „Ich stehe jetzt auf", und sie hat nicht reagiert. Kein tiefes Durchatmen, kein Umdrehen, kein An-der-Decke-Ziehen. Einfach nichts. Das hat mich irritiert. Ich habe mich angezogen und es ihr noch einmal ins Ohr geflüstert. Nichts! Da habe ich sie gerüttelt und gemerkt, dass nichts passiert. Sie hat nicht mehr geatmet.

Ich konnte das nicht verstehen. Ich hatte nichts gemerkt in der Nacht. Und vorher hatte sie nur ein bisschen

Kopfschmerzen gehabt. Wir dachten, das käme vom ungewohnten Schaukeln des Schiffs.

Ich hab dann da am Bett gesessen und nicht gewusst, was ich tun sollte. Was macht man mit einem toten Menschen, von dem man nichts weiß, außer dem Namen und der Heimatstadt? Sollte ich jemanden anrufen? Wen sollte ich anrufen? Was würden sie über mich denken? Man würde vielleicht denken, ich hätte sie umgebracht. Mit dem Kapitän würde ich unendlichen Krach kriegen, vielleicht würde er mich rausschmeißen. Der will auch keine tote Frau, die niemand kennt, auf seinem Kahn.

Es gab eigentlich nur eines: Ich musste sie irgendwie von Bord bekommen. Am einfachsten wäre es gewesen, sie nachts in den Fluss zu werfen. Dann hätte man sie irgendwann irgendwo gefunden und nicht gewusst, wo sie hingehörte. Aber ich wollte sie nicht wie einen toten Hund den Fischen zum Fraß vorwerfen. Ich mochte sie. Ich weiß nicht, ob ich sie geliebt habe. Sie hat mich sicher nicht geliebt. Aber wir hatten zwei Wochen zusammengelebt. Wir hatten uns gut verstanden, miteinander gelacht. Sie hatte mir gutgetan. Da konnte ich sie nicht einfach wegwerfen.

Also beschloss ich, sie in Ludwigshafen von Bord zu bringen und dort abzulegen. Ludwigshafen, das war ihre Heimatstadt, mehr wusste ich nicht. Aber wenn man sie dort finden würde, dann würde man vielleicht ihre Eltern finden, dann würde sie ordentlich begraben werden.

Aber irgendwie musste ich verhindern, dass man eine Spur zu mir zurückverfolgen könnte. Ich hatte unheimliche Angst. Den ganzen Tag habe ich im Motorraum und bei den Arbeiten auf dem Schiff darüber nachgedacht, wie ich das anstellen sollte. Ich glaube, die anderen dachten, ich wäre irgendwie nicht ganz bei der Sache. Dauernd vergaß ich etwas, verstand sie nicht, weil ich nicht zuhörte.

Dann kam die Nachricht, dass wir in Ludwigshafen über Nacht bleiben sollten, wegen der Container, die wir noch mitnehmen sollten. Jetzt hatte ich mehr Zeit. Als ich den Motor still gelegt hatte und die anderen beim Abladen waren, ging ich in meine Kabine und kriegte die Panik. Wir konnte ich alle Spuren verwischen? Da kam ich auf das Reinigungsbenzin. Das brauche ich normalerweise, um den Motor zu säubern. Ich hätte sie ausziehen müssen und abreiben und dann nackt irgendwo ablegen. Das habe ich nicht geschafft, ihr das anzutun. Als wir aus der Kneipe zurückkamen, wartete ich, bis alle schliefen. Dann nahm ich sie und brachte sie an Land. Nicht weit vom Hafen war eine Baustelle mit losem Sand. Da legte ich sie hin. Es war schrecklich. Ich musste sie allein lassen.

Sie haben recht, ich hätte es nicht tun sollen. Aber ich hatte Angst um meinen Job. Kapitän Neumann ist schon ein guter Chef, aber manchmal nimmt er es sehr genau. So genau, wie er es nehmen muss als Kapitän. Die Regeln in der Schifffahrt sind streng, aus gutem Grund.

Ich hatte ihr ja nichts getan. Ich hatte kein schlechtes Gewissen. Ich wollte einfach nur nicht, dass man mich finden würde. Hat ja nun nicht geklappt. Hätte das Handy von ihr kaputtmachen müssen. Das konnte ich aber nicht. Es war schließlich ihr Handy und ich habe sie irgendwie gern gemocht. Ich hatte das Gefühl, wenn ich das Handy kaputtmache, dann zerstöre ich etwas von ihr. Tue ihr sozusagen weh. So haben sie halt herausbekommen, dass das alles mit der Amandia zu tun haben musste.

Wenn ich gewusst hätte, dass sie diese Krankheit gehabt hat, dann hätte ich manches anders gemacht. Aber sie hat ja nichts gesagt. Hat wohl niemandem etwas verraten. Auch ihre Eltern haben wohl nichts gewusst. Wenn ich geahnt hätte, dass diese Kopfschmerzen bedeuteten, dass sie bald sterben würde – ich hätte meinen Job riskiert und den Kapitän gebeten, die Wasserschutzpolizei zu rufen. Ich hätte alles getan, damit sie noch leben würde. Das können Sie mir glauben. Und, bitte, sagen Sie das auch den Eltern.

Sie war ein hübsches Mädchen. Trotz der vielen Tattoos. Eigentlich zu jung für mich. Aber ich war ihr wohl nicht zu alt. Vielleicht hätte aus uns etwas werden können. So begeistert, wie sie für die Rheinschifffahrt war. Und sie war richtig klug.

Ich kann es bis heute nicht verstehen, warum sie das gemacht hat – den Eltern und Freunden nichts sagen und sich einfach auf und davon zu machen. Sie muss unheimliche Angst vor der Zeitbombe gehabt haben, die da in ihr tickte. Aber es wäre doch besser gewesen, zu Hause zu bleiben, in der Nähe eines Krankenhauses. Das war wohl so was wie Torschlusspanik, was sie da gepackt hat.

Deshalb hat sie auch nicht über die Zukunft reden wollen, weil sie dachte, dass sie keine Zukunft mehr hätte. Dabei hätte alles gut gehen können, wenn die Ader nicht mitten in der Nacht und dann auch noch auf dem Rhein geplatzt wäre. Sie hat wohl gar nichts davon gemerkt, Herr Pfarrer. Ist einfach eingeschlafen und nicht wieder aufgewacht. Ein schöner Tod, würden manche Leute sagen. Mir wäre es lieber gewesen, sie hätte mit mir zusammen weitergelebt.

Winterdorf

Sie zog ihr Handy aus der Gesäßtasche ihrer Jeans und schaute auf den Schrittzähler. Dreitausendfünfhundertzweiundsiebzig Schritte war sie an diesem Tag gegangen. Da fehlten noch einige, bis sie ihre Mindestschrittzahl von viertausendfünfhundert zusammen hatte.

Sie stand auf dem Luitpoldplatz und überlegte sich, wohin sie noch gehen könnte. Noch fast eintausend Schritte müssten es sein. Dann könnte sie endlich ihr Auto aus der Garage am Rathauscenter holen und nach Hause fahren. Melina war streng mit sich selbst. Sport machte sie nicht, aber ihr tägliches Pensum an Schritten musste sein.

Ein wenig durch die Rheingalerie zu bummeln, wäre eine Möglichkeit, doch der vorweihnachtliche Trubel dort war ihr zu viel. Oder durch die Stadt gehen, den Lichterzauber bewundern, vielleicht irgendwo einen Glühwein trinken oder einen heißen Kaffee? Am Rhein könnte es schön sein, obwohl es schon langsam dunkel wurde.

Sie band ihren Schal fester, stülpte die Kapuze des dunkelblauen Anoraks über den Kopf und zog sie an den Schnüren zu. Es war kühl und ab und zu fielen ein paar Tropfen Regen. Im Winterdorf vor dem Einkaufszentrum duftete es nach gebrannten Mandeln und Bratwürsten. Die Lautsprecher spielten das Lied von Rudolph, dem rotnasigen Rentier. Schon hundert Meter weiter beim alten Ladekran war es ruhiger. Sie ging weiter Richtung Rheinbrücke, sah ein Liebespaar auf einer der Bänke. Die beiden froren wohl nicht, so eng waren sie ineinander verschlungen. Eine Bank weiter wärmte sich ein alter Mann an einer Schnapsflasche, neben sich in zwei großen Tragetaschen alles, was er besaß.

Die nächste Bank war frei. Sie setzte sich, schaute auf die Brücke, hörte die Straßenbahnen in ihren Gleisen poltern, die S-Bahnzüge rauschen und betrachtete die gelben und roten Lichter der beiden Autoschlangen, die hinüber und herüber krochen.

Den ganzen Tag hatte sie im gut geheizten Reisebüro verbracht und Träume verkauft. Über die Weihnachtstage auf die Kanaren – da gab es keine Chance mehr. Alle Flüge ausgebucht. Dominikanische Republik oder Mauritius waren noch möglich, aber auch viel teurer. Im südlichen Spanien konnte man zum Jahreswechsel noch über zwanzig Grad haben, bot sie als Alternative an. Auch in Tunesien oder auf den Balearen konnte man Glück haben. Niemand allerdings könnte voraussagen, wie dort das Wetter in zwei Wochen wirklich sein würde. Die Wellnesshotels am Bodensee oder im Schwarzwald, auch eine Möglichkeit, waren bereits alle komplett belegt. Sie hatte einige enttäuschte Gesichter an diesem Tag gesehen.

Es kam Wind auf und mit dem Sonnenuntergang schien die Temperatur schlagartig zu fallen. Melina stand auf und ging weiter. Ein Schubverband quälte sich den Rhein hinauf. Das blaue Blinklicht am Steuerhaus signalisierte großen Tiefgang und den Wunsch, am rechten Ufer zu fahren. Ein kleines Tankschiff fuhr zu Tal. Sonst war es leer auf dem Fluss. Sportboote sah man um diese Jahreszeit nicht mehr, die ruhten in den Hallen oder Häfen.

Fast hätte ein Fahrradfahrer sie umgeworfen. Tief vermummt stemmte er sich gegen den inzwischen eisigen Wind. Auch ihr war kalt. Am liebsten wäre sie umgekehrt – ins Auto, die Sitzheizung an und nach Hause gefahren. Aber sie musste noch einige Schritte gehen, mindestens bis zur Bücke, besser bis zum Ostasieninstitut oder zur Fußgängerbrücke auf die Parkinsel.

Sie wechselte auf den Fahrradweg an der anderen Seite des Brückenpfeilers, um den dicken Tropfen zu entgehen, die von der Brücke auf den Fußweg direkt am Rhein fielen. Die Musik vom Weihnachtsmarkt auf dem Berliner Platz drang bis hier herüber. Die Autos auf der Rheinuferstraße spritzten das Pfützenwasser, das vom nachmittäglichen Regenschauer übrig geblieben war, auf den Rasen.

Auf der anderen Seite der mächtigen Tragekonstruktion fiel ihr ein Zelt auf. Nein, eigentlich war es kein Zelt. Es war eine eigentümliche Konstruktion aus Pappkartons und Decken. Sie war jetzt alleine auf dem Fahrradweg, auf den sie gar nicht gehörte. Es war dunkel unter der Brücke. War da jemand in dieser Hütte aus Pappe und Stoff? Melina merkte, wie sich ihr Inneres zusammenzog. Sie bekam ein wenig Angst. Sie ging schneller.

„Hallo, junge Frau, wie wäre es mit einem heißen Grog?"

Sie spürte in sich den Wunsch wegzulaufen, aber sie schaute sich um. Aus der eigenwilligen Hütte drang nun Licht. Eine Decke war zur Seite gezogen worden und ein bärtiger Schatten war zu sehen. Sie wollte weglaufen, aber sie blieb stehen.

„Keine Angst, ich fresse Sie nicht." Die Stimme wollte beruhigend wirken.

Sie drehte sich um. Er winkte sie heran.

„Ist Ihnen denn nicht kalt? Ein Grog ist dann genau das Richtige." Wieder dieses Einschmeichelnde in der Stimme.

Gehe nie mit fremden Männern, hatte ihre Mutter gesagt. Melina war inzwischen erwachsen und schon das eine oder andere Mal mit Männern gegangen, die sie noch nicht lange kannte – nach einem Kneipenbesuch oder einer Nacht in der Disco. Dann hatte sie die Männer jedoch vorher gründlich abgecheckt und von ihrer Freundin ein zustimmendes Nicken vernommen.

Sie ging ein paar Schritte näher. Der Mann war alt. Auf jeden Fall sah er alt aus – und harmlos. Er lächelte. Ihm fehlten einige Zähne. Vermutlich war er dreckig und roch unangenehm.

„Kommen Sie ruhig. Ich tu Ihnen nichts."

„Das sagen sie alle", war das Erste, was Melina einfiel.

„Warten Sie, ich bringe Ihnen den Grog nach draußen."

Der Mann verschwand in seiner Behausung. Die Pappen wackelten. Melina überlegte zu gehen, aber da erschien er schon wieder an der Öffnung und hielt ihr einen Plastikbecher entgegen.

„Garantiert sauber. Habe ich erst heute Nachmittag mitgehen lassen."

Melina ließ sich Zeit. Dann ging sie die wenigen Schritte zu dem Zelt und nahm den Becher.

„Vorsichtig, ist heiß! Ich gebe Ihnen eine Serviette."

Der Mann hielt ihr eine Papierserviette hin.

„Der Rum ist vom Aldi, der Zucker vom Café König." Der Mann lächelte und ließ seine Zahnlücken sehen.

Melina schaute um sich. „Wohnen Sie hier?"

„Solange man mich lässt. Ist trocken und windgeschützt."

„Aber kalt."

„Deshalb der Grog."

„Wenn es warm wäre, würden Sie dann Wasser trinken?"

„Nee, Alkohol brauchst du schon, wenn du hier schlafen willst. Bei dem Krach."

Er zog eine alte Tasse aus seiner Wohnung und trank einen Schluck.

„Ich heiße übrigens Sebastian. Und du?"

„Melina.“

„Schöner Name. Was bedeutet der?“

„Weiß man nicht so genau. Vielleicht „die Schöne“ oder „die Honigsüße“.

„Die Schöne würde passen“, antwortete der Alte.

„Warum wohnst du hier?“, fragte Melina.

„Weil ich nirgendwo anders wohnen will.“

„Ist aber kalt.“

„Wenn du willst, kannst du reinkommen. Drinnen ist es nicht so kalt.“

„Vielleicht später.“

Eine Fahrradfahrerin fuhr vorbei und schaute interessiert.

Melina trank den Grog. Er war stark und wärmte. Sie schaute sich den Mann genauer an. Vielleicht war er gar nicht so alt, wie er auf den ersten Blick aussah. Rasiert hatte er sich schon einige Tage nicht mehr und die Haare waren seit Monaten nicht mehr geschnitten worden. Er hatte Narben im Gesicht, sah aber eigentlich nicht schlecht aus. Ein Gesicht, das viel erlebt hat, dachte sie.

„Warum willst du nicht woanders wohnen?“, fragte sie.

„Ach, ist mir überall zu eng. Ich kann keine festen Mauern um mich herum haben. Dann krieg ich Panik.“

„Warst du schon mal beim Arzt?“

„Bei so einem Seelenklempner, meinst du? Nee, danke!!“

„Dann lieber hier wohnen?“

„Dann lieber hier wohnen, genau!“

„Wohnst du alleine?“

„Manchmal kommt ein Kumpel. Aber den schmeiß ich nach zwei Tagen wieder raus. Alleine ist besser.“

„Na, dann prost“, sagte Melina, lächelte und nahm einen Schluck aus dem Plastikbecher. Der Alkohol stieg ihr in den Kopf.

„Lass mich rein, mir ist zu kalt."

In der kleinen Bude war es tatsächlich nicht kalt. Aber es roch unangenehm nach ungewaschenem Mensch. Der Boden war mit Pappe ausgelegt, darauf ein Schlafsack. In einer Ecke ein Spirituskocher. Die leeren Flaschen lagen auf der einen Seite, die vollen auf der anderen. Das Licht kam von einer Petroleumlampe, deren Geruch die Ausdünstungen Sebastians etwas überdeckten. Der Kocher und die Lampe heizten den Raum.

„Wie lange lebst du schon so?"

„Seit meine Frau mich rausgeschmissen hat." Der Mann zögerte einen Moment. „Sie konnte meine zunehmende Panik nicht ertragen. Wäre nicht gut für die Kinder, sagte sie."

„Und Arbeit?"

„Hab in einer Bank gearbeitet. Kundenberater. Gutes Geld verdient. Aber als ich dann immer wieder ungewaschen zur Arbeit kam, hat man mich freigesetzt."

„Seitdem lebst du so?"

„Ja."

„Und woher hast du diese Panik?"

„Weiß ich nicht genau. Vielleicht von dem Unglück."

„Unglück?"

„U-Bahn. Berlin. Stromausfall. Vier Stunden im Dunkel im Schacht. Die Leute wurden panisch. Ich auch."

Schweigen. Ein Schluck Grog.

„Einsam?", fragte Melina.

„Mich will keiner und ich will keinen."

„Scheiße!"

„Nee. So ist es am besten. Will es nicht anders."

Sie schwiegen.

„Bald ist Weihnachten", sagte Melina. „Was machst du da?"

„Ich gehe in die Ludwigskirche und setzte mich ganz hinten hin."

„Und dann?"

„Geh ich auf den Berliner Platz und schaue den jungen Leuten zu, die in die Disco gehen."

„Und dann?"

„Verkrieche ich mich in meinem Schlafsack und warte, bis es hell wird."

„Kann ich noch etwas von dem Grog bekommen?", fragte Melina.

„Klar, ist für jeden noch ein halber Becher da."

Er schenkte nach. „Was machst du eigentlich?"

„Zurzeit verkaufe ich den Leuten warme Weihnachten fernab vom regnerischen und kalten Deutschland."

„Reisebüro also."

Die beiden schwiegen. Als die Becher geleert waren, meinte er: „So, jetzt wirds langsam eng hier drinnen."

„Ich geh schon", sagte Melina, stand auf und schlug die Decke vor dem Eingang weg.

Nach ein paar Metern drehte sie sich noch einmal um. Ihr fiel ein Satz aus der Weihnachtsgeschichte ein: „Und da waren Hirten in derselben Gegend auf dem Felde bei den Hürden, die hüteten des Nachts ihre Herden." Dann ging sie zum Parkhaus.

Weitere Veröffentlichungen von Michael Gärtner

Das Vermächtnis des Bischofs
Eine satirische Erzählung, Bod 2019,
ISBN 9 783749 4840 27, 7,99 €.

Der plötzliche Tod des amtierenden Bischofs löst eine
große Unruhe in der kleinen Landeskirche aus. Sein Stellvertreter sieht seine Chance gekommen, dem allzu libera-
len Kurs seiner Kirche ein Ende zu bereiten und selbst die
Führung zu übernehmen. Hinter den Kulissen entbrennt
ein unwürdiger Machtkampf. Satirisch überspitzt werden
die Machtmechanismen in der Kirche und ihre Protago-
nisten aufs Korn genommen.

Maimont,
Kriminalroman, Wellhöfer Verlag 2020,
ISBN 9 738954 2826 85, 12,95 €.

Geschichte holt einen bisweilen ein, auch den emeritier-
ten Geschichtsprofessor Alfred von Boyen, der in der
Südpfalz an der Grenze zum Elsass ein Trauma überwin-
den will. Doch sein Eremitendasein wird gestört durch
den Todesfall eines dreijährigen Mädchens. Parallel zu
den Ermittlungen der Polizei beginnt er, eigene Nachfor-
schungen anzustellen.
Auf dem Hintergrund der wechselvollen Geschichte des
Grenzlandes, der waldreichen Südpfälzer Natur, der ver-
lockenden französischen Küche und zweier Liebesge-
schichten werden Menschen in kriminelle Machenschaften hineingezogen, denen sie sich nicht mehr entziehen
können.

Tertullian. Der Roman

Historischer Roman, 2., durchgesehene und erweiterte Auflage, Bod 2020, ISBN 9 78752 6428 10, 22,00 €.

Römisches Reich im Jahre 197 nach Christus. Der reiche und berühmte Redner Tertullian kommt aus Rom zurück in seine Heimatstadt Karthago. Dort trifft er auf seine Jugendliebe Salvia und die alten Freunde. Die freuen sich auf rauschende Feste und großzügige Spiele in der Arena. Doch Tertullian hat sich merkwürdig verändert. Viele wenden sich enttäuscht ab, nur sein Freund Marcus hält zu ihm. Beim Besuch des Kaisers in der Stadt kommt es zu einer Jagd auf die Christen. Für Salvia wird es immer schwieriger, mit ihrem wohl gehüteten Geheimnis zu leben.

Ein spannender Roman über die Zwiespältigkeit der menschlichen Seele und die Schwierigkeiten, den eigenen Weg im Leben zu finden.